Edgar Wallace im Goldmann Verlag

1922 wird der Goldmann Verlag in Leipzig gegründet.

1926 veröffentlicht Goldmann die beiden ersten ins Deutsche übersetzten Kriminalromane des schon weltbekannten Edgar Wallace. Und nur ein Jahr später, nach der sensationellen Uraufführung von »Der Hexer« am Deutschen Theater in Berlin (Regie: Max Reinhardt), bricht das Wallace-Fieber aus. Goldmann hat damit eine neue Literaturgattung in Deutschland etabliert: den Kriminalroman.

1932 stirbt Edgar Wallace in Hollywood. Als der Sarg nach England überführt wird, ist im Hafen von Southampton halbmast geflaggt und in Londons legendärer Zeitungsstraße, der Fleetstreet, läuten die Glocken: Großbritannien erweist seinem berühmten Sohn die letzte Ehre.

1952 kommen die ersten Goldmann Taschenbücher auf den Markt. In der Reihe Goldmann Rote Krimi erscheinen im Laufe der nächsten drei Jahrzehnte sämtliche Kriminalromane von Edgar Wallace mit überwältigendem Erfolg. Über 40 Millionen Exemplare haben von 1926 bis heute ihre Leser gefunden. Und allein in Deutschland wurden 30 Kriminalromane von Edgar Wallace verfilmt.

1982 erscheinen zum 50. Todestag alle 82 Kriminalromane in einer einmaligen
Edgar Wallace-Almanach.

EDGAR WALLACE

Das indische Tuch

THE FRIGHTENED LADY

Kriminalroman

Wilhelm Goldmann Verlag

Aus dem Englischen übertragen von
Hans Herdegen

Herausgegeben von
Friedrich A. Hofschuster

Gesamtauflage: 430.000

Made in Germany · 1/82 · 17. Auflage

Umschlagentwurf: Atelier Adolf & Angelika Bachmann, München
Umschlagfoto: Richard Canntown, Stuttgart
Gesamtherstellung: Mohndruck Graphische Betriebe GmbH, Gütersloh
Krimi 189
Lektorat: Friedrich A. Hofschuster · Herstellung: Peter Sturm
ISBN 3-442-00189-7

1

Ein amerikanischer Diener ist an sich ein Widerspruch. Selbst Brooks gab das dem Butler Kelver gegenüber zu, obwohl er dadurch seine eigene Existenzberechtigung verneinte. Seine große, kräftige Gestalt kam in der schmucken Livree gut zur Geltung; sein Haar war grau und dünn. Aus seiner Westentasche schaute stets ein angebrochenes Paket Kaugummi hervor.

Auch sein Kollege Gilder paßte nicht zu dem Haushalt des Schlosses Marks Priory. Die beiden waren für ihren Beruf nicht besonders begabt und lernten anscheinend auch nichts dazu. Trotzdem waren sie nette Leute und benahmen sich den anderen Dienstboten gegenüber immer sehr höflich.

Man hatte sie im allgemeinen gern, wenn man Gilder auch ein wenig fürchtete. Seine hagere Erscheinung mit dem eingefallenen, durchfurchten Gesicht wirkte etwas düster, außerdem besaß er unheimliche Körperkräfte.

John Tilling, einer der Parkwächter, bekam das zu spüren. Auch er war groß und stattlich, aber rotblond und von jähzornigem Temperament. Wilde Eifersucht beherrschte ihn, denn seine hübsche junge Frau ging gern ihre eigenen Wege.

Mrs. Tilling hatte zum Beispiel einen Pferdeknecht aus dem Dorf kennengelernt, der ein rotes, grobes Gesicht hatte, nach Stall und Bier roch und sie auf seine plumpe Art liebte. Aber in ihrer Phantasie wurde er zu einem verwunschenen Prinzen und sie zu einer befreiten Prinzessin. Das war jedoch ein alter Skandal. Später entwickelte sie größeren Ehrgeiz und ließ sich mit höhergestellten Leuten ein; allerdings wußte ihr Mann nichts von alledem.

Eines Nachmittags hielt er Gilder an, der gerade von dem alten Klosterfeld herüberkam.

»Entschuldigen Sie!« sagte Tilling höflich, aber mit einem drohenden Unterton in seiner Stimme. »Sie sind in letzter Zeit einige Male in meinem Haus gewesen, während ich unterwegs in Horseham war.«

Er fragte nicht, er stellte eine Tatsache fest.

»Gewiß«, erwiderte der Amerikaner langsam. »Mylady gab mir den Auftrag, wegen der letzten Eiersendung nachzufragen, die ihr in Rechnung gestellt wurde. Sie waren damals nicht zu Hause, deshalb kam ich am nächsten Tag noch einmal.«

»Und da war ich wieder nicht da«, entgegnete Tilling, dessen Gesicht sich rötete.

Gilder sah ihn nur lächelnd an. Er ahnte nichts von den Liebesabenteuern der Mrs. Tilling, denn der Dorfklatsch interessierte ihn nicht.

»Das stimmt. Sie waren irgendwo im Wald.«

»Aber meine Frau haben Sie getroffen und mit ihr Tee getrunken!«

Gilder wurde ärgerlich. Er lächelte jetzt nicht mehr, und sein Blick wurde hart.

»Worauf wollen Sie hinaus?«

Plötzlich packte ihn der Parkwächter am Rock.

»Bleiben Sie von meinem Haus fort –«

Weiter kam Tilling nicht, denn der amerikanische Diener nahm ihn behutsam am Handgelenk, drehte seine Hand und machte sich frei.

Wäre Tilling ein schwaches Kind gewesen, so hätte er nicht weniger Widerstand leisten können.

»Tun Sie das nicht wieder. Ja, ich habe Ihre Frau gesehen und habe auch Tee mit ihr getrunken. Für Sie mag sie eine schöne Frau sein, aber für mich besteht sie nur aus zwei hübschen Augen und einer Nase. Merken Sie sich das!«

Er bog Tillings Unterarm mit einem Jiu-Jitsu-Griff leicht nach hinten.

Der Parkwächter taumelte zurück, und es machte ihm große Mühe, sich auf den Beinen zu halten. Er war ein langsam denkender Mann, den unmöglich zwei Gemütsbewegungen zu gleicher Zeit beherrschen konnten. Deshalb zeigte er sich in diesem Augenblick nur erstaunt.

»Sie kennen Ihre Frau besser als ich«, erklärte Gilder, während er sich zu seiner vollen Größe aufrichtete. »Vielleicht beurteilen Sie ihren Charakter richtig, aber wenn Sie Verdacht auf mich haben, dann täuschen Sie sich gewaltig.«

Als er nach einer Besorgung beim Apotheker vom Dorf zurückkam, fand er Tilling beinahe an derselben Stelle, an der er ihn vorher verlassen hatte.

Der Parkwächter war nicht mehr aufsässig und machte Gilder keine weiteren Vorwürfe, in gewisser Weise versuchte er sogar, sich bei dem Amerikaner zu entschuldigen. Man sagte Gilder nach, daß er Einfluß auf die Schloßherrin hätte.

»Es wäre mir lieb, Mr. Gilder, wenn Sie die Geschichte vergessen wollten. Ich habe eine kleine Auseinandersetzung mit meiner Frau gehabt und bin sehr aufgeregt. Es kommen so viele Leute in mein Haus, aber ich glaube, daß Sie als verheirateter Mann –«

»Das stimmt schon wieder nicht. Ich bin nicht verheiratet, aber ich bin häuslich veranlagt. Und jetzt wollen wir nicht mehr über die Sache reden.«

Später erzählte er Brooks den Vorfall, und der korpulente Mann hörte ruhig zu, während er seinen Kaugummi bearbeitete.

»Haben Sie schon einmal von Messalina gehört, Gilder?« fragte er dann. »Sie war eine Italienerin, die Frau von Julius Cäsar oder so einem ähnlichen Kerl.«

Brooks las viel, und er hatte auch ein Gedächtnis für Namen.

2

Der Herrensitz Marks Priory war schon zur Zeit der Sachsen gegründet worden, und der Westturm hatte ein hohes Alter. Die anderen Teile des Gebäudes stammten aus den verschiedensten Zeiten. Lord Willie Lebanon, der Herr von Marks Priory, ärgerte sich über das Haus, obwohl ihn der Aufenthalt hier in gewisser Weise beruhigte. Dr. Amersham hielt es für ein Gefängnis, in dem er eine unangenehme Pflicht zu erfüllen hatte, und nur Lady Lebanon sah darin den Stammsitz ihres uralten Geschlechts.

Lady Lebanon war schlank und nicht allzu groß, aber ihre tadellose Figur wirkte weder klein noch unbedeutend. Das reiche, schwarze Haar, das dem feingeschnittenen Gesicht einen reizvollen Rahmen gab, trug sie in der Mitte gescheitelt. Von Zeit zu Zeit leuchteten ihre dunklen Augen auf und verrieten einen fanatischen Charakter, obwohl sie sonst in ihrem Wesen fest, kühl und klar war. Immer schien sie sich bewußt zu sein, daß sie als Aristokratin die Pflicht hatte, zu repräsentieren; der Geist der neuen Zeit hatte sie nicht berührt. Sie hatte einen Vetter geheiratet und war erfüllt von der Bedeutung des alten Geschlechts der Lebanon.

Ihr Sohn Willie fand wenig Freude an dem Leben, das er auf Marks Priory führen mußte, und langweilte sich. Obwohl er verhältnismäßig schwächlich war, hatte er mit Erfolg die Militärakademie in Sandhurst besucht. Darauf tat er als Leutnant zwei Jahre Dienst in Indien, was einen sehr guten Einfluß auf seinen Gesundheitszustand hatte. Schließlich bekam er jedoch einen schweren Fieberanfall und wurde dadurch etwas nervös und unruhig. Lady Lebanon erzählte das ihren Gästen, wenn sie sich überhaupt zu einer Erklärung herbeiließ. Unvoreingenommene Beobachter hätten vielleicht einen anderen Grund für die Nervosität des Lords finden können.

Langsam stieg er eben die große Wendeltreppe in dem runden Turm von Marks Priory hinunter, die in die große Halle führte. Er war fest entschlossen, endlich mit seiner Mutter ins reine zu kommen. Schon oft hatte er diesen Entschluß gefaßt, aber bisher niemals den Mut und die Energie aufgebracht, seine Absicht tatsächlich auszuführen.

Sie saß gerade an ihrem Schreibtisch und las ihre Briefe. Als er in die Halle trat, sah sie ihn lange und durchdringend an und brachte ihn allein dadurch schon in Verlegenheit.

»Guten Morgen, Willie.«

Ihre Stimme klang angenehm, aber es lag eine gewisse Härte darin, die auf den jungen Lord einen unangenehmen Eindruck machte.

»Kann ich einmal mit dir sprechen?« fragte er schließlich.

Er versuchte, sich zu vergegenwärtigen, was er ihr sagen wollte. Er war das Haupt der Familie . . . er war der Herr von Marks Priory in der Grafschaft Sussex . . . er hatte zu befehlen und anzuordnen!

»Ja, was wünschst du, Willie?«

Sie lehnte sich in ihren Sessel zurück und faltete die schöngeformten Hände.

»Ich habe Gilder entlassen«, erwiderte er unsicher. »Er benimmt sich geradezu unverschämt . . . es ist überhaupt lächerlich, daß man Amerikaner im Schloß duldet, die nicht wissen, wie sie sich zu betragen haben. Es gibt doch genug englische Dienstboten, die du engagieren könntest. Brooks ist mindestens ebenso schlimm . . .«

Hier ging ihm der Atem aus, aber sie wartete geduldig. Wenn sie doch nur etwas gesagt hätte oder ärgerlich geworden wäre! Er war doch tatsächlich Herr im Hause! Unglaublich, daß er nicht einmal einen Dienstboten entlassen konnte, wenn er wollte. Er hatte doch eine ganze Schwadron kommandiert, allerdings nur in Vertretung des Rittmeisters, der auf Urlaub war. Aber der Regimentskommandeur hatte lobend anerkannt, daß Willie trotz seiner Jugend seine Aufgabe ausgezeichnet durchgeführt hatte und mit den Leuten fertig geworden war.

Der junge Lord räusperte sich.

»Es macht mich doch vor den Leuten lächerlich«, fuhr er fort. »Ich meine, die Lage, in der ich mich hier befinde. Im Wirtshaus reden die Bauern darüber, und man hat mir gesagt, daß im Dorf alle darüber sprechen.«

»Wer hat dir das gesagt?«

Seine Mutter sprach sehr energisch, und bei dem metallischen Klang ihrer Stimme fuhr er erschrocken zusammen.

»Nun, die Leute erzählen, daß ich mich wie ein kleiner Junge benehme, der immer an der Schürze seiner Mutter hängt, und so weiter.«

»Wer hat das gesagt?« fragte sie wieder. »Etwa Studd?«

Er wurde rot, denn sie hatte das Richtige getroffen. Aber er mußte dem Chauffeur gegenüber sein Wort halten und durfte ihn nicht verraten.

»Studd? Um Himmels willen, nein! Ich würde doch dergleichen nicht mit einem Angestellten besprechen. Nein, ich habe es hintenherum gehört, und auf jeden Fall habe ich Gilder entlassen.«

»Es tut mir leid, daß ich ohne Gilder nicht auskommen kann. Außerdem ist es nicht angebracht, daß du einen Dienstboten entläßt, ohne dich vorher mit mir in Verbindung zu setzen.«

Er zog einen Sessel an die andere Seite des Schreibtisches und ließ sich ihr gegenüber nieder. Dann machte er einen energischen Versuch, ihr in die Augen zu schauen, aber er starrte doch nur den silbernen Leuchter an, der etwas seitwärts in gleicher Höhe mit ihrem Kopf stand.

»Allen Leuten ist es aufgefallen, wie sich diese beiden benehmen«, sagte er hartnäckig. »Sie denken gar nicht daran, mich mit Mylord anzureden. Daran liegt mir allerdings auch nicht viel, denn wir leben in einer demokratischen Zeit. Aber sie tun nichts im Hause, sie sind vollkommen unnütz und stehen nur herum. Ich habe doch recht, Mutter!«

Sie lehnte sich etwas vor.

»Du hast unrecht, Willie. Ich brauche die beiden hier, und du hast keine Ursache, voreingenommen gegen sie zu sein, nur weil sie Amerikaner sind.«

»Ich habe keine Vorurteile gegen sie –«

»Bitte, unterbrich mich nicht, wenn ich spreche, mein lieber Junge. Du mußt nicht auf die Geschichten hören, die Studd dir erzählt. Er ist ein netter, umgänglicher Mensch, aber ich weiß nicht, ob er der richtige Chauffeur für Marks Priory ist.«

»Du willst ihn doch nicht etwa entlassen?« protestierte er. »Verdammt noch mal, ich habe drei gute Kammerdiener gehabt, und jedesmal sagtest du, sie wären nicht die richtigen Leute für mich, obwohl ich sehr gut mit ihnen auskam!« Er nahm allen Mut zusammen. »Ich glaube, daß sie nur Amersham nicht paßten!«

Sie warf den Kopf leicht zurück.

»Ich richte mich nie nach Dr. Amershams Ansicht, ich frage ihn nicht um Rat und lasse mich auch nicht durch ihn leiten«, erwiderte sie scharf.

Er gab sich die größte Mühe, ihren Blick auszuhalten.

»Was macht der Doktor überhaupt im Schloß?« fragte er. »Er lebt hier in Marks Priory, obwohl er mir unausstehlich ist. Wenn ich dir erzählte, was ich alles von ihm gehört habe –«

Er brach plötzlich ab, denn die beiden abgezirkelten, roten Flecke auf ihren Wangen waren ein Sturmsignal, das er nur zu gut kannte.

Zu seiner größten Erleichterung kam Isla Crane in die Halle. Sie hielt einige Briefe in der Hand, als sie aber Mutter und Sohn im Gespräch sah, zögerte sie. Dann wollte sie sich schnell zurückziehen, aber Lady Lebanon rief sie herbei.

Isla war vierundzwanzig Jahre alt. Sie hatte dunkle Haare, dunkle Augen und eine schlanke, anmutige Gestalt.

Willie Lebanon grüßte sie mit einem Lächeln, denn Isla gefiel ihm. Einmal hatte er über sie mit seiner Mutter gesprochen, und zu seinem größten Erstaunen hatte sie ihm keine Vorhaltungen gemacht. Isla war eine entfernte Kusine von ihm und arbeitete als Sekretärin bei Lady Lebanon. Auch auf Dr. Amersham machte sie tiefen Eindruck. Aber davon wußte Lady Lebanon nichts.

Isla legte die Briefe auf den Tisch und war zufrieden, als Mylady sie nicht zurückhielt.

»Findest du nicht, daß sie sehr schön ist?« fragte Lady Lebanon, als die Sekretärin gegangen war.

Eine sonderbare Frage, denn seine Mutter lobte nur selten andere Menschen. Er glaubte daher, daß sie der Unterhaltung eine andere Wendung geben wollte, und das war ihm nur recht, da sein Mut und seine Energie erschöpft waren.

»Ja, sie ist fabelhaft«, entgegnete er nicht sehr begeistert, war aber gespannt, was sie nun sagen würde.

»Es ist mein Wunsch, daß du sie heiratest«, erklärte sie ganz ruhig.

Er starrte sie an.

»Warum soll ich denn Isla heiraten?« fragte er bestürzt.

»Sie ist doch ein Mitglied unserer Familie. Ihr Urgroßvater war der jüngere Bruder deines Urgroßvaters.«

»Aber ich will doch gar nicht heiraten –«

»Rede nicht so albern, Willie. Du mußt heiraten, und Isla ist in jeder Beziehung eine gute Partie. Geld hat sie zwar nicht, aber darauf kommt es auch nicht an. Sie ist aus guter Familie, das ist die Hauptsache.«

Er sah sie immer noch entsetzt an.

»Heiraten? Ich habe doch nie daran gedacht. Nein, der Gedanke ist mir schrecklich. Sie ist zwar sehr nett, aber –«

»Ich wünsche, daß du deinen eigenen Haushalt führst.«

Er dachte bei sich, daß er das schon längst tun würde, wenn sie ihn nur schalten und walten ließe.

»Wenn die Leute darüber reden, daß du dich an die Schürze deiner Mutter hängst, muß dir dieser Vorschlag doch willkommen sein. Ich möchte nicht deinetwegen mein ganzes Leben hier in Marks Priory verbringen.«

Das war allerdings eine verlockende Aussicht. Willie Lebanon atmete tief auf, dann erhob er sich.

»Natürlich muß ich einmal heiraten, aber es ist furchtbar schwer . . .« Er zögerte, bevor er weitersprach. Wie würde sie sein Geständnis aufnehmen? »Ich habe versucht, mich ein wenig mit ihr anzufreunden – ja, ich habe sie vor etwa vier Wochen sogar einmal geküßt, aber sie war entsetzlich widerspenstig!«

»Das war auch nicht recht von dir, sie einfach zu küssen!«

Gilder kam in Sicht, und Willie war froh, daß die Unterhaltung unterbrochen wurde.

Gilders Livree war von einem guten Londoner Schneider angefertigt worden, aber der Amerikaner hatte eine unglückliche Figur.

Lord Lebanon wartete auf die Vorwürfe seiner Mutter, die seiner Erfahrung nach nicht ausbleiben konnten, aber sie sagte nichts über das vernachlässigte Aussehen des Dieners, sie fragte nicht einmal, wie er dazu käme, sie ohne weiteres zu stören.

»Wünschen Sie etwas, Mylady?« erkundigte sich Gilder.

Als sie den Kopf schüttelte, verließ er langsam die Halle.

»Wenn du ihn nur gefragt hättest, was, zum Teufel, er eigentlich wollte –«

»Denke an das, was ich dir über Isla gesagt habe«, unterbrach sie ihn, ohne sich um seinen Protest zu kümmern. »Sie ist entzückend – und sie stammt aus unserer Familie. Ich werde ihr mitteilen, daß ich eine Heirat zwischen euch beiden wünsche!«

Er schaute sie verblüfft an.

»Weiß sie denn noch nichts davon?«

»Und was nun Studd angeht –«, sie runzelte die Stirn.

»Du wirst ihn doch nicht entlassen? Er ist wirklich ein sehr guter Kerl, und er hat mir auch gar nichts erzählt.«

Später traf Lord Lebanon den Chauffeur in der Garage.

»Ich fürchte, daß ich Ihnen keinen guten Dienst erwiesen habe«, erklärte er schuldbewußt. »Ich sagte heute zu meiner Mutter, daß die Leute über mich klatschen . . .«

Studd richtete sich grinsend auf.

»Ach, darauf kommt es mir nicht an, Mylord.«

Der etwa fünfunddreißigjährige Mann hatte ein frisches, gesundes Aussehen. Früher war er Soldat gewesen und hatte in Indien gedient.

»Ich gebe die Stellung hier nicht gern auf, aber ich glaube nicht, daß ich noch lange bleiben kann. Gegen Mylady habe ich nichts, sie ist immer sehr höflich und wohlwollend zu mir. Dagegen werden Sie wie ein Sklave von ihr behandelt. Ich gehe nur wegen dieses gemeinen Kerls.«

Lord Lebanon seufzte. Er brauchte nicht erst zu fragen, wer dieser gemeine Kerl wäre.

»Wenn Mylady ebensoviel von ihm wüßte wie ich«, sagte Studd geheimnisvoll, »dann würde sie ihm das Haus verbieten!«

»Was wissen Sie denn?« erwiderte Lebanon neugierig.

Er hatte diese Frage schon früher gestellt, aber nie eine genaue Antwort darauf erhalten.

»Wenn die Zeit kommt, werde ich auch ein paar Worte zu reden haben. Er war doch in Indien?«

»Selbstverständlich. Er fuhr hin, um mich nach Hause zu bringen, und in früheren Jahren war er drüben Regierungsarzt. Wissen Sie etwas über ihn – ich meine über seine Affären in Indien?«

»Im rechten Augenblick melde ich mich schon und sage, was ich über ihn denke«, erwiderte Studd düster.

Er zeigte auf einen Anbau an der Garage. Dort stand ein neuer Wagen, den Willie noch nie gesehen hatte.

»Die Karre gehört ihm. Wo kriegt er nur das Geld her, daß er sich so einen Wagen anschaffen kann? Der kostet doch ein paar tausend Pfund. Und als ich den Mann damals kannte, war er pleite. Ich möchte nur wissen, woher er das Geld nimmt.«

Willie Lebanon hatte seiner Mutter schon oft dieselbe Frage vorgelegt, ohne eine Antwort darauf zu erhalten.

Der junge Lord haßte Dr. Amersham; alle Leute mit Ausnahme seiner Mutter und der beiden amerikanischen Diener haßten den kleinen, energischen Herrn, der sich etwas zu auffällig kleidete und zuviel Parfüm gebrauchte. Überall versuchte Dr. Amersham sich Geltung zu verschaffen, und wenn man dem Dorfklatsch trauen konnte, war er auch ein Schürzenjäger. Aus unbekannten Gründen flossen ihm plötzlich reichliche Mittel zu; er besaß eine schöne Wohnung in der Devonshire Street in London, hatte drei Rennpferde und lebte auch sonst auf großem Fuß. Häufig war er in Marks Priory; er kam zu jeder Tageszeit mit seinem Auto von London und brachte dann ein bis zwei Stunden im Herrenhause zu. Und sobald er erschien, war es, als ob er nur zu befehlen hätte.

Der Arzt stieg die Treppe herunter, auf der er schon einige Zeit gestanden und gelauscht hatte. Eine Sekunde, nachdem Willie gegangen war, kam er näher und zog einen Stuhl an den Schreibtisch, an dem Lady Lebanon saß. Er nahm eine Zigarette aus seinem goldenen Etui und steckte sie an, ohne um Erlaubnis zu fragen.

Dr. Amersham blies einen Rauchring in die Luft und sah Lady Lebanon an.

»Was ist das für eine neue Idee, daß Willie Isla heiraten soll?«

»Sie haben wohl auf der Treppe gelauscht?«

»Ja. Da ich nichts erfahre, muß ich alles selbst herausfinden. Isla soll also den Jungen heiraten?«

»Warum nicht?« fragte sie scharf.

Seine Augen waren rot und entzündet, und seine Hand zitterte, als er die Zigarette aus dem Mund nahm. Er hatte eine Gesellschaft in seiner Wohnung gegeben und nur wenig geschlafen.

»Haben Sie mich deshalb gerufen? Beinahe wäre ich überhaupt nicht gekommen. Ich hatte eine schlaflose Nacht, ein Patient –«

»Sie haben keinen Patienten gehabt«, erklärte sie ruhig. »Ich bezweifle, daß jemand in London so unvernünftig ist, Sie als Arzt zu nehmen!«

Er lächelte.

»Sie selbst haben mich doch engagiert – das genügt vollkommen. Einen so guten Patienten findet man so bald nicht wieder.«

Er lachte über diesen Scherz, aber Lady Lebanons Gesichtsausdruck blieb starr.

»Ihr Chauffeur ist wirklich nicht viel wert. Der Kerl ist ziemlich unverschämt; er hatte doch die Frechheit, mich zu fragen, warum ich mir nicht meinen eigenen Chauffeur mitbringe! Außerdem steht er auch auf etwas zu vertrautem Fuß mit Willie!«

»Wer hat Ihnen das gesagt?« fragte sie schnell.

»Das habe ich gehört. Es gibt genug Leute in der Nähe, die mir mitteilen, was hier passiert.« Er lächelte befriedigt, denn er hatte wirklich zwei sehr gute Freunde in Marks Priory; außerdem war da die hübsche Mrs. Tilling. Andererseits verehrte die Frau des Parkwächters auch den Chauffeur Studd, was Dr. Amersham zu seinem größten Mißvergnügen entdeckt hatte.

»Und was sagt Isla zu der Heirat?«

»Ich habe noch nicht mit ihr gesprochen.«

»Keine schlechte Idee. Merkwürdigerweise ist mir der Gedanke noch nie gekommen. Isla . . . ja, eine außerordentlich gute Idee.«

Wenn sie über seine Worte erstaunt war, so zeigte sie es jedenfalls nicht.

»Außerdem ist sie eine Blutsverwandte der Lebanons. Ist es nicht schon einmal in der Geschichte der Familie vorgekommen, daß Vetter und Kusine einander unter ähnlichen Umständen geheiratet haben?« Er sah zu den dunklen Bildern auf, die an den hohen Wänden hingen. »Ich habe ein gutes Gedächtnis und kenne die Geschichte der Lebanons fast ebensogut wie Sie.« Umständlich zog er seine Uhr heraus. »Ich wollte bald wieder zurückfahren nach London –«

»Ich möchte aber, daß Sie bleiben«, erklärte sie kurz.

»Ich habe eine Konferenz heute nachmittag –«

»Trotzdem bleiben Sie. Ich habe ein Zimmer für Sie richten lassen. Studd muß natürlich entlassen werden; er hat Willie von dem Dorfklatsch erzählt.«

Er richtete sich plötzlich auf. Hatte am Ende Mrs. Tilling etwas gesagt?

»War es etwas über mich?« fragte er schnell.

»Was sollten die Leute im Dorf denn über Sie reden?«

Er lachte ein wenig verwirrt.

Sie wußte, daß seine Heiterkeit nur vorgetäuscht war, aber sie machte keine Bemerkung darüber.

Dr. Amersham fügte sich. Er murrte zwar noch etwas, fand aber keine weitere Ausrede.

Er hatte auch gar nicht die Absicht, zur Stadt zurückzukehren; er wollte die Nacht in einem kleinen Haus in der Nähe verbringen, das er sich von einem jungen Londoner Innenarchitekten hatte ausstatten lassen. Dort hatte er eine Verabredung. Aber von alledem ahnte Lady Lebanon natürlich nichts.

»Haben Sie übrigens Studd einmal in Indien getroffen?« fragte sie unvermittelt, als er sich zum Gehen wandte. »Er hat in Puna gedient.«

Er drehte sich rasch um; sein Gesichtsausdruck hatte sich vollständig verändert.

»In Puna?« fragte er scharf. »Wann war das?«

»Das weiß ich nicht. Aber er hat anderen Leuten erzählt, daß er Sie dort kannte. Das wäre eine weitere Veranlassung, ihm zu kündigen.«

Dr. Amersham wollte Studd noch aus einem anderen Grund von Marks Priory entfernen, aber darüber schwieg er selbstverständlich.

3

Mr. Kelver, der Butler von Marks Priory, verbrachte abends gern eine Stunde vor dem Nebeneingang und betrachtete von dort aus die Gegend. Wie schon oft überlegte er gerade wieder, ob es mit seiner Würde vereinbar wäre, jeden Abend schon um neun Uhr von seiner Herrschaft getrennt zu werden. Genau um diese Stunde schloß Lady nebenan nämlich die große Eichentür zu, die den Nordostflügel des Herrenhauses von den anderen Räumen abgrenzte.

Die Quartiere der Dienerschaft waren sehr geräumig und behaglich eingerichtet, und mit Erlaubnis Mr. Kelvers konnten die Angestellten ein- und ausgehen, wann und wie sie wollten. Sie benutzten dann den Fußweg, der am Wald entlang zum Dorf hinunterführte. Aber er empfand es doch als starke Zurücksetzung, fast als Beleidigung, daß er selbst, der in hochadligen Häusern gedient hatte, auch mit den anderen Dienstboten vom Herrenhaus ausgeschlossen wurde.

Die Tür, vor der er stand, lag im Nordostflügel und war in gewisser Weise ein Privateingang für ihn selbst. Die anderen Angestellten gingen wie die Kaufleute und Lieferanten durch die kleine Eingangshalle.

Studd gegenüber sprach er sich manchmal aus, wenn er auch diesem höflichen und erfahrenen Mann niemals sein volles Vertrauen schenkte.

Der Chauffeur war gerade auf dem Weg zur Garage, bog um einen der beiden großen Ecktürme des Schlosses und blieb bei Kelver stehen. Da er etwas erhitzt aussah, dachte Kelver zuerst, Studd hätte zuviel getrunken.

»Ich habe diesem Dr. Amersham endlich einmal die Meinung gesagt«, begann Studd und zeigte mit dem Daumen über die Schulter. »Das will nun ein großer Herr und ein Doktor sein! Wenn Mylady wüßte, was ich weiß, bliebe der Kerl keine fünf Minuten länger im Haus! Der war bei der indischen Armee! Na, ich könnte etwas erzählen, wenn man mich fragte!«

»Um was handelt es sich denn?« erkundigte sich Mr. Kelver höflich. Er tat immer so, als ob er Klatsch nicht hören wollte, obwohl er sehr begierig darauf war, das Neueste zu erfahren.

»Es ist merkwürdig. Ich habe im Dorf einen komischen Mann getroffen, der mir erzählte, daß er früher in Indien gewesen wäre. Darauf lud ich ihn zu einem Glas Bier ins Wirtshaus ein. Bei der Unterhaltung habe ich nicht viel gesagt, sondern nur zugehört, aber es ist ganz klar, daß er tatsächlich dort war.«

Kelver hob den ergrauten Kopf und sah den kleinen Chauffeur von oben herab an.

»Hat Dr. Amersham sich über etwas beklagt?« fragte er.

Studd wurde dadurch wieder an seinen Ärger erinnert.

»Es ist etwas an seiner Karre passiert, und ich sollte die Sache in fünf Minuten reparieren. Dazu braucht man aber mindestens zwei Tage. Er meint, er hätte hier alles zu sagen, aber wir wissen doch genau, daß er nicht der Herr im Schloß ist. Was meinen Sie?«

Der Butler lachte geheimnisvoll.

»Es gibt allerhand Leute auf der Welt«, entgegnete er.

»Ich weiß nicht, ob man mit einer so flauen Ansicht durchkommt«, erwiderte der Chauffeur etwas unsicher. »Dieser Herrensitz gehört Lord Lebanon – darüber sind wir uns doch wenigstens einig?« Er hob die Hand und zählte an den Fingern ab. »Nun hören Sie einmal zu, wer hier etwas zu sagen hat: Zuerst dieser blöde Dr. Amersham, der alles kontrollieren will. Zweitens Lady Lebanon. Drittens« – er zögerte – »nennen wir einmal Miss Crane. Aber gegen die habe ich nicht das mindeste. Und als letzter kommt Lord Lebanon!«

»Mylord ist noch jung«, erklärte Mr. Kelver höflich.

Er hatte dieselbe Meinung wie Studd, aber seine Stellung legte ihm Pflichten auf, an die er sich gebunden fühlte. Mr. Kelver hatte bei dem Herzog von Colbrooke gedient, und schon seit vielen Generationen hatten seine Vorfahren große Herren betreut. Daher wußte er genau, daß es ihm nicht zustand, seine Herrschaft zu kritisieren.

Plötzlich hörten die beiden schnelle Schritte auf dem Kiesweg, und gleich darauf erschien Dr. Amersham.

»Nun, Studd, haben Sie meinen Wagen fertiggemacht?«

Der Doktor hatte eine scharfe, unangenehme Stimme, und sein ganzes Auftreten reizte zum Widerspruch.

»Nein«, entgegnete der Chauffeur heftig. »Und ich mache ihn auch nicht fertig – ich gehe heute abend aus!«

Amersham wurde bleich vor Ärger.

»Wer hat Ihnen die Erlaubnis dazu gegeben?«

»Der einzige, der mir hier im Haus die Erlaubnis geben kann«, erwiderte Studd laut. »Lord Lebanon selbst.«

»Sie können sich eine andere Stelle suchen«, erklärte der Doktor wild.

»So, ich soll mir eine andere Stelle suchen?« fragte Studd wütend. »Meinen Sie vielleicht, ich würde anderer Leute Namen unter Schecks schreiben?« Dr. Amersham sah plötzlich verstört aus. »Wenn ich mir eine andere Stelle suche, wird es jedenfalls eine ehrliche Beschäftigung sein! Auf keinen Fall bestehle ich einen Kameraden – merken Sie sich das, Doktor! Und was ich auch unternehme, ich werde nicht abgefaßt und verhaftet, ich komme nicht vor Gericht, und mich stößt man auch nicht aus der Armee aus!«

Studd hatte drohend gesprochen, und der Arzt konnte den Blick des Mannes nicht ertragen. Er wollte ihm hart entgegnen, aber was er vorbrachte, war eigentlich keine Erwiderung auf die schweren Anklagen.

»Sie wissen zuviel!«

Amersham wandte sich rasch ab und entfernte sich.

Mr. Kelver hörte die Worte, konnte aber den Zusammenhang nicht verstehen. Er war bestürzt über das Benehmen Studds und fragte sich, ob er nicht hätte vermitteln sollen. Aber fast schien es ihm, als ob Dr. Amersham seine Anwesenheit gar nicht bemerkt hätte.

»So, dem habe ich es ordentlich gegeben«, erklärte Studd triumphierend. »Haben Sie gesehen, wie er sich verfärbte? Dabei behauptet der Kerl, er wird mich entlassen!«

»Ich hätte aber doch nicht in diesem Ton mit ihm geredet, Studd«, sagte der Butler mit leisem Vorwurf.

Aber der Chauffeur war jetzt in Fahrt und achtete nicht auf Kelvers Mahnung.

»Jetzt hat er wenigstens begriffen, daß ich ihn von früher her genau kenne. Ach, ich hätte ihm noch ganz andere Dinge an den Kopf werfen können!«

Am Abend fand im Dorf ein Maskenball zu irgendeinem wohltätigen Zweck statt, und als die Dämmerung hereingebrochen war, fuhr vom Herrenhaus ein Wagen mit einem Pierrot, einer Pierrette, einer Zigeunerin und einem Inder zu dem Fest hinunter. Das farbenprächtige indische Kostüm hatte Studd gewählt, dem Mr. Kelver vor der Abfahrt noch einen väterlichen Rat gab.

»An Ihrer Stelle würde ich morgen früh mit Dr. Amersham sprechen und mich entschuldigen. Wenn Sie im Recht sind, können Sie großzügig sein, und im anderen Fall ist es selbstverständlich, daß Sie sich entschuldigen.«

Dann ging Kelver in die Halle und machte noch einen letzten Rundgang, bevor er sich in den Teil des Hauses zurückzog, den die Angestellten bewohnten. Hier und dort rückte er ein Kissen zurecht; er nahm auch das leere Glas fort, das allem Anschein nach Dr. Amersham auf Myladys Schreibtisch hatte stehenlassen.

Später sah er ihn in einer der großen Fensternischen des Hauptganges bei den amerikanischen Dienern Brooks und Gilder. Sie sprachen leise miteinander und hatten die Köpfe gesenkt. Aber nicht nur Kelver sah sie, sondern auch Lord Lebanon, der in der offenen Tür seines Zimmers lehnte. Er sagte Kelver gute Nacht, als dieser vorbeiging, aber kurz darauf rief er ihn zurück.

»Steht da unten nicht der Doktor?« fragte er, da er ein wenig kurzsichtig war.

»Ja, Mylord. Er unterhält sich mit Gilder und Brooks.«

»Zum Teufel, worüber haben die soviel miteinander zu reden? Kelver, sind Sie nicht auch der Meinung, daß dies ein sonderbares Haus ist?«

Kelver war zu höflich und kannte seine Stellung zu gut, um diese Frage zu bejahen. In Wirklichkeit hielt er den ganzen Haushalt für sonderbar genug, vor allem die beiden amerikanischen Diener. Von Anfang an war ihm klargemacht worden, daß er ihnen nichts zu sagen hätte. Außerdem brauchten die beiden nach neun Uhr nicht die Wohnräume der Herrschaft zu verlassen, sondern konnten sich frei im ganzen Haus bewegen.

»Ich sage ja immer, daß es alle möglichen Leute auf der Welt gibt.«

Willie Lebanon lächelte.

»Das stimmt, Mr. Kelver«, erwiderte er liebenswürdig und klopfte dem alten Mann auf die Schulter.

Der Butler wurde ein wenig verlegen, denn so vertraulich hatte sich der Lord ihm gegenüber noch nie benommen.

4

Ein gewisser Zibriski hatte sich den etwas hochtrabenden Namen Mont Morency zugelegt. Im allgemeinen gaben ihm die Leute weniger gutklingende Namen, wenn sie plötzlich Geldscheine besaßen, die in einer Geheimdruckerei dieses Hochstaplers hergestellt wurden. Da die Banknoten außerordentlich gut und täuschend nachgeahmt waren, machte er ein ausgezeichnetes Geschäft.

Er selbst verteilte die gefälschten Scheine nicht, er betrieb das Geschäft nur im großen. Mehrere Druckereien arbeiteten für ihn, eine in Luxemburg, eine andere in den Hintergebäuden eines kleinen Hotels in Ostende.

Mr. Briggs, einer der Agenten Zibriskis, war schon oft verurteilt worden, weil er glaubte, man könnte sich durch unehrliche Handlungen ein sorgenfreies Leben verschaffen. Seit einer Woche hatte er sich in dem Gasthaus des Dorfes Marks Thornton einquartiert und wartete darauf, daß Zibriski mit seinem schnittigen Wagen vorfahren und ihm vier Pakete Banknoten übergeben würde. Er zahlte dafür in barem Geld und verteilte dann die Scheine an andere Leute, wobei er mehr als hundert Prozent verdiente. Hätte er den Mut gehabt, das Papiergeld direkt unters Publikum zu bringen, so hätte sich sein Gewinn vervierfacht.

Zur selben Zeit, als er nach Marks Thornton kam, erschienen in einem Nachbardorf zwei unauffällig aussehende Fremde, die sich weniger für Briggs als für Zibriski interessierten.

»Ich bin ihm bis nach Marks Thornton gefolgt«, erklärte Detektivsergeant Totty. »Meiner Meinung nach wird dort aber nichts geschehen.«

»Ihre Meinung«, entgegnete Chefinspektor Tanner, »ist so unwichtig und nebensächlich, daß ich sie kaum höre. Außerdem habe ich das schon selbst gesagt, Sie reden es mir nur nach.«

»Warum verhaften wir Briggs nicht?«

Totty war verhältnismäßig klein, hielt aber viel von sich und war auch mutig und tüchtig. Tanner, ein außergewöhnlich stattlicher und großer Mann, schaute seinen Assistenten mit einem Seufzer an.

»Welche Anklage sollen wir denn gegen ihn erheben?« fragte er. »Nicht einmal nach dem Gesetz zur Verhütung von Verbrechen könnten wir ihn in Schutzhaft nehmen. Außerdem liegt mir an Briggs gar nichts – ich will Zibriski fassen. Sooft ich ihn in den Zeitungen abgebildet sehe, wie er in Nizza schönen Frauen Rosen verehrt, bekomme ich Leibschmerzen. Er ist fast allen Polizeidirektionen der Welt als einer der größten Falschgeldhändler bekannt, und trotzdem ist er nicht ein einziges Mal verurteilt worden. Heute abend wollen wir einmal auf Erkundigung ausgehen, Totty.«

»Marks Thornton ist ein ganz nettes Dorf. Beinahe hätte ich ein Zimmer im Gasthaus dort genommen. Ein großes, altes Schloß liegt auch in der Nähe.«

Tanner nickte.

»Marks Priory – Lord Lebanon wohnt dort.«

»Sieht sehr altmodisch aus.«

»Das ist nicht weiter verwunderlich.«

Ihre Erkundungen führen nicht zum Ziel. In keinem der Dörfer, die sie besuchten, fanden sie eine Spur von Zibriski. Auch am nächsten und übernächsten Tag kam der Mann nicht, und am Ende der Woche kehrte der Chefinspektor nach London zurück. Er erhielt Nachrichten über den Verbleib der einzelnen Verbrecher und erfuhr, daß Zibriski von der Anwesenheit der Beamten auf dem Land erfahren und deshalb seinen Plan geändert hätte. Aber das war nicht richtig.

Gerade an dem Abend des Kostümballes traf Zibriski ein und erschien in dem Zimmer seines Agenten. In kürzester Zeit war der Handel abgeschlossen. Briggs verpackte die falschen Banknoten in seinem Koffer und ging dann noch aus.

Von dem Tanzvergnügen hatte er erfahren, und er hörte auch die Musik. Er stieg den Hügel hinauf, setzte sich an einem Zaundurchgang nieder, stopfte seine Pfeife und dachte vergnügt an das gute Geschäft, das er mit den Banknoten machen würde. Zibriski-Noten waren ein begehrter Artikel.

Plötzlich sah er einen Mann die Straße heraufkommen, der ein weites Gewand und einen Turban trug. Der Mond war inzwischen aufgegangen. Briggs stand auf und sah neugierig zu dem Fremden hinüber. Ein Inder! Was machte der denn hier? Aber dann erinnerte sich Briggs an den Maskenball.

Der Fremde sagte guten Abend, als er vorbeikam, und schlug dann den schmalen Pfad ein, der quer durch das Feld nach dem Herrenhaus führte. Briggs setzte sich wieder.

Nach einiger Zeit hörte der Agent einen furchtbaren Schrei, der sofort erstickt wurde. Entsetzt drehte er sich um und versuchte, das Halbdunkel mit den Blicken zu durchdringen, aber er konnte nichts sehen. Verstört zog er das Taschentuch und wischte sich die feuchte Stirn.

Kurz darauf kam jemand eilig näher, und in dem schwachen Mondlicht erkannte Briggs einen Mann mit einem braunen Spitzbart.

»Wer sind Sie?« fragte er heiser.

»Es ist alles in Ordnung! Ich bin Dr. Amersham«, erwiderte der andere kurz.

»Wer hat denn eben geschrien?«

»Niemand – höchstens eine Eule.«

Der Arzt wandte sich ab und verschwand im Dunkeln.

Briggs war zwar erschrocken, hätte aber doch gern gewußt, was vorgefallen sein mochte. Neugierde trieb ihn vorwärts. Er ging den Feldpfad entlang und leuchtete mit einer Taschenlampe den Weg ab.

Schon wollte er wieder umkehren, als er seitlich am Weg etwas glitzern sah. Er zögerte einen Augenblick, aber dann biß er die Zähne zusammen und ging weiter.

Er fand den Mann, der kurz vorher in dem indischen Kostüm an ihm vorübergekommen war. Nun lag der Fremde still und bewegungslos hier, und um seinen Hals war ein rotseidenes Tuch geschlungen ... Er war tot ... erwürgt!

Obwohl die Züge furchtbar verzerrt waren, erkannte Briggs den Chauffeur aus dem Schloß, mit dem er im Wirtshaus bekannt geworden war.

Er fühlte den Puls und legte die Hand auf das Herz des Mannes. Dann erhob er sich und eilte zurück. Die letzte Strecke des Weges bis zum Gasthaus ging er langsam und zwang sich zur Ruhe. Das war eine Sache, die nichts mit ihm zu tun hatte. Mochte die Polizei zusehen, wie sie den Fall aufklärte, er wollte nicht in die Geschichte verwickelt werden. Und er hatte auch allen Grund, vorsichtig zu sein.

Am nächsten Morgen verließ er das Dorf in aller Frühe; eine Stunde später wurde Studd aufgefunden.

5

Briggs fühlte sich ziemlich sicher, als er den Victoria-Bahnhof in London erreichte, und hoffte, in der Menge untertauchen zu können. Aber als er die Sperre passierte, traten vier Herren auf ihn zu. Er wußte sofort, was das zu bedeuten hatte.

Sie nahmen ihn mit zur Polizeistation in der Bow Street und durchsuchten seinen Koffer. Kein Mensch kümmerte sich um die Behauptung, daß das Gepäckstück nicht ihm, sondern einem Unbekannten gehörte, einem gewissen Smith, für den er es nur mitgenommen hätte. Natürlich fand man die vier Päckchen gefälschter Banknoten.

»Ich habe die Scheine vorher nie gesehen«, schwor Briggs.

Später wurde er von Chefinspektor Tanner verhört.

»Daß Sie im Besitz von Falschgeld sind, ist noch das wenigste«, meinte der Beamte. »Sie waren in der vergangenen Nacht im Dorf Marks Thornton, wo ein Mord verübt wurde. Was wissen Sie davon?«

Briggs behauptete, daß er davon keine Ahnung habe. Er wäre erstaunt, daß in dieser friedlichen Gegend jemand ermordet werden könnte, erklärte er, und fragte dann, ob man eine Waffe gefunden hätte.

»Das klingt fast, als ob Sie wüßten, daß der Mann erwürgt worden ist.«

Der Chefinspektor hatte nicht den geringsten Zweifel, daß Briggs an dem Verbrechen unbeteiligt war. Aus den Akten ging hervor, daß sich der Mann nur mit Falschgeld befaßte. Da es sich hier um einen alten Sträfling handelte, konnte man seinen Charakter genau beurteilen.

Tanner ahnte natürlich nicht, daß Briggs den ermordeten Chauffeur mit eigenen Augen gesehen hatte, und er trieb das Verhör auch nicht auf die Spitze. Aber unter dem Mordverdacht gestand Briggs alles ein, was das Falschgeld betraf, und sagte auch, was er von Zibriski wußte. Der Hochstapler konnte daher noch am selben Abend verhaftet werden, als er gerade den Dampfer nach Le Havre betreten wollte.

Tanner kehrte nach Scotland Yard zurück, suchte seinen Vorgesetzten auf und erkundigte sich, ob man über den Mord in Marks Thornton etwas Neues erfahren hätte.

»Nein, die Polizei dort hat nicht um unsere Hilfe gebeten. Die Leute rufen uns natürlich erst, wenn alle Spuren so verwischt sind, daß man nichts mehr finden kann. Es scheint aber ein ziemlich gewöhnliches Verbrechen zu sein; die Polizei hält es für einen Racheakt. Studd hat anscheinend ein paar üble Bekanntschaften gemacht, wirkliche Feinde hatte er wohl nicht.« Im Lauf des Abends hörte der Chefinspektor noch weitere Einzelheiten, die ihn jedoch nicht besonders interessierten. Studd sollte einen Streit mit dem eifersüchtigen Parkwächter Tilling gehabt haben, aber dieser Verdacht stellte sich bald als unbegründet heraus.

Niemand erwähnte den Namen Dr. Amershams; auch in den Berichten, die Scotland Yard erhielt, erschien er nicht. Erst eine Woche später, als sich die Lokalbehörden entschlossen, die Hilfe von Scotland Yard in Anspruch zu nehmen, hörte man etwas von dem Arzt. Tanner und Totty waren nach Marks Thornton gefahren, um den Fall genauer zu untersuchen.

Der Chefinspektor machte einen Besuch im Herrenhaus, wurde aber kühl und mit Abwehr empfangen. Beiläufig erwähnte er Lady Lebanon gegenüber Dr. Amersham.

»Er kommt manchmal hierher«, erklärte sie, »aber er war an jenem Unglücksabend nicht lange hier. Soviel ich weiß, fuhr er um zehn Uhr fort.«

Der kurze Einblick in das Leben auf Marks Priory sagte Tanner nichts. Die große Eingangshalle wurde gerade repariert; Gerüste waren an den Wänden aufgestellt, und Kelver zeigte ihm die einzelnen Steintafeln, auf denen die Familienwappen der Lebanons und ihrer Gemahlinnen eingemeißelt waren.

»Mylady ist eine Autorität auf dem Gebiet der Heraldik«, erklärte der Butler. »Sie kann die Bedeutung eines Wappens lesen, als ob es eine gewöhnliche Buchseite wäre. In diesen Dingen hat sie wirklich erstaunliche Kenntnisse. Wie Sie wissen, führt die Familie Lebanon ihren Stammbaum auf die ältesten Zeiten zurück. Der erste Lebanon wurde von König Richard I. geadelt.«

»Interessant«, entgegnete der Chefinspektor, der darin wenig bewandert war. »Was können Sie mir nun von Studd erzählen?«

Kelver schüttelte den Kopf.

»Wegen dieses Verbrechens habe ich nächtelang nicht schlafen können. Studd war ein wirklich liebenswürdiger und freundlicher Charakter.«

Wenn man Kelvers Worten trauen konnte, hatte er nichts gesehen und gehört und erst von dem Tod des Chauffeurs erfahren, als ein Polizist den Mord im Schlosse meldete. Er lobte den Toten in jeder Weise und sagte, daß der Mann unmöglich einen Feind gehabt haben könnte.

Sergeant Totty hatte inzwischen die anderen Dienstboten vernommen, von ihnen aber nur dasselbe gehört.

Der Mord war bereits vor sechs Tagen geschehen, und es war schwer, neue Anhaltspunkte zu finden.

Tanner betrachtete die Fotografie Studds, dann untersuchte er das rotseidene Tuch, mit dem der Mann erwürgt worden war, und nahm es später mit nach Scotland Yard. In der einen Ecke des Gewebes war eine winzige Zinnplatte eingenäht, auf der einige Worte in Hindostani standen. Die Übersetzung ergab, daß es sich um den Namen des Fabrikanten handelte.

Der Chefinspektor sprach mit dem jungen Lord und stellte mehrere Fragen an ihn; aber Willie konnte ihm auch keine Erklärung geben. Er hatte Studd geschätzt und gern um sich gehabt, aber das hatte Tanner bereits von dem Butler erfahren. Der Tod des Chauffeurs schien Willie Lebanon sehr nahegegangen zu sein.

Die dritte wichtige Person traf Tanner, als er quer über die Felder nach dem Dorf ging und Isla Crane ihm mit schnellen Schritten entgegenkam. Sie wäre an ihm vorübergeeilt, wenn er sie nicht angehalten hätte.

»Verzeihung, Sie sind doch Miss Crane. Ich bin Chefinspektor Tanner von Scotland Yard.«

Zu seinem größten Erstaunen wurde sie bleich und sah ihn entsetzt an. In seiner Praxis war ihm dies schon öfters begegnet. Leute, die unerwartet mit der Polizei in Berührung kommen, benehmen sich sonderbar, ganz gleich, ob sie unschuldig oder schuldig sind. Aber er hatte nicht vermutet, daß eine junge, vornehme Dame in solche Erregung geraten würde.

»Ach ja, mir hat jemand gesagt, daß Sie von der Polizei sind.

Sie wollen hier Nachforschungen über Studds Tod anstellen? Der arme Mann tut mir wirklich leid.«

»Sie wissen wahrscheinlich nichts über den Mord?«

»Nein.«

»Können Sie mir sonst irgendeine Aufklärung geben?«

Sie schüttelte den Kopf, noch bevor er ausgesprochen hatte, und ging schnell an ihm vorbei.

Sergeant Totty beobachtete sie, bis sie außer Sicht war, dann wandte er sich an seinen Vorgesetzten.

»Merkwürdig, was?«

»Das kann ich nicht finden. Ich habe schon viele Menschen gesehen, die sich in solchen Fällen ähnlich benommen haben. Für Leute ihres Standes muß es eine große Enttäuschung bedeuten, plötzlich mit einem Mord zu tun zu haben.«

Trotzdem war Tanner sehr nachdenklich, als er weiterging.

In der großen Säulenhalle vor dem Haupteingang von Marks Priory traf Isla Gilder, der auf einem Stuhl saß und Zeitung las.

Er stand sofort auf, als sie näher kam, und sah sie prüfend an.

»Haben Sie den Polizeibeamten gesehen?« fragte er streng.

»Meinen Sie den Detektiv?«

»Ja. Hat er Sie ausgehorcht?«

Sie verstand nicht gleich, was er wollte.

»Hat er Fragen an Sie gerichtet, Miss?«

Seine tiefe Stimme beunruhigte sie.

»Ja, er fragte mich, ob ich etwas von dem Mord wüßte. Das war alles.«

Sie wandte sich rasch um und ging ins Haus. Lady Lebanon saß in der großen Halle an ihrem Schreibtisch. Ganze Tage brachte sie damit zu, alte heraldische Inschriften zu studieren. Im Lateinischen war sie glänzend bewandert, und das Altenglische beherrschte sie vollendet wie wenige andere.

Als sie Isla sah, schloß sie das Buch, in dem sie gelesen hatte.

»Was gibt es denn?« fragte sie.

Isla zitterte am ganzen Körper und konnte zuerst keine Worte finden.

»Er hat mich verschiedenes gefragt«, sagte sie schließlich. »Ich meine Mr. Tanner.«

»Ach so, der Polizeibeamte. Was denn? Hat er über Amersham gesprochen?«

Isla schüttelte den Kopf.

»Was geht denn eigentlich hier im Schloß vor?«

»Manchmal kann ich dich überhaupt nicht verstehen, Isla«, erwiderte Lady Lebanon etwas scharf. »Was soll denn hier vorgehen?«

»Wenn sie es nun herausbringen?«

Lady Lebanon richtete sich in ihrem Sessel auf.

»Ich weiß wirklich nicht, was du meinst, Isla. Was soll das heißen: ›Wenn sie es nun herausbringen?‹ Ich wünschte, du würdest dich nicht um Dinge kümmern, die dich nichts angehen.«

Isla Crane ging an diesem Abend früh zur Ruhe. Sie schlief in einem großen Prachtgemach, das bekannt war als das »Zimmer des alten Lords«. Es war ein großer, etwas düsterer Raum mit einem mächtigen Pfostenbett.

»Zum Kuckuck, warum hat sie sich so früh zurückgezogen?«

»Mach doch nicht solchen Lärm, Willie«, entgegnete seine Mutter. »Wozu sollte sie auch länger aufbleiben? Sie hat doch nichts zu tun.« Sie sah auf ihre brillantengeschmückte Armbanduhr. »Es wäre übrigens auch für dich an der Zeit, Liebling. Hast du mit Isla gesprochen?«

»Nein, ich hatte noch nicht die geringste Gelegenheit dazu, seitdem dieser schreckliche Mord passierte.« Er senkte den Kopf und lauschte. »Da kommt ein Auto – ist das Amersham?«

»Ja.«

»Er war doch auch in der Mordnacht hier?«

Sie sah schnell auf.

»Nein. Er ist damals sehr früh fortgefahren – es muß ungefähr zehn Uhr gewesen sein.«

Er lächelte.

»Aber Mutter, ich habe doch gesehen, wie sein Wagen morgens um sieben abfuhr. Ich schaute gerade aus dem Fenster. Mir hat schon jemand erzählt, daß er noch am selben Abend fortgefahren wäre.«

»Hast du den Leuten gesagt, daß das nicht richtig ist?« fragte sie scharf.

»Nein – warum sollte ich das tun?« Er sah zu dem Gewölbe der Halle empor und seufzte. »Das ist ein verteufelt düsteres Haus. Es graut mir bei dem Gedanken, daß ich mein ganzes Leben hier verbringen soll. Amersham will ich nicht sehen, ich gehe auf mein Zimmer.«

Die Tür öffnete sich, aber nicht Amersham trat ein, sondern Gilder, der ein Tablett mit Whisky, einem Siphon und einem Glas trug. Er goß eine geringe Menge Whisky ein und füllte das Glas mit Sodawasser, während der Lord argwöhnisch zusah.

Dann nahm Willie das Glas aus der Hand des Mannes und trank daraus. Aber erst als er es ganz geleert hatte, bemerkte er den bitteren Nachgeschmack.

»Ein merkwürdiger Whisky«, sagte er.

Das war die letzte Bemerkung, auf die er sich besinnen konnte. Vier Stunden später erwachte er mit ziemlichen Kopfschmerzen, machte Licht und sah, daß er sich in seinem eigenen Zimmer befand. Er trug seinen Schlafanzug und lag im Bett. Stöhnend richtete er sich auf, aber es drehte sich alles um ihn. Mr. Gilder hatte etwas zuviel von dem Betäubungsmittel ins Glas geschüttet.

6

Lord Lebanon erhob sich, ging mit unsicheren Schritten zur Tür und versuchte, sie zu öffnen, entdeckte aber, daß sie verschlossen war. Er tastete nach dem Schlüssel, fand ihn jedoch nicht. Nur mühsam konnte er seine Gedanken ordnen. Als er wieder zu sich gekommen war, drückte er auf die Klingel neben dem Bett und wartete. Es dauerte ziemlich lange, bis Gilder die Tür aufschloß und endlich eintrat.

Dem Amerikaner mußte etwas zugestoßen sein. Sein eines Auge war blutunterlaufen und blau, der Kragen seines Rockes hatte gelitten, die Weste war zerrissen. Gilder sah Willie mit düsterem Blick an.

»Wünschen Sie etwas, Mylord?« fragte er schließlich.

Lebanon wußte, daß es den Diener große Überwindung kostete, ihn so höflich anzureden.

»Wer hat meine Tür verschlossen?«

»Ich«, entgegnete Gilder kühl und gelassen. »Ein Mann, der gestern abend ins Schloß kam, fing eine Schlägerei an, und ich wollte verhüten, daß Sie in die Sache verwickelt würden.«

Lord Lebanon schaute ihn groß an.

»Wer war es denn?«

»Sie kennen ihn nicht, Mylord«, erwiderte Gilder kurz. »Kann ich etwas für Sie tun?«

»Geben Sie mir etwas Kühles zu trinken, was den Durst stillt. Der Whisky gestern abend taugte nichts.«

Wenn der Diener auch den Argwohn des Lords spürte, gab er es doch nicht zu erkennen.

»Das sagte der andere Herr auch. Ich glaube, der Whisky hier in der Gegend ist überhaupt nicht besonders gut. Ich werde Mylady bitten, aus der Stadt welchen kommen zu lassen.«

»Wo ist meine Mutter?« fragte Willie Lebanon schnell. »War sie zugegen, als –«

»Nein, sie war in ihrem Zimmer.«

»Was ist denn passiert?« forschte der junge Mann weiter.

Gilder schaute ihn mit einem grimmigen Lächeln an.

»Vielleicht wollen Sie es sich selbst ansehen?«

Lord Lebanon schlüpfte in seine Pantoffeln und folgte ihm den Gang entlang, dann die breite Treppe hinunter, die zur Halle führte.

Unten bemerkte er Brooks, der in Hemdsärmeln war und allem Anschein nach versuchte, wieder Ordnung zu schaffen. Ein Tisch war umgestoßen, die eine Ecke des Empire-Sofas zertrümmert; eine kleine Porzellanuhr lag in Scherben auf dem Boden, und vier elektrische Kerzen in dem großen Kronleuchter hingen beschädigt zur Seite. Willie sah sich erstaunt um.

»Wer hat das getan?« fragte er, indem er sich bemühte, Haltung anzunehmen und den Hausherrn zu spielen.

»Ein Freund von Dr. Amersham«, erwiderte Gilder gehässig, aber Willie achtete nicht darauf.

Überall lagen Glasscherben verstreut; vermutlich war die Whiskyflasche zu Boden gestürzt und zerbrochen. Auch eins der starken Eichenpaneele war zertrümmert.

»Es sieht aus, als ob ein Wahnsinniger hier losgelassen worden wäre.«

Gilder fuhr auf, denn diese Worte erschreckten ihn.

»Ja, der Mann benahm sich so – ich meine, der Freund von Dr. Amersham.«

Es war halb vier Uhr, und im Osten graute bereits der Morgen, als sich der Lord wieder hinlegte.

Willie wußte, daß man ein Betäubungsmittel in den Whisky gemischt hatte, aber er fühlte sich so erschöpft, daß er keiner weiteren Nachforschungen fähig war.

7

Obwohl Chefinspektor Tanner in seinem Beruf praktisch und nüchtern dachte und handelte, hatte er sich den Sinn für Romantik bewahrt.

Im Augenblick beschäftigte er sich mit dem Kartenindex in der Registratur von Scotland Yard. Alle gewohnheitsmäßigen Verbrecher und Spezialisten blieben sich in ihren Arbeitsmethoden ziemlich gleich, so daß man sie in einem Index zusammenfassen konnte. Und in dieser Kartei suchte Mr. Tanner nun nach den Namen der Leute, die seit Gründung dieses Indexes andere erstickt oder erwürgt hatten oder wenigstens bei einem Versuch, das zu tun, ertappt worden waren. Die meisten dieser Menschen hatte man später durch den Strang hingerichtet. Einige, die ihre Mordabsichten nicht voll hatten ausführen können, saßen noch in den Gefängnissen. Aber Mr. Tanner konnte kein Verbrechen auffinden, das dem von Marks Priory ähnlich war. Es gab eine Anzahl von Männern und auch Frauen, die andere Leute mit einem Strick oder einer Schnur hatten erwürgen wollen, aber obwohl er einen nach dem anderen genauer ins Auge faßte, konnte er doch keinen Namen entdecken, der sich mit dem Verbrechen von Marks Priory irgendwie in Zusammenhang bringen ließ.

Er ging in sein Büro hinunter und fand dort Sergeant Totty, der gemütlich auf dem Stuhl seines Chefs saß.

Sergeant Totty konnte genial lügen, wenn es galt, seine eigenen Heldentaten ins rechte Licht zu setzen, und er hatte ein Vorurteil gegen gebildete Vorgesetzte, die einen gewissen Grad von Kenntnissen voraussetzten, ehe sie andere Beamte zur Beförderung zuließen.

Totty ging zum Fenster und blickte auf das belebte Themseufer hinaus. In der letzten Woche hatte es wenig Abwechslung im Dienst gegeben.

»Wer ist Amersham?« fragte Tanner plötzlich.

»Wie?« erwiderte Totty überrascht. »Amersham ist eine Stadt in Kent.«

»Amersham«, entgegnete Inspektor Tanner geduldig, »ist eine Stadt in Buckinghamshire, aber ich rede nicht über die Stadt, sondern über Dr. Amersham.«

Totty verzog den Mund.

»Ach, Sie meinen den Kerl in Marks Priory? Der ist ein Arzt.«

»Auch das weiß man nicht genau. Er führt zwar den Doktortitel, aber es ist nicht sicher, ob er ein Doktor der Philosophie oder der Medizin ist.«

Tanner nahm sein Notizbuch aus der Tasche und blätterte darin, bis er die Eintragung fand, die er suchte.

»Dr. Amersham hat eine Wohnung in der Devonshire Street, in einem großen Haus mit vielen Einzelappartements. Die Gegend ist sehr teuer und für einen Doktor reichlich vornehm, außerdem hält der Mann auch ein paar Rennpferde. Er war in Indien, und deshalb nehme ich an, daß er Doktor der Medizin ist. Ich möchte gern wissen, was er eigentlich in Marks Priory zu tun hat, und in welcher Beziehung er zu der Familie Lebanon steht.«

»Ist es nicht möglich, daß er den Mord begangen hat?«

»Ebensogut könnten Sie und eine Menge anderer Leute das Verbrechen verübt haben.«

»Ich muß Ihnen noch sagen, was ich mir aufgeschrieben habe, als ich dort war.« Totty sprach jetzt dienstlich, und sein Chef horchte auf. »Die haben einen Parkwächter – einen gewissen Tilling –, der macht immer ein böses, brummiges Gesicht. Ich habe ihn dort im Gasthaus getroffen. Er hatte die Hände auf den

Schanktisch gelegt; so große, harte Hände habe ich noch nie gesehen. Ich sprach mit dem Wirt darüber, und der erzählte mir, daß Tilling einmal einen Hund nur mit den bloßen Händen getötet hat.«

»Donnerwetter, das ist allerdings ein starkes Stück!«

Totty lächelte und freute sich über den Eindruck, den seine Worte hervorgerufen hatten.

»Ja, ich halte die Ohren offen. Sie denken zwar manchmal, ich wäre nicht besonders tüchtig, aber wenn etwas im Gang ist –«

»Also, Sie sagten, der Mann hätte einen Hund erwürgt? Warum haben Sie mir das nicht schon früher mitgeteilt?«

»Ich habe leider nicht daran gedacht. Übrigens hat er auch eine Frau, die sehr hübsch sein soll. Man sagt im Dorf, daß sie zuviel nach den jungen Leuten schaut. Zwei oder drei ihrer Liebesaffären sind bekannt. Ach, da fällt mir eben etwas ein: Studd gehörte auch zu ihren Liebhabern.«

»Was haben Sie sonst noch gehört? Diesen Tilling habe ich übrigens gesehen. Er ist ein großer, düsterer Mensch, ich kann mich genau auf ihn besinnen.«

Totty sah zur Decke auf, als ob er dort etwas erfahren könnte. »Das ist alles, was ich darüber weiß. Nur noch eins: Tilling war in der Mordnacht in London. Mit dem Sohn des Gasthauswirtes war er in der Hauptstadt. Deshalb habe ich der Sache auch keine weitere Bedeutung beigelegt und mich nicht eingehender danach erkundigt.«

»Das können wir ja leicht nachprüfen. Ich werde einmal nach Thornton fahren und mich ein wenig mit der Frau unterhalten. Aber vorher möchte ich diesen Dr. Amersham sprechen.«

Er sah nach der Uhr, es war halb fünf.

»Soll ich Sie begleiten?« fragte Totty.

»Ich glaube nicht, daß das notwendig ist. Bleiben Sie ruhig hier, und überlegen Sie sich, was Sie sonst noch alles zu berichten vergessen haben. Sie wissen doch, wohin Tilling und der Sohn des Gastwirtes gegangen sind, als sie in London waren?«

Totty klopfte langsam mit einem Finger gegen die Stirn, dann lächelte er.

»Ja, ich weiß es. Alles steht in meinem Kopf. Mein Gehirn ist so gut wie eine Kartei, ich vergesse nie etwas! Die beiden besuchten den Bruder des Gasthauswirts, der auch eine Wirtschaft in London hat. Er feierte seinen Geburtstag oder sonst eine Gelegenheit. Der junge Tom fuhr mit Tilling zur Stadt, und sie brachten die Nacht dort zu.«

»Stellen Sie fest, ob das stimmt«, erwiderte Tanner kurz.

Eine halbe Stunde später suchte er Ferrington Court auf, wo sich die Wohnung Dr. Amershams befand. Es war ein modernes, großes Gebäude.

»Dr. Amersham zu Hause?« fragte er den Portier.

»Jawohl, er ist in seiner Wohnung. Erwartet er Sie?«

»Hoffentlich nicht«, entgegnete Tanner lächelnd.

Er war gerade in den Lift getreten, als ein Mann zur Haustür hereinstürzte und quer durch die Halle auf den Fahrstuhl zueilte. Er trug die Kleidung eines Geistlichen und hatte ein etwas bleiches Gesicht, das von vielem Studieren zeugte. Er lächelte dem Portier wohlwollend zu und grüßte Bill Tanner höflich durch Kopfnicken.

Sie fuhren beide bis zum dritten Stock, und als sich die Tür öffnete, folgte Tanner dem Geistlichen auf den Korridor hinaus. Dort sah er, daß dieser auf die Tür der Wohnung Nr. 16 zuging, die auch er aufsuchen wollte.

Ein junger Diener öffnete. Allem Anschein nach war der Geistliche hier kein Unbekannter. Der Angestellte glaubte, daß Mr. Tanner in dessen Begleitung gekommen wäre.

»Ich werde dem Doktor sagen, daß Sie hier sind, Mr. Hastings«, erklärte er und ließ sie dann allein.

»Ich habe es nicht sehr eilig«, sagte der Geistliche freundlich. »Ich bin der Vikar von Petersfield. Wenn es also bei Ihnen nicht zu lange dauert, will ich gern warten – mein Name ist John Hastings. Kennen Sie Petersfield?«

»Ja, ich habe davon gehört«, entgegnete Tanner liebenswürdig.

Der Vikar beugte sich zu dem Beamten vor und sprach vertraulich mit ihm.

»Ich fürchte, daß ich unserem Freund Amersham mit der Zeit auf die Nerven falle. Diesmal handelt es sich um den neuen Gemeindesaal für unseren Ort. Es ist schrecklich für mich – sieben Jahre bauen wir schon daran und haben ihn noch nicht fertigstellen können. Der Doktor war sehr freundlich –«

Er räusperte sich, denn die Tür öffnete sich, und Dr. Amersham trat herein. Das Lächeln, mit dem er den Vikar begrüßte, schwand, als er den Chefinspektor sah.

»Guten Abend, Mr. Tanner. Sie sind es doch?«

»Das ist mein Name. Sie haben ein gutes Gedächtnis.«

»Ja, geradezu fabelhaft«, stimmte Mr. Hastings bei. »Ich erhielt einen glänzenden Beweis dafür, als der Doktor einmal nach Petersfield kam, um eine, wenn ich so sagen darf, wichtige Sache zu erledigen –«

»Ich kann mich eine Viertelstunde mit Ihnen unterhalten, Mr. Tanner. Wollen Sie so liebenswürdig sein und ins Wohnzimmer kommen?«

Amersham hatte den Geistlichen rücksichtslos unterbrochen.

»Sie verzeihen einen Augenblick«, wandte er sich nachträglich an ihn.

Dann ging er schnell durch die offene Tür, und als der Chefinspektor eingetreten war, schloß er sie.

»Nun, Mr. Tanner, hat man in dieser unangenehmen Angelegenheit etwas Neues entdeckt?«

»Nichts Wichtiges. Ich wollte Sie fragen, ob Sie mir irgendwie helfen könnten.«

Dr. Amersham sah ihn nachdenklich an, verzog den Mund und schüttelte den Kopf.

»Ich glaube nicht, daß Sie von mir etwas erfahren können. Es war schrecklich für mich und auch für Lady Lebanon – geradezu furchtbar. Dabei war Studd nicht einmal ein besonders angenehmer Mensch. Ich hatte einige Meinungsverschiedenheiten mit ihm, weil er sich sehr unverschämt benahm. Er war auch kein guter Chauffeur.«

Studd war in Wirklichkeit ein ausgezeichneter Chauffeur gewesen, aber Amersham konnte es sich nicht versagen, in diesem Augenblick schlecht über ihn zu sprechen.

»War er nicht auch ein Schürzenjäger?«

Der Doktor starrte ihn an.

»Ich weiß nicht, worauf Sie hinauswollen. Von seinem Privatleben wußte ich wenig. Spielte eine Frau dabei eine Rolle?«

Tanner lachte und schüttelte den Kopf.

»Ich weiß nicht viel mehr als Sie, aber ich habe gehört, daß er ein Verhältnis mit der Frau des Parkwächters gehabt haben soll, einer Mrs. . . .« Er machte eine Pause, als ob er sich auf den Namen besinnen müßte. »Einer Mrs. Tilling – kann das stimmen?«

Der Doktor warf den Kopf zurück. Diese Andeutung verletzte seine Eitelkeit.

»Das ist unmöglich!« entgegnete er schnell. »Mrs. Tilling ist eine durchaus anständige Frau. Geradezu lächerlich, daß die ein Verhältnis mit Studd gehabt haben soll!«

»Sie ist wohl sehr hübsch?«

»Ja, ich glaube«, entgegnete Amersham kurz. »Aber Sie irren sich, wenn Sie annehmen, daß Studd in Beziehungen zu Mrs. Tilling gestanden hat. Sie ist sehr zurückhaltend. Wer hat Ihnen denn eigentlich dieses Märchen aufgebunden?«

Der Inspektor zuckte die breiten Schultern.

»Es ist ein Gerede, das man gelegentlich hört und sich merkt«, erwiderte er gut gelaunt. »Soviel ich weiß, ist ihr Mann sehr eifersüchtig. Ist Ihnen das auch bekannt?«

»Ihr Mann ist ein unmöglicher Mensch«, erwiderte Amersham ärgerlich. »Unvernünftig und brutal. Schon oft hat er seine Frau bedroht.«

Er fühlte, daß Tanner ihn interessiert ansah.

»Ich kenne sie natürlich nicht sehr genau«, fuhr er hastig fort. »Nur als Arzt bin ich bei ihr gewesen. Selbstverständlich hört man im Dorf allerlei, aber ich kümmere mich nicht um Klatsch.«

Tanner wußte, daß er hier den Hebel anzusetzen hatte. Darüber mußte er weitere Auskunft haben. Aber Amersham war bestrebt, das Gespräch auf ein anderes Thema zu bringen.

»Ich dachte, Sie kennen sie besonders gut«, sagte Tanner in aller Unschuld, »sonst hätte ich die Frau gar nicht erwähnt.«

»Warum sollte ich sie denn genauer kennen?« fragte Amersham kalt. »Für mich ist sie die Frau eines Angestellten der Lady Lebanon – weiter nichts. Ich interessiere mich für die Angestellten – selbstverständlich nur als Arzt.«

»Gewiß«, pflichtete der Beamte bei. »Ihrer Meinung nach ist also das Gerede über – sagen wir einmal die Freundschaft zwischen Studd und Mrs. Tilling nicht am Platze.«

»Durchaus nicht«, erklärte der Arzt mit Nachdruck. »In einem so kleinen Dorf haben die Leute natürlich weiter nichts zu tun als zu klatschen und böse Bemerkungen über ihre Mitmenschen zu machen.«

Er zwang sich zu einem Lächeln.

»Eigentlich hatte ich erwartet, daß Sie mir eine Menge Neuigkeiten über den Fall erzählen könnten. In Scotland Yard weiß man doch sonst immer so gut Bescheid.«

»Sensationen erleben wir im allgemeinen nicht«, erwiderte der Inspektor leichthin, »denn unsere Behörde ist nur eine ganz gewöhnliche Regierungsstelle. Wenn Sie von aufregenden Abenteuern hören wollen, müssen Sie zum Geheimdienst oder zur politischen Abteilung des Auswärtigen Amtes gehen. Aber ich möchte Sie jetzt nicht länger aufhalten. Ihr Freund wartet.«

Er reichte dem Arzt die Hand.

»Meinen Sie Mr. Hastings? Kennen Sie ihn?«

Amersham stellte die Frage ziemlich gleichgültig, aber Tanner hörte doch die Nervosität aus dem Ton heraus. Als der Beamte den Kopf schüttelte, atmete der Doktor erleichtert auf.

»Ein interessanter Landgeistlicher«, sagte Amersham. »Ich habe ihn manchmal unterstützt, wenn er Geld für die Gemeinde brauchte. Ist es übrigens wahr, Mr. Tanner, daß sich in der Mordnacht ein bekannter Verbrecher in Marks Thornton aufhielt? Ich habe davon gehört und dachte mir gleich, daß Sie dort eine wichtige Spur gefunden hätten.«

»Ich möchte Briggs nicht gerade einen bekannten Verbrecher nennen. Er ist allerdings wiederholt verurteilt worden, aber wegen anderer Dinge. Als Mörder kommt der Mann nicht in Betracht; er ist ein Fälscher. Vielleicht haben Sie ihn in Indien getroffen? Soviel ich weiß, waren Sie auch einige Zeit dort?«

Der Doktor hatte seine Gesichtsmuskeln in der Gewalt, aber er konnte doch nicht verhindern, daß er rot wurde.

»Nein, ich habe ihn niemals getroffen«, entgegnete der Arzt

langsam. »Ich habe nicht einmal von ihm gehört. In Indien war ich wohl, aber das ist schon fünf oder sechs Jahre her. Damals stand ich in Regierungsdiensten, aber die Stellung war undankbar, und ich nahm meinen Abschied ... die dauernde Kursänderung der Rupie ... und dann die entsetzlichen Verhältnisse, unter denen man dort arbeiten mußte ...«

Das Sprechen fiel ihm schwer, und er wußte kaum, wie er fortfahren sollte. Aber gleich darauf hatte er sich wieder in der Gewalt und zeigte lächelnd seine weißen Zähne.

»Wenn Sie glauben, daß ich Ihnen noch irgendwie behilflich sein kann, rufen Sie mich doch bitte an, Mr. Tanner. Gewöhnlich bin ich hier in London, aber zwei bis drei Tage in der Woche halte ich mich in Marks Priory auf. Lady Lebanon und ich schreiben zusammen ein Buch über Heraldik. Das muß zunächst noch geheimgehalten werden, und ich hoffe, daß Sie nicht darüber sprechen, besonders nicht zu ihr, da sie sich sonst ärgern würde. Ich bin auf diesem Spezialgebiet eine Kapazität.«

Als Tanner die Wohnung verließ, dachte er über verschiedene Probleme nach. Der Portier saß in seiner Loge, lächelte ihn an und versuchte, die Aufmerksamkeit des Beamten auf sich zu lenken. Aber Tanner war zu sehr mit seinen Gedanken beschäftigt. Der Vikar hatte ihm erzählt, daß Amersham bei einer wichtigen Gelegenheit zu der Dorfkirche gekommen wäre; diesen Anhaltspunkt mußte man verfolgen. Warum hatte sich der Doktor verfärbt, als Briggs erwähnt wurde? In welchen Beziehungen stand er zu diesem Verbrecher, der den größten Teil seines Lebens wegen Betrugs und Falschmünzerei im Gefängnis zugebracht hatte? Und warum hatte er mit solchem Nachdruck eine Bekanntschaft mit Mrs. Tilling abgelehnt?

Die Erklärung für die letzte Frage war ziemlich einfach; wahrscheinlich hatten die beiden, wie der Dorfklatsch behauptete, tatsächlich ein Verhältnis miteinander.

Tanner trat auf die Devonshire Street hinaus und hielt nach einem Taxi Ausschau. Im gleichen Augenblick drehte sich ein Mann, der auf der anderen Seite der Straße gestanden hatte, plötzlich um und betrachtete in einem Schaufenster interessiert die medizinischen Instrumente. Da er sich aber nicht schnell genug umgewandt hatte, konnte Tanner ihn erkennen. Es war niemand anders als Tilling, und Tanner war davon überzeugt, daß der Parkwächter die Wohnung Dr. Amershams beobachtete.

8

Der Chefinspektor wollte gerade die Straße überqueren und sich Tilling nähern, als dieser davonrannte. Der Mann mußte den Beamten in der Spiegelung des Schaufensters gesehen haben, denn er bog rasch in eine Seitengasse ab. Tanner folgte ihm, aber als er die Straße entlangschaute, konnte er den Parkwächter nicht mehr entdecken. Er bemerkte nur ein Taxi, das sich dem Ende der Straße näherte, und vermutete, daß Tilling in dem Wagen saß.

Als er nach Scotland Yard zurückkehrte, war sein Interesse an dem Mord von Marks Priory aufs neue erwacht. Während er noch in seinem Büro saß, kam Totty zurück.

»Ich habe diese Angaben nachgeprüft. Sie stimmen. Tilling hat die Nacht über in dem Gasthaus in New Cut geschlafen –«

»Sie hatten aber gar nicht Zeit genug, nach New Cut zu gehen«, entgegnete Tanner.

»So altmodisch bin ich auch nicht. Wozu gibt es denn Telefon?«

»Telefonische Anfragen sind bei polizeilichen Erkundigungen dieser Art absolut nicht am Platz«, entgegnete der Vorgesetzte streng.

»Ich kenne den Wirt persönlich sehr gut. Tilling hat dort in dem Gasthaus geschlafen und ist am nächsten Morgen zurückgefahren. Er ist übrigens ein großer Freund des jungen Tom.«

»Totty, ich gebe Ihnen jetzt einen Auftrag, wie Sie sich ihn nicht besser wünschen können. Gehen Sie nach Ferrington Court und beobachten Sie Dr. Amersham. Stellen Sie fest, ob er zu Hause ist, wann er ausgeht, wer ihn besucht und so weiter. Biedern Sie sich mit seinem Diener an – er hat einen jungen Menschen in der Wohnung. Vielleicht können Sie auch von dem Portier und den Kaufleuten brauchbare Nachrichten erhalten.«

Totty stöhnte.

»Das ist aber kaum eine Aufgabe für einen Sergeanten –«

»Sie haben wie immer unrecht, Totty. Ich würde keinen anderen damit beauftragen als Sie. Es wäre möglich, daß der Fall in Marks Priory eine ganz neue Wendung nimmt, und Sie sollen dabeisein. Aber wenn es Ihnen nicht paßt, kann ich Ferraby senden, den hält niemand für einen Detektiv –«

»Mich hält auch keiner dafür«, entgegnete Totty etwas lauter als notwendig. »Ich will nichts gegen Sergeant Ferraby oder einen jüngeren Beamten sagen, aber wenn Sie mir den Auftrag geben, werde ich ihn auch ausführen.«

Sergeant Ferraby war Totty ein Dorn im Auge, denn er hatte eine gute Schulbildung genossen. Außerdem konnte er sich tadellos benehmen, und alle Leute hatten ihn gern. Er hatte seine Begabung gezeigt; infolgedessen war er schnell befördert worden. Im geheimen bewunderte Totty ihn jedoch und versuchte sogar, ihn nachzuahmen.

Als er in die Halle des großen Wohnblocks Ferrington Court trat, hatte er nicht die geringste Hoffnung, schnell mit dem Portier oder einem der Hausangestellten bekannt zu werden.

Besonders der Portier machte in seiner Uniform mit den vielen Goldtressen einen unnahbaren Eindruck.

Hätte Tanner schärfer beobachtet, so hätte er in dem Mann mit der glänzenden Livree einen früheren Polizeibeamten erkannt, einen gewissen Bould. Totty sah das auf den ersten Blick und begrüßte Bould herzlich als einen alten Freund.

»Es ist doch merkwürdig, daß Tanner mich nicht wiedererkannt hat, als er heute nachmittag hier war«, meinte der Portier. »Worauf ist er denn aus? Doch nicht auf diesen Amersham?«

»Warum nicht? Aber wie kommen Sie denn hierher? Sie sehen aus wie ein Kinoportier.«

Bould betrachtete düster seine goldbetreßten Ärmel.

»Ich weiß nicht, warum sie in einem so vornehmen, ruhigen Haus den Portier ausputzen wie einen Weihnachtsmann. Tanner ließ sich heute zur Wohnung von Amersham hinauffahren. Ich glaube, das hat mit dem Mord zu tun, der neulich auf dem Land passiert ist.«

»Was ist denn dieser Amersham eigentlich für ein Kerl?«

Bould schüttelte den Kopf.

»Er behandelt seine Dienstboten, als ob Sie Hunde wären. Ein hochnäsiger Patron! Ich könnte ein paar Dinge erzählen, wenn ich wollte«, fügte er geheimnisvoll hinzu.

Bould hatte einen kleinen Aufenthaltsraum, nahm Totty dorthin mit und bot ihm einen Stuhl an.

»Wenn Sie sich hier in die Ecke setzen, kann Sie keiner sehen, der hereinkommt. Amersham hat hier eine Gesellschaft gegeben – vor etwa zwei Monaten. Alle anderen Hausbewohner haben sich beschwert ... na, ich sage Ihnen: Weiber ... Sekt ...«

»Das glaube ich«, pflichtete Totty bei und fragte dann begierig nach weiteren Einzelheiten. Aber die interessanten Dinge waren alle hinter verschlossenen Türen passiert; Mr. Bould konnte nur erzählen, was er von dem Nachtportier erfahren hatte.

»Ist Amersham zu Hause?«

»Nein. Vor einer halben Stunde ist er ausgegangen. Aber er ist bald wieder hier – er hat eine Verabredung. Eine junge Dame will ihn besuchen. Er hat mir ausdrücklich gesagt, ich soll sie ins Wartezimmer führen, wenn sie früher kommt als er. Wir haben einen wunderbaren Raum dafür – haben Sie ihn schon gesehen?«

»Nein, der interessiert mich auch nicht«, entgegnete Totty. »Wo ist denn der Diener? Heißt er nicht Joe?«

Mr. Bould zwinkerte dem Sergeanten zu. »Der ist auch ausgegangen, Amersham hat ihn heute abend schon frühzeitig weggeschickt. Ein Angestellter stört doch nur bei solchen Besuchen. Ist Tanner hinter dem Doktor her? Hat der Kerl etwas ausgefressen? Ich würde mich nicht wundern, wenn er verschiedenes auf dem Kerbholz hätte. Verdächtig ist er mir schon immer vorgekommen ... Erstens hat er unglaublich viel Geld – das muß er von jemand auf dem Land bekommen, soviel ich erfahren habe. Außerdem schläft er nur etwa drei Nächte in der Woche hier in der Wohnung. Er gibt Gesellschaften, geht ins Theater und verjubelt Zeit und Geld.«

»Das kann ich mir vorstellen«, meinte Totty und nickte.

Plötzlich warf er dem Portier einen warnenden Blick zu und

drückte sich in die Ecke. Schnelle Schritte ertönten auf dem Marmorboden der Vorhalle. Bould drehte das Licht aus und verließ seinen Raum. Im nächsten Augenblick sah Totty, daß Dr. Amersham vorüberging. Der Arzt fragte Bould etwas, dann wurde eine Tür zugeschlagen, und der Lift fuhr in die Höhe.

Gleich darauf hörte Totty andere Schritte, lugte vorsichtig um die Ecke und bemerkte eine junge Dame. Zu seinem höchsten Erstaunen erkannte er Isla Crane, die er in Marks Priory kennengelernt hatte.

Sie trug einen langen Mantel und einen kleinen schwarzen Hut, den sie tief ins Gesicht gezogen hatte. Aber Totty vergaß kaum einen Menschen, den er einmal gesehen hatte. Sie war ein wenig bleich und machte einen nervösen Eindruck.

Sie schaute nach links und nach rechts und ging schon auf die Tür der Portierloge zu, aber gerade noch rechtzeitig kam der Fahrstuhl herunter, und Bould trat auf sie zu.

»Sie wünschen doch Dr. Amersham zu sprechen?«

»Ja, bitte«, erwiderte sie leise.

Totty wartete, bis Bould zurückkehrte.

»Das ist sie«, sagte der Portier. »Sie sieht gut aus, nicht wahr? Aber alle Mädels, die herkommen, haben ein hübsches Gesicht. Wenn das meine Tochter wäre –«

Er machte ein grimmiges Gesicht. Totty entgegnete nichts darauf, denn Islas Besuch bei Dr. Amersham erschien ihm nicht so sonderbar. Sie war die Sekretärin Lady Lebanons und brachte dem Arzt vielleicht eine Botschaft von ihrer Herrin. Ihr bleiches Gesicht und ihr nervöses Verhalten paßten allerdings wenig zu dieser Theorie.

»Ist es nicht möglich, daß ich in die Wohnung schauen könnte?« fragte Totty plötzlich.

Mr. Bould wurde ernst.

Als alter Polizist fand er es selbstverständlich, daß der Sergeant mit einem Nachschlüssel in die Wohnung eindringen oder sich wenigstens in der leeren Wohnung neben den Räumen von Dr. Amersham aufhalten durfte. Von dort aus konnte Totty auf den gemeinsamen Balkon hinaustreten, der auch an der Wohnung des Arztes entlangführte. Nur ein eisernes Gitter, über das man leicht hinüberklettern konnte, trennte den Balkon in zwei Abteilungen.

Aber jetzt war Bould hier Portier und hatte über die Hausbewohner zu wachen. Dafür erhielt er doch sein Gehalt. Er konnte seine Stellung verlieren, wenn er sich etwas zuschulden kommen ließ.

»Ich weiß nicht recht, Sergeant, ob das geht«, sagte er und kratzte sich das Kinn.

Totty redete jedoch einige Zeit auf ihn ein, und schließlich fuhren sie beide mit dem Fahrstuhl hinauf.

Kaum hatte Isla Crane geklingelt, als sich die Wohnungstür des Doktors auch schon öffnete.

»Ach, treten Sie doch näher, Miss Crane.«

Dr. Amersham war in der besten Laune, sprach väterlich zu ihr und war viel freundlicher, als er sich jemals in Gegenwart von Lady Lebanon gezeigt hatte.

»Es ist außerordentlich liebenswürdig, daß Sie gekommen sind. Wollen Sie nicht ablegen?«

Aber Isla war nicht gekommen, um sich unterhalten zu lassen.

»Nein, danke. Ich kann nur ein paar Minuten bleiben. Woher wußten Sie eigentlich, daß ich in der Stadt bin?«

Amersham lächelte, als er sie ins Wohnzimmer führte.

»Ich habe mit Mylady telefoniert, und sie sagte mir, daß Sie in London wären. Sie haben doch den Abend noch frei? Hoffentlich habe ich Ihr Programm nicht verdorben. Es ist überhaupt unverantwortlich, daß Sie soviel Zeit in dem düsteren Herrenhaus von Marks Priory zubringen müssen.«

»Ich fahre morgen früh nach Stevenage, um meine Mutter zu besuchen«, entgegnete sie kurz.

Er schob ihr einen Sessel hin, aber sie setzte sich nicht.

»Lady Lebanon nannte mir das Hotel, in dem Sie logieren, und es war ein glücklicher Zufall, daß ich Sie traf, bevor Sie ausgingen.«

»Was wollen Sie denn von mir?«

Der Ton ihrer Stimme klang durchaus nicht liebenswürdig.

»Ich wollte hier keinen Freundschaftsbesuch machen«, erklärte sie kühl, als er sich vorwurfsvoll über ihr ablehnendes Wesen äußerte. »Wenn Sie mir nicht gesagt hätten, Sie wollten mich dringend wegen Lady Lebanon sprechen, wäre ich überhaupt nicht gekommen.«

»Aber Isla, wie kann man nur so abweisend und kalt sein! Darf ich Ihnen jetzt Ihren Mantel abnehmen?«

Sie trat einen Schritt zurück.

»Warum wollten Sie mich sprechen?«

Es fiel ihm außerordentlich schwer, eine Unterhaltung mit ihr zu beginnen.

»Willie Lebanon will Sie heiraten, ist Ihnen das bekannt?«

Sie antwortete nicht darauf.

»Was sagen Sie denn dazu? Sie werden Gräfin Lebanon werden und haben dann den Vortritt vor allen Baroninnen und Angehörigen des niederen Adels. Übrigens brauchen Sie Mylady nicht zu erzählen, daß ich Sie zu mir gebeten habe.«

Sie warf ihm einen schnellen Blick zu.

»Warum denn nicht, wenn es sie doch angeht?«

»Es geht sie und mich etwas an – Ihre voraussichtliche Heirat. Es wäre wirklich sehr gut für Sie, Isla. Der junge Lord wird Ihnen sofort einen Teil seines Vermögens überschreiben, vielmehr Lady Lebanon wird das tun. Ihnen scheint aber der Plan nicht zu gefallen?«

»Lady Lebanon hat mir das auch angedeutet, aber ich möchte mich nicht verheiraten. Das habe ich ihr auch klar gesagt.«

Er lachte.

»Ich glaube aber, sie hat sich aus Ihrer Absage nicht viel gemacht. Lady Lebanon ist eine Natur, die sich überall durchsetzt. Man kann sich ihr kaum entgegenstellen, wenn sie ihren Willen durchführen will.«

Er war enttäuscht, daß sie nicht antwortete, und wurde nervös. »Warum ziehen Sie nur Ihren Mantel nicht aus? Wir beide sollten doch zusammenhalten. Lady Lebanon betrachtet uns wie ein paar bessere Dienstboten. Wir bekommen unser Gehalt und müssen unsere wahren Gefühle verbergen –«

»Haben Sie mir sonst noch etwas zu sagen?« fragte sie eisig. »Wenn nicht, dann gehe ich jetzt.«

Sie wandte sich halb um, aber bevor sie ahnte, was geschehen würde, riß er sie an sich. Er hielt sie so fest, daß sie sich nicht wehren konnte. Sie fühlte seinen Schnurrbart an ihrer Wange, und seine Augen blitzten so unheimlich, daß sie erschrak.

»Isla, niemand in der Welt kann sich mit dir vergleichen«, stieß er atemlos hervor. »Ich möchte dein Freund sein, ich will dir helfen.«

»Lassen Sie mich einen Augenblick los«, sagte sie mit erzwungener Ruhe.

Er ließ sich täuschen. Kaum hatte er den Griff etwas gelockert, als sie sich plötzlich von ihm frei machte, zu der Wand eilte und den Daumen auf einen kleinen Knopf legte, der unauffällig an der Wand angebracht war.

»Machen Sie bitte die Tür auf und gehen Sie dann in das andere Zimmer.«

Amersham atmete schnell. Er sagte nichts; er wußte, daß er im Augenblick geschlagen war. Wütend riß er die Zimmertür auf, trat in den Vorraum und schloß die Wohnungstür auf.

»Sie können gehen. Es war töricht von mir, daß ich Ihnen helfen wollte.«

Sie zeigte auf die andere Tür am Ende des Wohnzimmers.

»Aber machen Sie doch nicht solche Geschichten. Sie sind vollkommen sicher –«

»Ich bin so lange sicher, wie ich den Daumen auf dem Knopf für Feueralarm habe«, entgegnete sie ruhig. »Und Sie wollen sich doch wohl nicht blamieren? Sie würden eine lächerliche Figur machen, wenn die Feuerwehr hierherkommt!«

Auf dem Balkon stand Sergeant Totty im Dunkeln und nickte befriedigt.

Er sah, daß sich die Wohnungstür hinter Isla schloß, und beobachtete dann die Rückkehr des Doktors in das Wohnzimmer.

»Großartig«, murmelte Sergeant Totty beifällig.

Einige Zeit ging Amersham nervös auf und ab. Dann hörte Totty, daß das Telefon klingelte. Amersham ging zum Apparat und nahm den Hörer ab. Gleich darauf runzelte er ärgerlich die Stirn, sagte etwas, was Totty nicht verstehen konnte, drehte das Licht aus und ging ins Schlafzimmer.

Totty schlich sich auf dem Balkon entlang; die Vorhänge waren von innen vorgezogen, aber es gelang ihm doch, durch einen Spalt an der Seite zu sehen. Auf diese Weise konnte er den Bewegungen Amershams folgen, der eine Schublade aufzog, einen Gegenstand herausnahm und in die Tasche steckte. Was es war, konnte Totty nicht erkennen, aber er vermutete, daß es sich um einen Browning handelte.

Im Schlafzimmer befand sich auch ein Telefonapparat. Der Doktor benützte ihn und sprach etwa zwei Minuten lang. Allem Anschein nach war es ein Haustelefon.

Der Arzt nahm seinen Mantel aus dem Kleiderschrank und legte ein weißes Seidentuch um den Hals, während Totty zu der leeren Wohnung zurückschlich. Der Sergeant war schon in der Eingangshalle, als Amersham herunterkam.

»Der Doktor geht aus«, sagte Bould. »Eben hat er mit seinem Chauffeur telefoniert. Der Wagen steht auch schon draußen. Warten Sie einen Augenblick!«

Bould ging hinaus und sprach mit dem Chauffeur.

»Amersham fährt nach Marks Priory«, flüsterte der Portier dem Sergeanten zu, als er zurückkam. »Sie sollten einmal mit dem Chauffeur sprechen – was der nicht alles von seinem Herrn erzählt! Dabei hat er den Posten noch nicht lange. Er ist in diesem Monat schon der zweite.«

Die Klingel vom Fahrstuhl unterbrach ihn. Er eilte hin und kam bald darauf mit Dr. Amersham zurück, der schnell auf die Straße trat.

Erst als das Auto abfuhr, kam Sergeant Totty aus seinem Versteck heraus.

»Ein merkwürdiger Kerl.«

»Haben Sie etwas gesehen?« fragte Bould neugierig.

»Ja, allerhand«, entgegnete Totty geheimnisvoll.

Er ging zur nächsten Telefonzelle, um seinem Chef zu berichten.

»Ich möchte nur wissen, warum er nach Marks Priory gefahren ist«, sagte Tanner nachdenklich. »Allem Anschein nach hatte er vorher nicht diese Absicht. Wo wohnt die junge Dame?«

Totty seufzte.

»Ich kann doch nicht alles wissen«, erwiderte er dann vorwurfsvoll.

»Ein trauriges Eingeständnis«, sagte Tanner und hängte ein.

Die Telefonzelle war kaum hundert Meter von Ferrington Court entfernt. Als Totty hinaustrat, sah er einen Mann, der ihn aufmerksam beobachtete. Zuerst dachte er an einen Geheimpolizisten, aber dann erkannte er ihn plötzlich. Der Mann schien mit ihm sprechen zu wollen, denn er kam auf ihn zu.

»Sie sind doch Tilling?« fragte Totty.

»Ja, so heiße ich«, entgegnete der Parkwächter mit tiefer Stimme. »Sind Sie nicht eben aus dem Haus dort gekommen?« Er zeigte auf Ferrington Court. »Haben Sie Dr. Amersham besucht?«

»Hören Sie mal«, erwiderte der Sergeant mit ausgesuchter Höflichkeit, »Sie wissen doch, daß ich ein Beamter der Geheimpolizei bin. Was soll das heißen, daß Sie derartige Fragen an mich richten?«

»Wer war denn die junge Dame, die ins Haus ging? Haben Sie sie gesehen?«

»Ja.«

»Und erkannt? Haben Sie sie auch in Marks Priory bemerkt? Sie ist doch nicht mit ihm fortgegangen? Ich habe nicht gesehen, wie sie das Haus verließ. Ich wollte vor allem auf den Doktor aufpassen.«

»Wer sollte denn Ihrer Meinung nach die Dame gewesen sein?« fragte Totty diplomatisch.

»Sie kann es auf keinen Fall gewesen sein, sie ist nicht so groß, und außerdem kleidet sie sich anders. Wer war es denn?«

»Meine Tante«, entgegnete Totty kurz. »Wer soll es sonst gewesen sein?«

Plötzlich wurde Totty klar, warum Tilling all diese Fragen an ihn richtete.

»Ich werde Ihnen sagen, wer es nicht war, wenn Sie es durchaus wissen wollen – es war nicht Ihre Frau.«

»Wer hat behauptet, daß sie es gewesen sein soll? Meine Frau ist in Marks Thornton. Wohin ist er denn gefahren?«

»Meinen Sie Dr. Amersham? Nach Marks Thornton. – Jetzt

erklären Sie mir aber, mein Freund, was das alles zu bedeuten hat. Warum spionieren Sie Dr. Amersham nach?«

»Kümmern Sie sich um Ihre eigenen Angelegenheiten«, fuhr ihn Tilling an.

Als er sich abwandte, packte ihn Totty am Arm und drehte ihn um.

»Höflich können Sie wenigstens zu mir sein, das kostet nichts.«

Tilling war allem Anschein nach erstaunt über die Stärke des Sergeanten, der einen Kopf kleiner war als er selbst.

»Ich bitte um Verzeihung«, lenkte er ein, »aber ich habe häusliche Sorgen und Ärger.«

»Wer hätte das nicht«, sagte Totty großzügig und ließ ihn gehen.

Er beobachtete den Parkwächter, bis er außer Sicht kam, dann ging er zu seinem Freund Bould zurück.

»Haben Sie eigentlich eine Ahnung, wohin die junge Dame gefahren ist?«

»Nach Treen's Hotel am Tavistock Square«, entgegnete der Portier. »Wenigstens hat sie dem Chauffeur diese Adresse genannt.«

Totty hatte eigentlich nicht den Wunsch, Isla Crane aufzusuchen und auszufragen, aber er hatte weiter nichts zu tun. So ging er die Straße entlang, bis er einen Autobus fand, der ihn in die Nähe von Tavistock Square brachte. Treen's Hotel war ein preiswertes, aber achtbares Haus in einer ruhigen Gegend.

Er erfuhr, daß sich Isla noch nicht zurückgezogen hatte. Sie saß im Schreibzimmer, das zugleich als Empfangssalon diente. Als Totty eintrat, schrieb sie gerade einen Brief.

»Es tut mir leid, daß ich Sie störe, Miss Crane, aber vielleicht können Sie sich auf mich besinnen. Mein Name ist Totty, ich war kürzlich in Marks Priory tätig.«

Sie sah sich nach ihm um und zuckte zusammen.

»Ach ja, ich erinnere mich«, erwiderte sie verstört. »Wollen Sie mich aus einem bestimmten Grund sprechen?«

Totty lächelte schwach, setzte sich auf einen Stuhl und legte seinen steifen Hut auf das Knie.

»Ich sah Sie zufällig, als Sie aus einem Wagen ausstiegen,

glaubte dann aber, ich hätte mich getäuscht. Es kam mir merkwürdig vor, daß Sie sich in London aufhalten sollten.«

Während sie ihm zuhörte, beruhigte sie sich etwas.

»Wie geht es denn jetzt in Marks Priory?«

»Immer noch wie früher.«

»Und was macht Dr. Amersham?« fragte er kühn.

Sie holte tief Atem.

»Den habe ich seit langer Zeit nicht mehr gesehen.«

Er lächelte sie wohlwollend an.

»Das ist aber komisch. Ich hätte einen Eid darauf leisten mögen, daß ich Sie heute aus Ferrington Court kommen sah.«

Sie richtete sich plötzlich auf.

»Ja, ich habe ihn heute abend getroffen, aber ich dachte nicht, daß Sie das etwas anginge, Mr. Totty. Haben Sie mich beobachtet?«

Er nickte.

»Ich habe Sie ins Haus und auch wieder herauskommen sehen. Soweit ich es beurteilen kann, ist Dr. Amersham seinem Charakter nach kein Mann, den man nach dem Abendessen noch aufsucht, besonders wenn er alle seine Diener fortgeschickt hat.«

Sie sah ihn bestürzt an.

»Ich danke Ihnen, Sergeant Totty. Sie haben also heute gleichsam den Schutzengel gespielt?«

Er grinste vergnügt.

»Dafür bin ich bekannt. Auch wenn Sie nicht den Feueralarm gefunden hätten, so hätte ich doch dafür gesorgt, daß Ihnen nichts geschehen wäre.«

Sie sah ihn verwundert an.

»Ich stand nämlich draußen auf dem Balkon vor dem Fenster«, erklärte er. »Wissen Sie Näheres über Dr. Amersham?«

Sie zögerte und schüttelte dann den Kopf; aber er fühlte, daß sie ihm doch Auskunft hätte geben können.

»Nein, ich kann Ihnen nichts Besonderes erzählen – höchstens, daß er mit Lady Lebanon eng befreundet ist.«

»Ist er nicht ein bißchen vergnügungssüchtig? Man spricht so allerhand über ihn in Marks Thornton – da ist doch die Frau des Parkwächters –«

Er beobachtete sie genau. Allem Anschein nach war aber dieser Klatsch noch nicht zu ihren Ohren gekommen, denn sie schaute ihn ehrlich erstaunt an.

»Sie meinen doch nicht etwa Mrs. Tilling ...? Nein, das ist unmöglich!«

Wieviel Totty von ihrer Unterhaltung mit Amersham hatte belauschen können, hätte sie zu gern gewußt. Hatte der Doktor so laut gesprochen, daß der Sergeant auch die Bemerkung über ihre Heirat gehört hatte? Jedenfalls ließ sich Totty nichts merken.

»Der Doktor ist heute abend nach Marks Priory gefahren«, sagte er schließlich nach einer anscheinend harmlosen Unterhaltung.

Sie war offenbar erstaunt. Unschlüssig warf sie einen Blick auf den Brief, den sie halb beendet hatte.

Totty verabschiedete sich und ging nach Scotland Yard zurück. Zu seiner Überraschung hörte er von dem Polizeibeamten am Eingang, daß Tanner noch in seinem Büro wäre und nach ihm gefragt hätte.

»Schlafen Sie denn nie?« erkundigte er sich, als er ohne weiteres in das Zimmer seines Vorgesetzten eintrat.

»Nun, was haben Sie herausbekommen? Setzen Sie sich dorthin, nehmen Sie Ihren Hut ab, lassen Sie die Hände von dem Zigarrenkasten und berichten Sie möglichst nur Tatsachen ohne Ausschmückungen.«

»Wir haben Glück, denn Bould ist drüben als Portier angestellt.«

»Ich kann mich noch auf ihn besinnen«, meinte Tanner, nachdem der Sergeant seinen Bericht beendet hatte. »Er mag uns in Zukunft vielleicht nützlich sein. Sie haben allerdings kaum etwas entdeckt, was ich nicht schon gewußt hätte, mit Ausnahme der geplanten Hochzeit, die aber weder Sie noch mich interessiert. Tilling war also vor dem Haus? Ich habe ihn heute nachmittag auch gesehen.«

»Der Kerl ist eifersüchtig.«

»Er hat auch allen Grund dazu. Ich glaube, wir müssen den Doktor warnen. Setzen Sie sich doch mit Bould in Verbindung und bitten Sie ihn, mir mitzuteilen, wann Amersham zurückkehrt. Ich will den Mann dann aufsuchen und mit ihm sprechen. Er muß wissen, daß er von dem eifersüchtigen Tilling bewacht wird. Der Mann soll einmal einen Hund mit den bloßen Händen erwürgt haben.«

»Er hat auch Studd erwürgt«, ergänzte Totty, aber Tanner schüttelte den Kopf.

»Das bezweifle ich. Studd wurde mit einem Tuch erwürgt, das aus Indien stammte. Wäre Tilling der Mörder gewesen, so hätte er die Tat mit seinen Händen vollbracht. Nein, unsere Untersuchungen haben uns auf eine andere Spur geführt, und zwar auf Amersham, der in Indien gelebt hat.«

Der Chefinspektor klingelte.

»Was wünschen Sie? Kann ich es für Sie besorgen?« fragte Totty.

»Ich möchte Sergeant Ferraby sprechen. Er muß noch im Hause sein.«

»Was wollen Sie denn von ihm?« sagte Totty vorwurfsvoll.

»Er soll Miss Crane beobachten. Wenn Sie die Sache machen wollen, können Sie es meinetwegen auch tun. Ferraby kann ihr nach Marks Thornton folgen und sehen, was er dabei beobachtet. Gleichzeitig kann er auch auf Mr. und Mrs. Tilling achten.«

Ferraby kam kurz darauf ins Zimmer. Er war groß und immer in guter Stimmung. Als er hörte, welche Aufgabe man ihm zugedacht hatte, freute er sich darüber.

»Kennen Sie denn die junge Dame?« fragte Tanner überrascht.

»Ich sah sie das letztemal, als wir in Marks Priory waren«, erklärte der Sergeant und wurde rot. »Sie ist außerordentlich hübsch.«

Totty schüttelte vorwurfsvoll den Kopf.

»Ihre Gedanken sind nicht bei der Arbeit, mein Junge.« Das stimmte mehr, als er ahnte, denn Sergeant Ferraby hatte sich heute in seinen Gedanken ausschließlich mit Isla Crane beschäftigt. Er war jung, und auch Detektive sind Menschen.

9

Zwei Tage später begleitete Ferraby seine Schutzbefohlene nach Marks Thornton, und nur widerwillig trennte er sich an dem Parktor von ihr. Sie hatte natürlich keine Ahnung, daß sie bewacht und beschützt wurde; nicht einen Augenblick vermutete sie, daß sich ein Beamter von Scotland Yard in ihrer Nähe befand und jeder ihrer Bewegungen scharf beobachtete.

Ferrabys Aufgabe war schwierig, weil Isla ihn bereits kannte und schon mit ihm gesprochen hatte. Er wartete, bis ihr Auto außer Sicht kam; erst dann fuhr er zu dem Dorfgasthaus zurück und entließ den Wagen, den er vom Bahnhof aus benützt hatte.

Als er eintrat, sah er in der sonst leeren Gaststube einen jungen Mann hinter dem Schanktisch und benützte diese gute Gelegenheit, um Tottys Bericht nachzuprüfen. Er nahm an, daß er Tom, den Sohn des Gastwirts, vor sich hatte. Aber als er ihn vorsichtig auszufragen begann, unterbrach ihn dieser plötzlich.

»Sind Sie nicht ein Beamter von Scotland Yard? Sie kamen doch mit Mr. Tanner hierher? Haben Sie inzwischen etwas Neues über den Mordfall Studd herausgebracht?«

»Nein«, erwiderte Ferraby kurz; er ärgerte sich, daß man ihn wiedererkannte.

Tom wischte mit einem Tuch mechanisch die Tischplatte ab.

»An dem Abend war ich nicht hier – ich fuhr zum Geburtstag meines Onkels nach London und blieb die Nacht dort.«

»Tilling hat Sie doch begleitet?«

Der junge Mann grinste.

»So, das wissen Sie? Ja, wir sind zusammen zur Stadt gefahren, aber Tilling ist früher zurückgekommen.«

»Er ist die Nacht nicht im Gasthaus Ihres Onkels geblieben?«

»Nein. Es war kein Platz für ihn da, und außerdem ist er immer ungemütlich, wenn er getrunken hat. Mit dem letzten Zug ist er nach Hause gefahren. Der hat zuviel nachzudenken; in der letzten Zeit hat er überhaupt kein freundliches Wort für andere Leute übrig. Heute abend war er hier, aber ich konnte nichts aus ihm herausbringen. Er brummte nur mürrisch vor sich hin. Haben Sie neue Anhaltspunkte, Mr. Ferraby?«

Der Sergeant lächelte.

»Es tut mir leid, daß ich Sie enttäuschen muß. Außerdem bin ich nicht beruflich nach Marks Thornton gekommen. Ich möchte mich etwas erholen.«

Tom sah ihn argwöhnisch von der Seite an. Es erschien ihm unglaubwürdig, daß ein Detektiv von Scotland Yard seinen Urlaub in Marks Thornton verbringen wollte.

»Dann sind Sie vielleicht wegen der anderen Geschichte hier – ich meine die Sache mit den gefälschten Banknoten. Wie hieß der Kerl doch gleich? Wenn ich mich nicht sehr irre, war es Briggs. Der wohnte hier, als der Mord begangen wurde. In derselben Nacht hat er hier logiert. Vater und ich haben uns oft darüber unterhalten, ob er vielleicht etwas mit der Geschichte zu tun haben könnte. Er sah allerdings nicht sehr gefährlich aus. Aber wenn man die Bilder der Schwerverbrecher in der Zeitung sieht, unterscheiden sie sich eigentlich gar nicht so sehr von anderen Leuten.«

Ferraby grinste.

»Ich glaube, wir müssen Sie nächstens noch als Detektiv anstellen«, erwiderte er und fragte dann vorsichtig, warum Tilling denn so schlechter Laune wäre.

»Die Frau würde jeden Mann zum Trinken bringen«, erklärte Tom mit Nachdruck. »Ich kann dem armen Kerl wirklich keinen Vorwurf machen; er muß ein schreckliches Leben haben! Die Frau ist sehr hübsch. Sie war Zofe, als Tilling sie kennenlernte. Natürlich laufen ihr die Männer nach. Man sagt auch, daß der Doktor –«

Er hielt inne.

»Meinen Sie Dr. Amersham?«

Tom schnitt ein Gesicht und machte sich wieder mit großem Eifer daran, den Schanktisch abzuwischen.

»Namen nenne ich nicht. Welchen Zweck hat es auch, all den Klatsch aufzuwärmen? Die Leute in Marks Thornton haben ein böses Mundwerk.«

Am Abend berichtete der Sergeant an Chefinspektor Tanner, und am nächsten Morgen machte er einen weiten Spaziergang, der ihn in die Nähe des Tillingschen Hauses führte.

In etwa hundert Meter Entfernung hielt er an, setzte sich auf einen niedrigen Zaun und rauchte seine Pfeife. Nachdem er ungefähr eine Stunde gewartet hatte, wurde seine Geduld belohnt. Eine Frau verließ das Haus, ging den Fußpfad entlang und trat dann auf die Straße hinaus.

Sie trug einen kleinen Korb und wollte allem Anschein nach ins Dorf gehen, um dort einzukaufen. Als sie an Ferraby vorbeikam, warf sie ihm einen schnellen Blick zu. Auf jeden Fall war sie sehr hübsch; sie kleidete sich gut und vorteilhaft, trug elegante Schuhe, seidene Strümpfe und einen entzückenden Hut. Ferraby bemerkte sogar eine kleine diamantenbesetzte Uhr an ihrem Handgelenk.

»Ach, entschuldigen Sie«, sprach er sie an. »Ist das große Gebäude dort drüben Marks Priory?«

Sie drehte sich sofort um, und Ferraby hatte den Eindruck, daß sie bestimmt erwartet hatte, von ihm angesprochen zu werden.

»Ja, das ist Marks Priory.«

Ihre Stimme klang etwas gewöhnlich, aber ihre Augen waren schön und leuchteten.

»Das ist aber nicht der Haupteingang«, sagte sie und wies mit dem Kopf auf das Tor. »Der liegt in der Nähe des Dorfes. Soll ich Ihnen den Weg zeigen?«

Sie sah ihn halb furchtsam von der Seite an.

»Das würde mir das größte Vergnügen machen.«

Er fühlte, daß er durch Höflichkeit hier viel erreichen konnte, ging neben ihr her und unterhielt sich zuvorkommend und freundlich mit ihr.

Ein- oder zweimal sah sie sich um, als ob sie erwartete, daß ihr jemand folgte. Beim zweitenmal wandte sich auch Ferraby um.

»Hat jemand gerufen?« fragte er.

»Ach nein«, erwiderte sie und zog die linke Schulter hoch. »Es ist nur wegen meinem Mann – ich dachte, es könnte ihm einfallen, hinter mir herzukommen. Kennen Sie das Schloß schon?«

»O ja, ich kenne dort zwei Leute.«

»Etwa Mylady?«

Sie schaute ihn argwöhnisch an, denn sie konnte sich eine Bekanntschaft zwischen einem Mann und einer Frau nicht anders vorstellen, als daß Liebe oder Zuneigung eine Rolle dabei spielten. Sosehr Lady Lebanon von allen andern Bewohnern im Dorf geachtet wurde, für Mrs. Tilling war sie auch nur eine Frau.

»Ja, ich habe Mylady getroffen.«

»Kennen Sie den jungen Lord auch?«

»Heute morgen sah ich ihn den Fahrweg entlanggehen.«

Sie warf ihm einen sonderbaren Blick zu. »Wenn Sie die Zufahrtsstraße kennen, warum fragen Sie dann nach dem Weg?«

Ferraby machte nun einen kühnen Schachzug.

»Sie wissen ganz genau, daß man einen Vorwand sucht, um eine Dame anzusprechen, die man gern kennenlernen möchte.«

Er hatte seinen Zweck vollkommen erreicht, denn sie lachte leise vor sich hin.

»Ich hatte mir das auch schon gedacht. Aber Sie bringen mich in schlechten Ruf. Die Leute reden zwar schon so viel über mich, daß es nicht mehr darauf ankommt. Kennen Sie eigentlich Dr. Amersham?« fragte sie gleichgültig, aber er merkte sofort die Absicht und ließ sich nicht täuschen.

»Ich habe ihn einmal flüchtig gesehen.«

»Er ist ein sehr liebenswürdiger Herr und außerordentlich klug. Ich bewundere solche Leute.«

Sie sprach schnell, und obwohl sie allgemeine Redensarten gebrauchte, klangen sie aus ihrem Mund doch originell.

»Klugheit und Verstand machen immer großen Eindruck auf mich«, fuhr sie fort. »Mir liegt mehr daran, daß ein Mann einen klugen Kopf hat, als daß er gut aussieht. Was Dr. Amersham nicht alles weiß ... Ich bin immer wieder erstaunt darüber. Er ist auch viel im Ausland gewesen, und ein Arzt weiß sowieso mehr als andere Leute. Meinen Sie nicht auch, Mr. –?«

»Mein Name ist Ferraby. Ist Ihr Mann denn nicht auch klug?«

»Ach, der!« erwiderte sie verächtlich. »Er ist ganz nett, aber er fällt mir auf die Nerven.«

Sie sprach rückhaltlos, und es war leicht zu erkennen, wie sie auf Personen und Ereignisse reagierte. Nach einer Weile blieb sie stehen.

»Hier ist der Fahrweg zum Herrenhaus, aber ich glaube, das wissen Sie ebensogut wie ich. Bleiben Sie lange hier?«

Ferraby, eine schlanke, große Erscheinung, war ausgesprochen ihr Typ, wenn er es auch nicht wußte.

»Ein oder zwei Tage«, erwiderte er und wurde plötzlich rot.

Isla Crane kam den Weg herunter. Als sie vorüberkam, warf sie ihm einen schnellen, erstaunten Blick zu und ging weiter, ohne zu grüßen. Dieser Blick sagte ihm zweierlei: erstens, daß sie sich an ihn erinnerte; zweitens, daß sie überrascht war, ihn in einer Unterhaltung mit der Frau des Parkwächters zu finden. Am liebsten wäre er ihr nachgeeilt und hätte ihr alles erklärt. Aber was hätte sie wohl zu einer solchen Unverschämtheit gesagt?

»Das ist Miss Crane«, erklärte Mrs. Tilling, die seine Verlegenheit nicht bemerkte, »die Sekretärin von Mylady. Sie ist furchtbar hochnäsig, und dabei sagen die Leute, daß sie kein Vermögen hat und nur von dem lebt, was sie hier auf dem Schloß verdient. Wenn man sie so daherkommen sieht, könnte man glauben, sie wäre eine Königin.«

Mrs. Tilling hatte so hart und böse gesprochen, daß sich Ferraby wunderte.

Plötzlich reichte sie ihm ihre kleine Hand, die in einem eleganten Handschuh steckte, und verabschiedete sich.

Er hatte die Empfindung, daß jemand am Fenster des Wirtshauses stand und sie beobachtete. Sicher war es Tom, denn als er ins Gasthaus eintrat, begrüßte ihn der junge Mann grinsend.

»Die hat sich also auch schon an Sie herangemacht? Wie die es bloß immer anstellt, daß sie sofort mit allen Leuten bekannt wird! Ich halte mich von ihr fern; ich bin verlobt, und mit meiner Braut ist in der Beziehung nicht zu spaßen.«

Tom trat hinter den Schanktisch.

»Ist es Ihnen noch zu früh für ein Glas Bier?«

»Nein, ich trinke immer ganz gern ein Glas«, log Ferraby.

Plötzlich hörte er Schritte hinter sich, und eine schwere Hand legte sich auf seine Schulter.

»Kennen Sie meine Frau?« fragte jemand.

Ferraby drehte sich gelassen um und schaute in das dunkle Gesicht des Parkwächters, dessen Augen zornig aufblitzten.

»Wenn Sie noch einmal Ihre Hand auf meine Schulter legen«, sagte er mit Nachdruck, »dann schlage ich Ihnen mit der Faust unters Kinn. Ich kenne Ihre Frau nicht – wenn Sie Mr. Tilling sind. Ich bin nur mit ihr die Straße zum Dorf entlanggegangen. Wenn Sie sonst noch etwas wissen wollen, dann fragen Sie schnell, bevor ich Sie hier hinauswerfe.«

»Ich habe ein Recht zu fragen, oder wollen Sie das bestreiten? Es soll nicht jeder Fremde meine Frau anquatschen –«

»Ich bin hier kein Fremder.« Ferraby nahm die Sache nicht mehr tragisch. »Ich bin ein Detektiv von Scotland Yard und habe ein Interesse daran, mich mit allen Leuten gutzustellen.«

Tilling erschrak und sah den jungen Beamten von der Seite an.

»Von Scotland Yard?« stotterte er. »Das wußte ich nicht. Was wollten Sie denn von meiner Frau wissen?«

10

Aber noch ehe Ferraby antworten konnte, wandte sich Tilling um und verließ das Gasthaus.

»Ist das nicht ein netter Kerl?« fragte Tom ironisch. »Aber daran ist nur die Frau schuld. Was halten Sie von ihr, Mr. Ferraby?«

»Ach, sie ist reizend und wirklich sehr schön.«

Tom nickte.

»Die macht ihren Mann noch verrückt. Passen Sie auf, der stellt nächstens noch Dummheiten an. Aber dafür kann man ihn dann nicht zur Verantwortung ziehen.«

Ferraby trank nicht gern Bier am frühen Vormittag, aber vom Gastzimmer aus konnte er die Gegend ruhig beobachten. Er sah auf die Dorfstraße hinaus und hoffte, daß Isla Crane auf diesem Weg nach Hause zurückkehren würde.

Nach einer Weile bemerkte er sie auch. Hastig setzte er sein Glas nieder, trat möglichst gleichgültig auf die Straße hinaus und grüßte sie.

»Erinnern Sie sich noch an mich, Miss Crane?«

Sie lachte ein wenig.

»Ja. Sie sind Mr. Ferraby. Haben wir uns nicht eben schon gesehen, als Sie mit – Mrs. Tilling sprachen?« fragte sie mit leichter Ironie. »Forschen Sie wieder die Leute aus, Mr. Ferraby? Warum sind Sie überhaupt hier?«

»Ich muß eine Menge von Angaben nachprüfen. Es handelt sich diesmal um einen Mann, der hier im Gasthaus wohnte und den man verhaftete, weil er gefälschte Banknoten unter die Leute brachte.«

»Ach so!« Allem Anschein nach fühlte sie sich erleichtert. Es fiel ihm aber auf, daß sie ebenso begierig war, ihn auszufragen, wie er sie. Er begleitete sie noch ein Stück Weges, aber hundert Meter vor dem Hausportal blieb sie stehen.

»Es ist besser, wenn Sie nicht weiter mitkommen, Mr. Ferraby. Sonst könnte man glauben, Sie wären nicht wegen des Mannes mit dem Falschgeld hier, sondern um den Mord in Marks Priory aufzuklären. Und das würde wahrscheinlich Mylady in große Aufregung versetzen.«

Plötzlich wandte sie sich um und sah den Fahrweg entlang. Sie besaß ein besseres Gehör als Ferraby und hatte die Schritte auf dem Kiesweg längst gehört. Gleich darauf kam ein junger Mann in Sicht, der einen leichten Flanellanzug trug und ohne Hut ging.

»Kennen Sie Lord Lebanon?« fragte sie leise.

»Ich bin ihm schon begegnet, aber ich glaube nicht, daß er sich meiner erinnert.«

»Guten Morgen, Isla.« Der junge Mann sah ihren Begleiter neugierig und fragend an. »Ach, ich kenne Sie«, sagte er dann plötzlich und kniff die Augen zusammen, als ob er scharf nachdächte. »Sie kamen mit Mr. Tanner her. Ich weiß auch Ihren Namen: Ferret . . . Ferraby, sehen Sie, ich habe es doch.«

»Ein glänzendes Gedächtnis, Mylord«, entgegnete der Detektiv.

»Das ist aber auch das einzig Gute an mir! Und selbst diese Fähigkeit macht in Marks Priory keinen Eindruck. Aber was tun Sie hier? Haben Sie die arme Isla im Verhör?« Er grinste. »Mich hat niemand ausgefragt, weder Tanner noch der merkwürdige kleine Kerl, der immer bei ihm ist – dieser Sergeant

Totty. Ich muß wohl sehr dumm aussehen – hast du übrigens Amersham getroffen?« fragte er Isla.

»Ich wußte nicht, daß der hier ist.«

»Oh, der ist im Schloß. Wir müßten eigentlich immer eine Flagge hissen, wenn er ankommt. Am besten wäre ein grüner Schädel mit zwei gekreuzten Knochen auf gelbem Feld.«

»Willie!« sagte sie leise und vorwurfsvoll.

Er lachte nur darüber.

»Kennen Sie eigentlich unseren Freund Amersham?« wandte er sich an Ferraby.

»Oberflächlich.«

»Das genügt auch. Es wäre selbst für einen Polizisten überraschend, wenn er ihn durch und durch kennenlernen würde. Uns fällt er hier so auf die Nerven, daß wir es kaum aushalten können.« Er sah nachdenklich auf den Detektiv. »Warum sind Sie eigentlich hier? Wegen dieser verdammten Mordgeschichte?«

»Mr. Ferraby hat mir vorhin erzählt, daß er damit nichts zu tun hat. Es handelt sich um den Mann mit den gefälschten Banknoten, der hier im Dorf war –«

»Ach ja, ich besinne mich auf ihn. Wo wohnen Sie denn, Mr. Ferraby – unten im Gasthaus? Sie hätten doch zum Schloß kommen sollen. Ich bin sicher, daß Mylady nichts dagegen hätte einwenden können. Und ich –«

Isla sah ihn scharf an, und er brach plötzlich ab.

»Ich glaube, daß es im Gasthaus sehr ungemütlich ist. Das ist direkt ein Schweinestall!«

»Aber Willie, es ist doch ein sehr anständiges Gasthaus«, sagte Isla mit Nachdruck.

»Und ich habe das beste Zimmer«, entgegnete Ferraby lächelnd. »Außerdem wunderbar gesunde Beine, auf denen ich schnell das Lokal verlassen kann, wenn es mir nicht mehr passen sollte.«

Der junge Lord lachte herzlich.

»Sie schlafwandeln doch nicht etwa?« Plötzlich wandte er sich verlegen an Isla. »Es tut mir leid, daß ich das gesagt habe.«

Ferraby sah zu seinem Erstaunen, daß sie dunkelrot geworden war.

»Sind Sie auf dem Weg zum Herrenhaus, Mr. Ferraby? Dann begleite ich Sie.«

»Nein, Mr. Ferraby ist nur mit mir gekommen und geht jetzt zum Dorf zurück.«

»Dann begleite ich Sie dorthin.«

Isla ging fort, ohne sich zu verabschieden.

»Isla, wenn du an Gilder vorbeikommst, der sich hinter den Büschen dort versteckt«, rief Lord Lebanon ihr nach, »dann sage ihm, daß ich es weiß. Er kann ruhig herauskommen und braucht sich nicht abzumühen. Ich glaube, das Gras ist sehr feucht.«

Als sie fortgingen, drehte sich Ferraby noch einmal um und sah zu seiner Verwunderung, daß Isla tatsächlich vor den Sträuchern stehengeblieben war, auf die Lebanon gezeigt hatte, und mit jemand sprach, den man nicht sehen konnte.

»Ich wußte doch, daß er dort steckt«, sagte Lord Lebanon und lachte. Dann nahm er Ferraby am Arm und ging mit ihm zusammen den Fahrweg hinunter. Da er nicht besonders groß war, reichte sein Kopf kaum an Ferrabys Schulter.

»Es gibt zwei Redensarten über einen Lord. Entweder sagt man: ›so betrunken wie ein Lord‹ oder ›so glücklich wie ein Lord‹. Betrunken bin ich noch nie gewesen, und es ist schon sehr lange her, daß ich einmal glücklich war, so lange, daß ich es beinahe vergessen habe. Sie haben wohl viel zu beobachten, Mr. Ferraby? Sie müssen den Leuten nachgehen und aufpassen, was sie tun und reden? Wenn Sie nun aber selbst einmal beobachtet würden? Ach, ich kann Ihnen sagen, das ist eine langweilige Geschichte.«

»Haben Sie denn schon einmal unter Beobachtung gestanden?« fragte Ferraby erstaunt.

Lebanon nickte heftig.

»Obwohl Isla ihn gewarnt hat, folgt er mir«, entgegnete er ruhig.

Ferraby wandte sich um und entdeckte einen großen Mann, der langsam hinter ihnen den Fahrweg entlangging. Er erkannte einen der beiden Diener von Marks Priory.

»Es ist eine sonderbare Erfahrung, aber man gewöhnt sich mit der Zeit daran. Ich muß Ihnen etwas gestehen.« Er nahm seinen

Arm aus dem Ferrabys und sah zu seinem Begleiter auf. »Wissen Sie, warum ich fragte, ob Sie mit mir ins Schloß kommen wollten? Ich wollte nur den Mann ärgern, der hinter uns hergeht. Und wenn ich sage: ärgern, dann meine ich: ihm Furcht einjagen. Wenn ich mich nicht sehr irre, hat er Sie erkannt und weiß, daß Sie ein Beamter von Scotland Yard sind. Und davor ist ihm doch etwas bang. Warum, weiß ich auch nicht. Aber man braucht im Schloß nur von Scotland Yard zu reden, dann ist es gleich so, als ob man sich in der Schreckenskammer befindet. Wo liegt eigentlich Scotland Yard?« fragte er plötzlich.

Ferraby erklärte es ihm.

»Ach so, in der Nähe des Parlaments. Ich glaube, ich kenne das Gebäude. Wenn ich in den nächsten Tagen in die Stadt komme, werde ich mich einmal ausführlich mit Ihnen und dem Beamten unterhalten, der die Untersuchung des Falles leitet; wie heißt er doch gleich – ach so, Tanner! Ich könnte ihm Dinge erzählen, die ihm geradezu Spaß machen würden.«

Sie gingen quer über die Straße zu dem Gasthaus.

»Nachdem ich nun getan habe, worüber sich alle ärgern, werde ich Sie verlassen«, sagte der Lord.

»Worüber ärgern sich denn die anderen?«

»Daß ich mich mit einem Polizeibeamten so eingehend und ernst unterhalte. Ich habe eine Ahnung, daß Gilder besonders dazu angestellt ist, das zu verhindern. Wenn er nun heute nacht unruhig schläft, freue ich mich wenigstens!«

Ferraby stand in der Tür des Gasthauses und sah Lebanon nach. Gilder folgte seinem jungen Herrn in respektvoller Entfernung.

11

Die Abende in Marks Priory schlichen meist in qualvoller Eintönigkeit dahin. Amersham war nach London zurückgekehrt, so daß Willie nicht einmal einen Menschen hatte, mit dem er sich zanken konnte. In Wirklichkeit hatte er doch ein wenig Furcht vor dem Doktor; aber manchmal konnte er ihn durch irgendeine anscheinend unschuldige Bemerkung nervös und ärgerlich machen.

Nachdem er das einmal erlebt hatte, ließ er keine Gelegenheit ungenützt, es zu wiederholen.

Isla hatte sich bereits zur Ruhe gelegt, und Lady Lebanon war unheimlich schweigsam. Der junge Lord fühlte, daß seine Mutter mit ihm sprechen wollte und daß die Unterredung nicht sehr angenehm für ihn werden würde. Diese Stille bedeutete meist nichts Gutes.

»Wer war der Herr, mit dem du dich heute so lange unterhalten hast, Willie?« begann sie schließlich.

Darauf wollte sie also hinaus!

»Ach, das ist – den Namen habe ich leider vergessen. Ich habe ihn unten im Dorf getroffen.«

»Ein Polizeibeamter?«

»Ja, ich glaube«, sagte Willie äußerst gleichgültig und griff nach einer Zeitung.

»Was hast du ihm gesagt?«

»Nichts. Ich habe mir nur die Zeit vertrieben! Er wohnt in dem Gasthaus – wirklich ein netter Kerl. Er kommt von London und stellt Nachforschungen wegen des Geldfälschers an. Wenigstens hat er mir das gesagt.«

Sie biß sich auf die Unterlippe und sah ihn lange an.

»Er ist hier, um den Mord aufzuklären. Er wurde auch beobachtet, wie er mit Mrs. Tilling sprach und sie ausfragte. Hoffentlich hast du nichts verraten, Willie?«

Der junge Lord lachte laut auf.

»Ich, etwas verraten! Was sollte ich denn verraten? Ich weiß doch nicht, wer den armen Studd umgebracht hat. Vielleicht habe ich eine Ahnung, aber genau weiß ich es nicht. Und wenn ich wirklich wüßte, wer es getan hat, würde ich dem Kerl eine Kugel durch die Rippen jagen – besonders wenn es der Mann ist, den ich für den Mörder halte.«

Sie sah ihn an; ihr Blick war scharf, fast hypnotisch.

»Du sprichst sehr leichtsinnig über diese Dinge, Willie. Aber hoffentlich begreifst du, wie schwerwiegend ein solcher Verdacht ist. Selbst wenn die Beamten nichts beweisen können, tragen sie vielleicht so viel Material zusammen, daß ein vollkommen Unschuldiger ins Gefängnis gesteckt wird.«

»Der Schuldige aber auch«, entgegnete Willie rücksichtslos. »Aber ich weiß gar nicht, Mutter, warum du dir darüber Sorgen machst. Man sollte fast annehmen, du wolltest verhindern, daß der Mörder Studds verhaftet wird!«

Sie richtete sich hoch auf, aber dann seufzte sie.

»Was hast du dem Detektiv gesagt?« fragte sie aufs neue.

»Nichts.«

Er stand schnell auf und warf die Zeitung auf den Tisch.

»Der Mann hat mich lange nicht soviel gefragt wie du. Ich gehe jetzt zu Bett!«

Als er sich zur Treppe wandte, sah er Gilder auf der unteren Stufe.

»Warten Sie einen Augenblick, Mylord. Ich möchte wirklich wissen, was Sie dem Polizeibeamten gesagt haben.«

»Gilder«, rief Lady Lebanon hart, »lassen Sie den Lord vorbeigehen.«

Lebanon konnte vor Zorn und Ärger nicht sprechen. Er eilte an dem Diener vorbei die Treppe hinauf.

»Gilder, das hätten Sie nicht tun sollen.«

»Es tut mir leid, Mylady«, erwiderte der Mann nicht gerade unterwürfig. »Aber dieser Detektiv von Scotland Yard hat mich außerordentlich beunruhigt. Ich dachte, die Untersuchung wäre zu Ende. Ich möchte nur wissen, warum sie die Sache wieder aufgegriffen haben. Es war einer von Tanners Leuten.«

Sie nickte.

»Er wohnt unten im Gasthaus. Glauben Sie, daß die Geschichte wahr ist – ich meine, daß er Nachforschungen wegen des Geldfälschers hier anstellen will? Immerhin wäre es möglich. Er muß nicht unbedingt hergekommen sein, um den Mord aufzuklären.«

Gilder schaute sie zweifelnd an.

»Ich weiß es nicht, er ist nur ein Sergeant. Wenn etwas Wichtiges im Gange wäre, würden wir sicher den Chefinspektor selbst hier sehen. Die niederen Beamten werden doch nur mit geringeren Aufgaben betraut. Ich glaube nicht, daß er sich den Kopf über Studd zerbricht.«

»Ich möchte doch erfahren, was dieser Sergeant hier in der

Gegend macht. Berichten Sie mir auf jeden Fall, wann er wieder abfährt.«

Sie nahm eine Kassette aus einer Schublade ihres Schreibtisches und ging die Treppe hinauf. Sie führte ein sehr regelmäßiges Leben, dessen Verlauf nur unterbrochen wurde, wenn unangenehme Leute wie Dr. Amersham die Ruhe ihres Daseins störten.

Ferraby machte am Abend noch einen Spaziergang. Er folgte dem Weg, den er am Morgen zurückgelegt hatte, und kam schließlich wieder zu Mr. Tillings Haus. In einem Fenster brannte noch Licht, und in der Nähe der Gartentür bemerkte er eine Frau, die einen dunklen Schal um die Schultern gelegt hatte und eine Zigarette rauchte.

»Ich dachte schon, daß Sie es wären«, sagte sie leise, als ob sie fürchtete, daß man sie hören könnte. »Ist es nicht furchtbar hier im Dorf? Sie müssen sich doch hier zu Tode langweilen.«

»Ach, es ist nicht so schlimm. Übrigens habe ich heute morgen Ihren Mann getroffen – er war sehr ärgerlich auf mich.«

Sie zuckte die Schultern.

»Das ist nichts Neues. Er ist immer auf einen böse. Heute nacht hat er Dienst auf der Nordseite des Parks, dort sind Wilddiebe gesehen worden. Wenn er tatsächlich in seinem Revier ist, dann ist er eine Dreiviertelstunde von hier entfernt.«

Plötzlich legte sie ihre Hand auf die seine.

»Es tut mir leid, daß ich Sie nicht ins Haus bitten kann. Aber würden Sie einen Spaziergang über die Felder mit mir machen?«

Er sah sie betroffen an.

»Nein, ich mache jetzt einen Spaziergang nach dem Gasthaus, und dann gehe ich zu Bett.«

Sie lachte spöttisch.

»Johnny wird Ihnen kein Haar krümmen.«

Er vermutete, daß sie mit Johnny Mr. Tilling meinte.

»Ich gehe gewöhnlich abends ein wenig spazieren. Solange ich in Sehweite vom Haus bleibe, ist es auch nicht gefährlich.«

Unvermutet änderte sich ihr Benehmen wieder.

»Wer hat Studd ermordet?« fragte sie mit harter Stimme. »Dieser gemeine Schuft!« Es klang fast wie unterdrücktes Schluchzen. »Aber ich werde ihn finden, Mr. Ferraby – eher als die Beamten von der Polizei.«

»Studd muß ein guter Freund von Ihnen gewesen sein.«

»Er war mein Geliebter«, erklärte sie trotzig. »Ich sage Ihnen die Wahrheit. Er war der einzige auf der Welt –«

Erst nach einer Weile konnte sie weitersprechen.

»Ich wollte mich von meinem Mann scheiden lassen, denn er ist wirklich nicht höflich und anständig. Dann wollte ich Studd heiraten. Bei ihm wäre ich auch ganz anders geworden, wenn er mich von diesem schrecklichen Dorf fortgebracht hätte.«

Wieder dauerte es einige Zeit, bis sie sich gefaßt hatte.

»Ich wollte Ihnen das eigentlich schon heute morgen sagen, aber ich konnte nicht. Wenn ich jemals herausbringe, wer es getan hat, dann werde ich nicht eher ruhen, als bis ich den Mörder an den Galgen gebracht habe, ganz gleich, wer er ist.«

Es klangen unverhohlene Feindschaft und wilder Haß aus ihren Worten.

»Deshalb hatte ich gehofft, Sie würden einen Spaziergang mit mir machen; deshalb habe ich aufs sehnlichste gewünscht, daß Sie heute abend vorbeikommen möchten. Ich habe schon zwei Stunden hier gewartet. Sie haben wohl geglaubt, ich wollte ein wenig mit Ihnen flirten? Nein, die Absicht hatte ich nicht. Ich wollte nur wissen, was Sie herausgebracht haben. Ich glaubte, das wäre leicht, aber jetzt weiß ich, daß Sie es mir doch nicht sagen, selbst wenn Sie es wissen.

Er war gerade auf dem Weg zu mir, als sie ihn umbrachten«, fuhr sie ruhiger fort. »Ich hätte ja auch zu dem Maskenball gehen können, aber ich wollte nicht, daß die Leute wieder etwas zu reden hätten, besonders da Johnny an dem Abend in London war.«

»Der kam aber mit dem letzten Zug zurück. Haben Sie das nicht gewußt?«

Sie starrte ihn ungläubig an.

»Mein Mann kam erst am nächsten Morgen. In dem Punkt irren Sie sich.«

»Er fuhr am selben Abend zurück, und zwar mit dem letzten Zug.«

»Ist das wahr?« fragte sie langsam. »Das ist mir allerdings nicht bekannt. Nun haben Sie mir wenigstens etwas gesagt. Gute Nacht, Mr. Ferraby.«

Bevor er etwas erwidern konnte, war sie im Garten verschwunden. Er sah noch, wie sie die Haustür öffnete, dann ging er zu dem Gasthaus zurück. Ihr Verhalten gab ihm neue Rätsel auf, und in Gedanken suchte er eifrig nach einer Lösung.

Er hatte nicht übertrieben, als er sein gemütliches Zimmer im Gasthaus lobte. Es war ein großer, niedriger Raum mit behaglichen Möbeln. Ein breitausladendes Bett mit vier hohen Pfosten lud zur Ruhe ein.

Ferraby kleidete sich gemächlich aus, las noch eine halbe Stunde, öffnete dann den einen Fensterflügel und zog die Vorhänge vor. Er war noch in dem Alter, in dem man tief und ruhig schläft, und im allgemeinen war er zwei Minuten, nachdem er sich niedergelegt hatte, bereits entschlummert. Aber in dieser Nacht wälzte er sich lange von einer Seite zur anderen, ehe er schließlich einnickte. Seine letzte Erinnerung war, daß die Dorfuhr Mitternacht schlug.

Häßliche Vorstellungen quälten ihn in seinen Träumen. Er ging auf dem Fahrweg und sprach mit Isla Crane, aber es kam jemand hinter ihm her und warf ihm etwas um den Hals.

»Machen Sie doch keinen Unsinn«, sagte er und hob die Hände, um Luft zu bekommen.

Aber es wurde enger und drückender. Er rang nach Atem, und sein Kopf schien zu schwellen und immer größer zu werden. Verzweifelt wehrte er sich, wachte auf und fand, daß es kein Traum war, sondern daß es um Leben und Tod ging. Eine Schlinge war um seinen Hals geknüpft und zog sich immer fester zu.

Er riß daran und fiel dabei aus dem Bett. Verzweifelt zerrte er an dem Tuch, aber es rückte und rührte sich nicht. Er war schon nahe daran, das Bewußtsein zu verlieren, als er mit einer letzten Anstrengung seine Weste packte, die er über den Stuhl gehängt hatte. Hastig suchte er darin nach seinem Taschenmesser, fand es und öffnete es. Im Augenblick höchster Not gelang es ihm auf diese Weise noch, das Tuch durchzuschneiden.

Aber es war so fest geknotet, daß er große Mühe hatte, es

ganz zu entfernen. Es sauste und brauste in seinen Ohren, und er wußte kaum, was er tat. Endlich hatte er sich befreit. Eine Weile lag er auf dem Boden und atmete schwer, aber die Nachtluft brachte ihn wieder zu sich.

Er hörte, daß jemand schnell den Gang entlanglief; gleich darauf wurde die Tür geöffnet, und Tom beugte sich über ihn.

»Ist hier etwas passiert?« fragte er besorgt, knipste rasch das Licht an und stützte Ferraby. »Was ist denn geschehen?«

Gleich darauf kam auch der Gastwirt herein, und die beiden schleppten Ferraby zum offenen Fenster, so daß er sich erholen konnte.

Das Bett war fast bis zur Mitte des Zimmers gezogen worden.

Nach einigen Minuten erhob sich der Sergeant, aber seine Knie zitterten, und sein Kopf war noch ganz benommen.

»Heben Sie das für mich auf«, bat er und zeigte auf die Fetzen des roten Seidentuches. Obwohl er sich noch sehr schwach fühlte, kam ihm doch zum Bewußtsein, daß Studd mit einem ganz ähnlichen Tuch ermordet worden war. In der einen Ecke glänzte das kleine Metallschild.

Nach einer Viertelstunde hatte er sich so weit erholt, daß er eine genaue Durchsuchung des Zimmers vornehmen konnte. Das Tuch war um seinen Hals geknotet und außerdem an dem Bettpfosten befestigt gewesen. Nur ein Mann, der über außerordentliche Kräfte verfügte, konnte das fertiggebracht haben ...

Er mußte durch das Fenster eingestiegen sein; die Vorhänge waren zur Seite geschlagen, und auf dem feuchten Fensterbrett fand Ferraby den Abdruck eines Schuhs. Bei weiteren Nachforschungen entdeckte man eine Leiter an dem kleinen Stallgebäude, dessen Dach sich an das Haupthaus anlehnte. Nach einiger Zeit kam auch der Dorfpolizist und notierte alles.

Bei Tageslicht durchsuchte Ferraby das Zimmer noch einmal, aber der Einbrecher hatte keine weiteren Spuren hinterlassen, und der Fußabdruck war so undeutlich, daß er nichts nützen konnte.

Der Sergeant rief Scotland Yard an und berichtete Tanner kurz, was geschehen war.

»Eigenartig«, sagte er halb entschuldigend, »daß ich nach dem

Verbrecher Ausschau hielt, während er mich die ganze Zeit verfolgte.«

»Der Mann hat also mehr Erfolg gehabt als Sie«, entgegnete der Chef trocken. Dann fragte er, ob er Dr. Amersham gesehen hätte.

»Nein, der ist nicht hier. Gestern abend ist er fortgefahren.«

»Zur Stadt ist er nicht zurückgekehrt. Ich glaube, Sie können feststellen, daß er irgendwo in der Nähe von Marks Thornton war. Forschen Sie weiter nach und kommen Sie dann hierher. Und bringen Sie vor allem die Reste des Tuches mit. Natürlich darf über den Zwischenfall nicht geredet werden; sorgen Sie dafür, daß der Wirt den Mund hält. Je weniger von der Sache bekannt wird, desto besser.«

Ferraby hatte von dem Gastwirt bereits das Versprechen erhalten, daß der Mann nichts weitersagen wollte. Der Dorfpolizist war schwieriger zu behandeln; Ferraby mußte erst den Vorgesetzten anrufen, um zum Ziel zu kommen.

Als er in der Nacht nach London zurückkehrte, erfuhr er, daß Tanner aufs Land gefahren war.

12

Der Chefinspektor hatte am Nachmittag ein hübsches Dorf in Berkshire besucht. Er hätte sich sofort aufs Pfarramt in Petersfield begeben und sich bei dem liebenswürdigen Pastor John Hastings erkundigen können, aber er ging längere Zeit spazieren, besichtigte die Ruinen aus der Sachsenzeit, die den Ort berühmt gemacht hatten, sah sich auch das halbvollendete Gemeindehaus an und ließ sich dann von dem Küster die Kirche zeigen. Er erhielt sogar die Erlaubnis, die Krypta und verschiedene Andenken an die grausame Durchführung der Reformation sehen zu dürfen. Dann mußte er die Kirchenbücher besichtigen, die bis in das Jahr vierzehnhundert zurückreichten. Inspektor Tanner brachte einen sehr interessanten Nachmittag damit zu.

Als er nach London zurückkam, hörte er, daß Ferraby vergeblich nach ihm gefragt hatte. Die Erlebnisse der vergangenen

Nacht hatten den jungen Sergeanten ein wenig mitgenommen, aber er hatte einen klaren, übersichtlichen Bericht geschrieben.

Tanner öffnete das Päckchen, das die einzelnen Stücke des rotseidenen Halstuches enthielt. In jeder Beziehung glich es dem Seidentuch, mit dem Studd ermordet worden war.

Obwohl Ferraby eine Skizze von dem Schlafzimmer mit angrenzenden Korridoren und Räumen gemacht hatte, konnte der Chefinspektor doch nur wenig Wertvolles daraus entnehmen. Aber auf der Rückseite des Berichtes fand er eine Bemerkung, die ihn sehr interessierte:

Sie hatten recht. Amersham brachte die Nacht in Cranleigh zu, das ungefähr acht Kilometer von Marks Thornton entfernt liegt. Er wohnte dort in dem Gasthaus, wo er auch sein Auto untergestellt hatte. Die meiste Zeit des Abends brachte er jedoch anderswo zu. Einzelheiten darüber berichte ich noch.

Tanner schloß den Bericht in eine Schublade ein. Der Fall von Marks Priory hatte plötzlich wieder neue Bedeutung erlangt.

Obwohl Ferraby nichts davon wußte, war ein zweiter Beamter nach Marks Thornton geschickt worden, der einen anderen Punkt aufklären sollte. Es handelte sich dabei um den verstorbenen Lord Lebanon, den unter geheimnisvollen Umständen ein plötzlicher Tod ereilt hatte, während Willie Lebanon in Indien weilte.

Es wurde auch gemeldet, daß Dr. Amersham in seine Wohnung zurückgekehrt wäre. Ein anderer Detektiv war nach Petersfield gefahren, um die Nachforschungen des Chefinspektors Tanner fortzusetzen. Außerdem wurden eingehende Untersuchungen auf dem amerikanischen Konsulat angestellt. Um sieben Uhr abends lief in Scotland Yard die Nachricht ein, daß Dr. Amersham seine Wohnung in Ferrington Court wieder verlassen hätte, um nach Marks Priory zu fahren. Den Chauffeur hatte er zu Hause gelassen und den Wagen selbst gesteuert. Kaum hatte Chefinspektor Tanner dies erfahren, als er sich sofort mit den Überwachungsstellen der Landpolizei in Verbindung setzte. Gegen acht Uhr erhielt er die Bestätigung, daß der Doktor in südlicher Richtung davongefahren wäre. Daraufhin fuhr er sofort in einem Taxi zu Amershams Wohnung.

Diesmal hatte er einen Durchsuchungsbefehl in der Tasche. Er unterhielt sich mit Bould und zeigte ihm das Schriftstück.

»Das muß ich aber dem Doktor berichten, wenn er morgen zurückkommt.«

»Wenn Sie es diesmal vergessen wollten, täten Sie mir einen großen Gefallen. Ich verspreche Ihnen auch, alles genau wieder so zu ordnen, wie ich es vorfinde.«

Totty begleitete ihn.

Als sie erst einmal in den Räumen waren, begannen sie eine systematische, sorgfältige Durchsuchung. Viele Beweise sprachen dafür, daß der Doktor gerade kein Einsiedler und Lebensverächter war; die luxuriös ausgestattete Wohnung war mit Kunstwerken aus Indien dekoriert. Totty öffnete mit einem Dietrich den Schreibtisch, aber sie entdeckten nur wenig, was sie interessierte.

Das Bankbuch, das sie suchten, war nicht in der Wohnung. Sie fanden allerdings eine Bankabrechnung, aus der hervorging, daß der Doktor ein Konto von achttausend Pfund auf der Bank hatte. Allem Anschein nach war er auch beruflich tätig, denn in seinem Schlafzimmer fanden sie eine Ledertasche mit ärztlichen Instrumenten.

Der Inspektor machte nach einer Weile eine wichtige Entdeckung. Er hatte alle Schubladen des Schreibtisches herausgezogen und ihren Inhalt durchsucht. Dabei bemerkte er, daß zwei der Schubladen bedeutend kürzer waren als die anderen. Er fühlte in die Vertiefungen, und als er an die Rückseite des Schrankes klopfte, klang es hohl. Bald darauf gelang es ihm auch, ein Brett zurückzuschieben. Er steckte die Hand in die Öffnung, fühlte etwas Weiches und holte ein Stück Zeug heraus. Als er es betrachtete, schrak er zusammen.

Es war ein rotseidenes Halstuch von derselben Größe und demselben Muster wie das Seidentuch, mit dem Studd ermordet worden war!

Er rief Totty zu sich, und auch der Sergeant stand sprachlos, als er es sah. Auch die kleine Metallplatte, die den Namen der Firma trug, fehlte nicht. Allem Anschein nach war das Tuch noch nicht benützt worden.

Die beiden Beamten schauten einander an.

»Morgen werde ich eine Frage an Dr. Amersham stellen«, sagte Tanner, »und ich glaube, es wird ihm nicht leicht werden, eine Antwort darauf zu finden.«

Zwei Angestellte in Marks Priory haßten einander. Mr. Kelver, der Butler, war allerdings viel zu vornehm, seine Abneigung gegen die Zofe der Lady Lebanon zuzugeben. Miss Jackson dagegen machte aus ihrer Verachtung für den alten, würdevollen Mann kein Hehl.

Der Streit hatte schon vor langer Zeit begonnen. Miss Jackson hatte geglaubt, dem Butler einen großen Dienst zu erweisen, wenn sie ihm eine lange, skandalöse Geschichte über Lady Lebanon erzählte. Mr. Kelver hatte schweigend zugehört und schließlich gesagt:

»Miss Jackson, erzählen Sie mir bitte solche Geschichten nicht. Ich interessiere mich nicht für das Privatleben meiner Herrschaft. Angehörige der Aristokratie haben gewisse Vorrechte, die Leuten in niederer Stellung gewöhnlich sonderbar vorkommen.«

»Wenn Sie mich zu den niederen Ständen rechnen, Mr. Kelver –«, hatte die Zofe hitzig erwidert.

Der Butler hatte sie nur durch eine Handbewegung zum Schweigen gebracht, aber gerade diese Geste hatte Miss Jackson tief gekränkt. Von da ab waren die beiden Feinde. Er sagte nichts darüber, aber sie ließ keine Gelegenheit vorübergehen, ihm etwas anzuhängen. Sie gehörte zu den bevorzugten Dienstboten, denn sie hatte noch Zutritt zu den herrschaftlichen Räumen, wenn alle anderen Angestellten bereits ausgeschlossen waren.

Bevor sich Lady Lebanon abends um elf Uhr zurückzog, entließ sie ihre Zofe durch die Tür, die zu dem Flügel der Dienerschaft führte, und schloß diese Tür selbst hinter ihr ab.

Die Leute in Marks Priory hatten deshalb den Eindruck, daß Miss Jackson in manche Geheimnisse eingeweiht war, von denen andere nichts wußten. Sie besaß außerdem das Vertrauen ihrer Herrin und wurde daher mit dem größten Respekt von den anderen behandelt. Nur Kelver hielt sie für niederträchtig.

An dem Abend, an dem Tanner die wichtige Entdeckung machte, saß der Butler in seinem Zimmer und las Scott. Plötzlich klopfte es, und zu seinem größten Erstaunen kam Miss Jackson zur Tür herein. Auf den ersten Blick sah er, daß sie sich aufgeregt hatte; sie war nervös und im Gegensatz zu ihrer sonst so unliebenswürdigen Art geradezu unterwürfig zu ihm. Allein die Tatsache, daß sie sein Zimmer betrat, war der beste Beweis hierfür.

»Entschuldigen Sie, Mr. Kelver, daß ich Sie störe. Wir wollen Vergangenes vergessen sein lassen, denn wenn jemals ein junges Mädchen einen Freund brauchte, dann bin ich es. Und ich weiß, daß ein vornehmer Charakter wie Sie einem jungen Ding nichts nachträgt . . .«

Mr. Kelver lächelte innerlich über das »junge Mädchen«, aber er machte keine Bemerkung. Sie berichtete ihm nun mit einem unglaublichen Wortschwall, was ihr zugestoßen war, und er hörte ihr freundlich zu.

Sie erzählte, daß Lady Lebanon sehr aufgeregt gewesen wäre und ihr gekündigt hätte. Ja, sie hätte sie sogar geschlagen! Kelver nahm diese Nachricht mit der größten inneren Befriedigung auf, denn eine solche Behandlung hatte er der Zofe schon öfter gewünscht. Aber er ließ sich nichts merken, zog nur die Augenbrauen hoch und nickte ernst.

»Mylady war den ganzen Tag so unvernünftig, ich konnte ihr nichts recht machen, und ich hätte ihr selbst gekündigt, wenn sie mir nicht zuvorgekommen wäre. Ich habe genug von diesem verdammten Haus –«

»Aber Miss Jackson!« erwiderte Kelver entsetzt.

»Es ist doch wirklich ein verdammtes Haus – hier spukt es! Ich habe Dinge gesehen, die Sie kaum glauben würden! Aber wenn ich gehe, werde ich den Leuten schon alles erzählen, darauf können Sie sich verlassen!«

»Aber meine liebe junge Freundin«, sagte Mr. Kelver würdevoll und herablassend, »je weniger man darüber redet, desto schneller kommt die Sache in Ordnung. In dieser Welt gibt es die verschiedenartigsten Charaktere. Wenn wir alle gleich dächten und handelten, wäre es ja auch todlangweilig. Ich habe selbst bemerkt, daß Mylady heute in nicht gerade guter Stimmung ist. Sicher ist sie durch irgendeinen unangenehmen Vorfall aus der Fassung gebracht worden. Sie müssen den Herrschaften eben manches nachsehen.«

»Das tue ich aber nicht!«

Mr. Kelver sah die Nutzlosigkeit ein, die Zofe zu besänftigen. Er warf einen Blick auf die Uhr; es war noch nicht zehn.

»Heute abend sind Sie aber frühzeitig mit dem Dienst fertig.«

»Ich muß wieder zurück. Amersham ist bei ihr, und die beiden haben sich in den Haaren. Sie hat gesagt, daß sie nach mir klingeln würde, wenn sie mich brauchte.«

»Wollen Sie nicht eine Tasse Tee trinken, Miss Jackson? Das wäre gut zur Beruhigung Ihrer Nerven.«

»Ich würde lieber einen Whisky-Soda nehmen.«

Mr. Kelver fiel es schwer, aber schließlich holte er doch eine frische Flasche aus seinem Schrank hervor.

Es gab an diesem Abend wirklich Auseinandersetzungen in Marks Priory. Dr. Amersham war um neun gekommen und nicht in der Stimmung, sich Vorwürfe machen zu lassen. Im Gegenteil, er kam in übelster Laune.

»Mylady, ich wünschte, Sie würden es sich früher überlegen, wenn Sie mich dringend sprechen wollen. Ich hatte heute abend eine wichtige Verabredung.«

»Unsere Unterhaltung ist wichtiger als alles andere.«

Lady Lebanon saß steif in ihrem Sessel in der großen Halle. Ihre bleichen Züge waren undurchdringlich, und ihre dunklen Augen blitzten drohend.

»Wenn Sie etwas Wichtigeres haben, möchte ich das doch gern erfahren.«

Einen Augenblick schien er die Fassung zu verlieren, aber er beherrschte sich.

»Sie wollten mich wegen dieses Detektivs sprechen? Wenn er so dumm und einfältig war, daß er beinahe erwürgt wurde –«

»Wer hat Ihnen das gesagt?«

»Ich habe davon gehört.«

»Von wem?«

»Gilder telefonierte mich an.«

Sie sah ihn eine Weile an, ohne ein Wort zu sprechen.

»Ich wollte Sie nicht wegen des Detektivs sprechen, sondern wegen einer Angelegenheit, die Sie selbst angeht.«

Sie nahm ein Blatt Papier, das vor ihr lag.

»Heute kam eine Frau zu mir – die Kellnerin unten aus dem Dorf.«

Sein Gesichtsausdruck änderte sich.

»Ja, und was soll das?« fragte er trotzig.

»Ist es wahr, daß Sie – sich mit ihr eingelassen haben?«

Er gab keine direkte Antwort.

»Was für ein Klatsch! Mylady, wenn Sie auf die Leute unten im Dorf hören –«

»Ich frage, ob das wahr ist? War sie eng mit Ihnen befreundet? – Ich möchte keine stärkeren Ausdrücke gebrauchen.«

»Ich lasse mich nicht von Ihnen verhören.«

»Ich habe auch verschiedene Geschichten über Tillings Frau erfahren.«

Er lachte laut auf, aber es klang nicht überzeugend.

»Sie können den ganzen Tag zuhören, wenn Sie sich um Klatschgeschichten kümmern. Aber nun im Ernst, Sie haben mich doch nicht den weiten Weg von London hergeholt, um mir Vorhaltungen zu machen, als ob ich ein kleiner Schuljunge wäre?«

Sie sah ihn wieder einige Zeit an, dann senkte sie den Blick.

»Es stimmt also, es ist alles wahr. Das ist tatsächlich häßlich und gemein. So darf es nicht weitergehen.«

Er nahm einen Stuhl und steckte sich eine Zigarre an.

»Das habe ich mir auch schon gedacht, daß es nicht so weitergeht«, entgegnete er kühl. »Ich habe mir vorgenommen, England zu verlassen und in Italien zu leben. Lange genug habe ich hier die schmutzige Arbeit für Sie getan –«

Sie warf den Kopf zurück und sah ihn haßerfüllt an. Sein gewöhnliches Benehmen war unerträglich.

»Dafür sind Sie aber auch reichlich bezahlt worden.«

Er lachte.

»Ihre Ansichten über gute Bezahlung weichen sehr stark von den meinen ab. Aber wir wollen nicht mehr darüber sprechen. Ich schlage vor, daß ich Ende des Jahres von England fortgehe.

Ich werde mir eine Villa in Florenz kaufen und kann dann hoffentlich vergessen, daß es ein Marks Priory auf der Welt gibt.«

»Hoffentlich vergessen Sie auch, daß ich ein Scheckbuch besitze. Das wäre eine große Wohltat für mich.«

Er lächelte ironisch.

»Das Bankkonto haben nicht Sie, sondern Willie. Und er ist so schwach, daß er alle Schecks abzeichnet, die man ihm vorlegt. Nein, das werde ich nicht vergessen. Im Gegenteil, von diesem glücklichen Umstand lebe ich ja.«

Die Atmosphäre war elektrisch geladen. Lady Lebanon antwortete nicht, sondern klingelte.

»Wir können die Sache morgen früh weiter besprechen«, sagte sie schließlich. »Keiner von uns beiden ist im Augenblick ruhig genug, um auf die Gründe des anderen zu hören. Amersham, Sie müssen vor allem diese Liebeleien lassen. Diese Geschichten bringen mich in schiefes Licht – alle Leute wissen, daß Sie hier auf dem Schloß verkehren –, und Sie selbst machen sich dadurch direkt lächerlich. Sie sind doch auch kein junger Mann mehr.«

Diese Worte verletzten seine Eitelkeit.

»Wie alt ich bin, ist wohl gleichgültig. Übrigens bleibe ich die Nacht nicht hier, ich fahre direkt zur Stadt zurück.«

»Sie bleiben hier, sonst bekommen Sie morgen kein Geld.«

Er sah sie düster an. Als einem Mann, der eine gute Erziehung genossen hatte, waren ihm derartig peinliche Auftritte zuwider. Er nahm wohl Geld von einer Frau, aber er wollte sich das nicht ins Gesicht sagen lassen.

Ungerührt ließ sie seine scharfen Vorwürfe über sich ergehen.

»Ich habe nicht gewußt, daß Sie so gemein sein können«, erklärte sie ruhig.

»Sie werden auch noch andere Dinge einsehen lernen. Bis jetzt hat die Polizei das Schloß ja noch nicht durchsucht. Wenn es erst einmal dazu kommen sollte, geht das Feuerwerk los. Sie sind mir doch ganz und gar ausgeliefert ... Wenn Sie daran denken, werden Sie sicher wieder vernünftig. Ich gehe jetzt. Vielleicht könnte ich Inspektor Tanner manches erzählen.«

»Das glaube ich nicht. Und niemand würde Ihnen glauben, wenn Sie es erzählen. Versuchen Sie es doch einmal. Sie werden sehen, daß es unmöglich ist. Und vergessen sie eins nicht, Amersham: Sie sind ebensogut in die Affäre verwickelt wie jeder andere. Sie haben immer die Absicht gehabt, die Verwaltung von Willies Vermögen an sich zu reißen. Diesen gemeinen Plan habe ich bisher vereitelt, und ich werde Ihnen auch in Zukunft stets entgegentreten.«

Er starrte sie so wild an, daß sie glaubte, er wolle auf sie zuspringen und sie schlagen.

»Es ist gut«, erwiderte er schließlich heiser. »Alles Weitere wird sich zeigen. Ich komme nicht wieder!«

Die Tür fiel hinter ihm ins Schloß.

Bewegungslos saß Lady Lebanon in ihrem Sessel, bis sie hörte, daß er in seinem Wagen davonfuhr.

»Kann ich irgendwie behilflich sein, Mylady?«

Die Zofe stand auf der Treppe. Lady Lebanon fiel ein, daß sie nach ihr geklingelt hatte. Wie lange mochte Miss Jackson schon dort stehen, und wieviel von der Unterredung hatte sie gehört?

»Ich habe oben gewartet, bis die Haustür zugeschlagen wurde«, fuhr die Zofe fort, als ob sie die Gedanken ihrer Herrin erraten hätte.

»Es ist gut, in ein paar Minuten komme ich auf mein Zimmer.«

Plötzlich näherten sich schnelle Schritte, und Isla trat in die Halle.

»Was willst du denn hier?« fragte Lady Lebanon scharf.

»Ach – nichts.«

Isla sprach die Wahrheit; sie sah aus, als ob sie einen Schrekken erlebt hätte.

Mit einer Handbewegung wurde die Zofe entlassen.

»Nun, was gibt es?« Lady Lebanon zeigte auf den Tisch, auf dem eine Karaffe mit Wein stand.

»Danke, ich möchte nichts trinken – wo ist Gilder?«

»Ich weiß es nicht – vermutlich in seinem Zimmer.«

»Er ist ausgegangen«, erwiderte Isla nervös und ängstlich. »Und Brooks ist auch fort. Ich sah von meinem Fenster aus, daß sie zusammen weggingen. Um Himmels willen, es wird doch nicht wieder etwas passieren!«

Sie brach zusammen. Lady Lebanon achtete nicht auf sie, sondern ging schnell zur Haustür, öffnete und starrte in die dunkle Nacht hinaus. Ein paar Augenblicke später hörte sie einen Schrei, der sofort erstickt wurde. Dann herrschte wieder tiefes Schweigen wie vorher. Hochaufgerichtet blieb sie stehen, aber es war ihr, als ob sich eine eisige Hand auf ihr Herz legte. Sie ahnte, was geschehen war.

13

Briggs hatte an Tanner geschrieben, daß er wichtige Aussagen über den Mord in Marks Priory machen könnte, und der Chefinspektor hatte sich entschlossen, ihn von der Polizeistation Cannon Row nach Scotland Yard kommen zu lassen.

Mit Totty wartete er nun in seinem Büro auf die Ankunft des Mannes.

Briggs sah etwas wohler aus als bei seiner Verurteilung, machte aber ein melancholisches Gesicht. Man schloß seine Handschellen auf, außerdem durfte er auf einem Stuhl Platz nehmen und eine Zigarette rauchen. Dann sagte er, daß er sich schwach fühle, und bat um einen Kognak.

»Was die Kerle alles dabei herausschlagen!« meinte Totty bewundernd. »Von denen kann man noch etwas lernen.«

»Also, Briggs«, begann Tanner kurz und geschäftlich, »Sie waren in der Mordnacht im Dorf Marks Thornton?«

»Jawohl.« Briggs' Stimme klang kläglich, als ob er schwer leidend wäre. »Das habe ich ja schon geschrieben. Leider kann ich der Polizei nicht in dem Maß helfen, wie ich gern möchte, denn ich bin durch meineidige Zeugen verurteilt worden, Sie mögen es mir glauben oder nicht, Mr. Tanner. Ich bin so unschuldig wie ein neugeborenes Kind.«

»Davon bin ich vollkommen überzeugt«, unterbrach ihn der Chefinspektor. »Erzählen Sie uns jetzt, was Sie noch über die Sache wissen.«

Briggs wollte seinen Aufenthalt in Scotland Yard mindestens so lange hinziehen, daß er während der Zeit drei Zigaretten rauchen konnte. Er erzählte also umständlich, daß er auf dem Zaun saß, der die Felder von Marks Priory einschloß, berichtete dann, daß der Chauffeur Studd eilig an ihm vorüberkam und daß er später einen Schrei hörte ...

»Gleich darauf sah ich einen Mann auf mich zukommen. Er lief und war ganz außer Atem. ›Wer ist da?‹ rief ich. ›Es ist alles in Ordnung‹, antwortete der Mann. ›Ich bin Dr. Amersham.‹«

»Stimmt das auch?« fragte Tanner und machte sich eine Notiz. »Davon haben Sie doch in Ihrem Brief nichts geschrieben?«

»Nein, ich habe nur angedeutet, worum es sich handelte. Wenn ich ganz offen sein soll: Ich sagte mir, wenn ich alles genau schreibe, wollen Sie mich nachher nicht mehr sprechen.«

»Ach so, Sie wollten einen Tag vom Gefängnis fort. Nun gut, also was passierte dann?«

Tanner wußte rein gefühlsmäßig, ob ein Verbrecher die Wahrheit sagte oder nicht. Und Briggs' Worte entsprachen wohl den Tatsachen.

Der Mann stand auf und ging zum Schreibtisch. Er wollte seine Aussage möglichst dramatisch gestalten, besonders, da er jetzt zu einem gewissen Höhepunkt kam.

»Mr. Tanner«, sagte er langsam, »ich habe ein unheimliches Gedächtnis für Stimmen, und als ich ihn reden hörte, erkannte ich ihn wieder!«

»Was, Sie hatten ihn schon vorher getroffen?« fragte der Chefinspektor überrascht. »Wo war denn das?«

»Im Gefängnis in Puna, als uns beiden der Prozeß gemacht wurde. Damals war er Offizier, und man hatte ihn verhaftet, weil er den Namen eines Kameraden unter einem Scheck gefälscht hatte. Es war allerdings ein merkwürdiges Zusammentreffen, daß wir zu gleicher Zeit im Gefängnis sein mußten. Ich hatte mich wegen einer ähnlichen Sache zu verantworten. Er ist aber so davongekommen; man hat die Sache damals vertuscht, um einen Skandal zu vermeiden.«

Tanner sah ihn ungläubig an. Sollte Dr. Amersham tatsächlich ein Fälscher sein? Entweder verwechselte Briggs den Mann mit einem anderen, oder –

»Das haben Sie wohl alles erfunden?«

»Durchaus nicht, es ist vollkommen wahr. Sie können ja nach Indien telegrafieren. Ich kann Ihnen sogar das genaue Datum geben.«

»Aber Dr. Amersham ist doch ein Mann von Bildung, und er war damals Offizier –«

»Stimmt alles«, erklärte Briggs zornig. »Aber er hat trotzdem den Namen eines Kameraden gefälscht. Der Mann hieß Willoughby – Sie können das auch in den Akten feststellen. Ich weiß ganz genau Bescheid. Dr. Amersham wurde aus der Armee ausgestoßen. Was später aus ihm wurde, weiß ich nicht. Ich hörte nur noch, daß er unten in Madras ein Mischlingsmädchen geheiratet hätte. Auf jeden Fall war er wegen Betrugs und Fälschung angeklagt, das weiß ich genau. Er heißt Leicester Charles Amersham. Ich habe ihn sofort an der Stimme wiedererkannt.«

Die Vornamen stimmten, also konnte man Briggs' Angaben nicht ohne weiteres ablehnen.

Noch lange, nachdem der Mann wieder abgeführt worden war, saß der Chefinspektor und stützte den Kopf in die Hände. Auch auf Totty hatte der Bericht großen Eindruck gemacht.

»Jetzt muß ich mir diesen Amersham doch einmal persönlich vornehmen«, sagte Tanner schließlich. »Das wird eine ernste Unterredung geben. Von vier verschiedenen Seiten kommen wir immer wieder auf Amersham. Ich möchte nur wissen, was er eigentlich vorhat.«

»Das kann ich Ihnen genau sagen«, erklärte Totty. »Er will den jungen Lord Lebanon umbringen.«

»Lord Lebanon? Das wäre möglich. Daß mit Amersham etwas nicht stimmt, war mir längst klar, aber ich ahnte nicht, daß er ein derartiges Vorleben hat.«

»Und warum haben die Leute auf dem Schloß amerikanische Diener?« fragte Totty. »Das ist doch sonst nirgends Sitte. Übrigens wäre es gar nicht schwer, den jungen Lord aus dem Weg zu schaffen, denn der ist nicht sehr schlau. Das wäre der reinste Kindermord zu Bethlehem.«

In dem Augenblick trat Ferraby schnell ins Büro.

»Nun, was gibt es?«

»Wollen Sie Lord Lebanon sprechen?«

Tanner sah den Sergeanten groß an.

»Was, ist er persönlich nach Scotland Yard gekommen? Das ist allerdings merkwürdig! Bringen Sie ihn herein.«

Lebanon sah sich neugierig in dem Zimmer um, als er hereingeführt wurde, legte dann Hut, Handschuhe und Stock auf einen leeren Sessel und sah von Totty zu Tanner, als ob er unschlüssig wäre, an wen er sich zu wenden hätte.

»Sie bearbeiten doch diesen Fall?« wandte er sich schließlich an Totty.

Der Sergeant hätte das zu gern zugegeben, aber Tanner gab sofort eine eindeutige Erklärung.

Lord Lebanon schien der Anfang nicht leichtzufallen. Ängstlich schaute er nach der Tür, durch die er hereingekommen war. Ferraby hatte sich inzwischen auf einen Wink des Chefinspektors wieder entfernt.

»Ja, ich kann mich auf Sie besinnen, Mr. Tanner, und auch auf Ihren Assistenten.«

Sergeant Totty richtete sich zu voller Höhe auf und wurde dem Lord vorgestellt.

»Totty? Das ist doch ein alter Name.«

»Ich stamme aus einer altitalienischen Familie«, erklärte der Sergeant.

Tanner warf ihm einen wütenden Blick zu.

Der Lord sah sich wieder unruhig um.

»Würden Sie nicht einmal nachsehen, ob draußen vielleicht jemand lauscht?«

Der Chefinspektor lächelte.

»In all den Jahren, die ich schon hier Dienst tue, habe ich viele Unterredungen in diesem Raum geführt, aber auf eine solche Vermutung ist noch niemand gekommen. Das gibt es in Scotland Yard nicht.«

Tanner hätte nie gedacht, daß der Lord tatsächlich im Polizeipräsidium erscheinen würde. Ferraby hatte ihm allerdings von der Unterredung berichtet, in der der Lord seinen Besuch angekündigt hatte.

»Ich weiß nicht viel von Scotland Yard, aber ich habe gehört, daß es eine Art Gefängnis sein soll?«

Totty lächelte nachsichtig.

»Jedenfalls mußte ich herkommen. Das habe ich ja schon Mr. Ferraby angedeutet. Gestern abend habe ich den festen Entschluß gefaßt.«

Tanner kam plötzlich ein Gedanke.

»Haben Sie zu Hause die Erfahrung gemacht, daß Leute an Ihren Türen lauschen, Lord Lebanon?«

Willie zögerte; die Frage schien ihm peinlich zu sein.

»Nun – es ist gerade nichts Außergewöhnliches, daß ich zu Hause belauscht werde. Es wäre aber auch möglich, daß es hier passiert. Ist Mr. Ferraby übrigens ein Detektiv?«

Tanner nickte.

»Ich will ganz offen mit Ihnen sprechen, Mylord«, entgegnete der Chefinspektor. »Obwohl Ferraby erklärte, Sie würden kommen, habe ich Sie nicht erwartet. Da Sie nun aber einmal hier sind, hoffe ich, Sie sagen mir verschiedenes, das den einen oder anderen fraglichen Punkt des Rätsels aufklärt. Natürlich habe ich nicht das Recht, Fragen an Sie zu stellen. Aber da Sie freiwillig erschienen sind, werden Sie mir sicher helfen wollen. In Marks Priory stehen mehrere Personen in Verdacht, darunter –« Tanner machte absichtlich eine Pause.

»Meinen Sie meine Mutter?« fragte der Lord ruhig.

Tanner nickte.

»In gewisser Weise. Sie muß natürlich bedeutend mehr wissen, als sie uns gesagt hat. Aber ich dachte eigentlich noch mehr an einen anderen – an Dr. Amersham.«

Lebanon lächelte bitter.

»Mir ist dieser Mann immer rätselhaft gewesen, und ich wundere mich nicht, daß er verdächtigt wird. Was meine Mutter angeht –« Er zögerte, weil er nach Worten suchte, um ihre Stellung richtig zu kennzeichnen. »Sie sollen alles erfahren, was ich weiß«, fuhr er schließlich fort. »Ich will es Ihnen von Anfang an erzählen. Sie sollen auch wissen, daß ich Amersham nicht ausstehen kann. Ich bin gegen ihn voreingenommen, das gebe ich gern zu.«

Der Lord setzte sich. Er sprach langsam und machte öfters Pausen, um die geeigneten Worte zu wählen.

14

»Ich will mit der Zeit beginnen, als ich noch zur Schule ging. Sehr stark bin ich niemals gewesen, und ich habe Eton auch nur zwei Jahre lang besucht. Dann wurde ich aus der Schule genommen und bekam einen Hauslehrer. Wie Sie vielleicht wissen, war mein Vater krank und schloß sich von der Außenwelt ziemlich ab. Er verbrachte sein ganzes Leben, mit Ausnahme eines Winters in Südfrankreich, auf seinem Landsitz in Marks Priory. Aber selbst wenn ich in den Ferien zu Hause war, habe ich ihn nur selten gesehen.

Unter uns kann ich ja ruhig sagen, daß keine große Zuneigung zwischen uns bestand. Gewiß hatte ich großen Respekt vor ihm, aber das war auch alles.

Marks Priory selbst hat mir nie gefallen; schon in meinen jungen Jahren bin ich sehr ungern hingegangen. Sehen Sie, Mr. Tanner, ich besitze nicht den Familienstolz, den meine Eltern haben. Für die war jeder Stein des Schlosses heilig und die Tradition wichtiger als die Heilige Schrift.

Nachdem ich die Schule verlassen hatte, brachte ich den größten Teil meiner Zeit mit meinem Lehrer in der Schweiz zu. Wir gingen auch nach Südfrankreich und Deutschland und besuchten gelegentlich englische Seebäder, zum Beispiel Torquay. Mein Vater hatte in der Armee gedient – es ist bei uns Familientradition, daß immer einer im Kavallerieregiment dient –, und so kam auch ich nach Sandhurst. Es gelang mir, die Prüfungen zu bestehen. Hervorragend waren meine Leistungen allerdings nicht, aber doch etwas über dem Durchschnitt.

Bis dahin hatte ich nur wenig von Dr. Amersham gesehen, obwohl er als Hausarzt meines Vaters regelmäßig ins Schloß kam. Ich wußte, daß er einige Jahre in Indien gelebt hatte, aber ich hatte keine Ahnung, daß er die Armee aus besonderen Gründen verlassen mußte. Ich meine damit, daß die Sache nicht ganz klar lag. Der Grund war wohl in einer häßlichen Handlungsweise seinerseits zu suchen.

Er war mir immer unsympathisch. Ich kann mich darauf besinnen, daß er sich damals meinen Eltern gegenüber ziemlich unterwürfig benahm. Aber allmählich änderten sich sein Verhalten und seine Stellung. Er tat so, als ob er alles zu sagen hätte, und mischte sich in Dinge ein, die ihn nichts angingen.

Mein Regiment wurde bald nach Indien geschickt, nachdem ich als Offizier eingetreten war, und ich freute mich, daß ich von England fortkam. Mein Vater war damals schon hoffnungslos krank. Als ich später von seinem Tod erfuhr, tat es mir leid, aber nur um meiner Mutter willen. Ihn selbst habe ich eigentlich nie beklagt – ich will in diesem Punkt offen sein und mich nicht besser machen, als ich in Wirklichkeit bin.

Als das geschah, war ich in Indien, wo es mir verhältnismäßig gut ging. Die gesellschaftlichen Verpflichtungen waren etwas langweilig, aber schließlich auszuhalten. Nur schoß ich unglücklicherweise einmal auf der Jagd einen meiner Treiber an, er kam in die Schußlinie, als ich gerade auf einen Tiger anlegte. Das war ein böser Zufall.

Vielleicht wäre alles noch gut abgelaufen, so daß ich nicht nach England hätte zurückkehren müssen. Meine Mutter ist eine sehr tüchtige Frau; sie konnte die Verwaltung der Güter selbst leiten. Die Schriftstücke, die ich unterzeichnen mußte, wurden mir nach Indien gesandt. Ich hätte meine Dienstzeit dort auch beenden können, aber kurz nachdem ich den Treiber angeschossen hatte, packte mich ein böses Fieber. Ich habe dann ziemlich lange gelegen – wie lange weiß ich nicht mehr. Es muß aber wohl eine ernste Krankheit gewesen sein, denn meine Mutter schickte Dr. Amersham, damit er mich nach Hause zurückbringen sollte.

Ich merkte gleich, mit was für einem Mann ich es zu tun hatte. Er verkehrte mit niemand und verließ das Haus kaum. Ich staunte auch darüber, daß er sich auf der Reise nach Indien einen Bart hatte wachsen lassen. Es wurde wohl über ihn geklatscht, aber ich hatte nie darauf geachtet. Eine unangenehme Geschichte mit einem Mischlingsmädchen spielte dabei eine Rolle – darüber werde ich Ihnen später genauer berichten.

Ich hatte den Eindruck, daß er sich fürchtete, mit Leuten zusammenzukommen, die er von früher her kannte. Er ging auch erst nach Einbruch der Dunkelheit aus dem Haus.

Als ich dann nach England zurückkehrte, fand ich eine merkwürdige Lage vor. Amersham war der eigentliche Herr von Marks Priory, und die beiden amerikanischen Diener waren inzwischen eingestellt worden. Sonderbarerweise kannte ich sie schon von früher her. Entweder hatten sie in Amershams Diensten gestanden, oder sie waren bei meiner Mutter gewesen, bevor ich nach Sandhurst ging. Damals hatte ich nicht darauf geachtet; man merkte auch nicht viel von ihrer Anwesenheit. Aber nun waren sie Hauptpersonen geworden.

Meine Mutter hatte sich kaum verändert, aber ich fand eine neue Hausgenossin auf dem Schloß vor – Isla, die Tochter eines Vetters meiner Mutter. Eine charmante junge Dame, sehr ruhig und zurückhaltend, dabei aber gescheit und klug. Sie ist die Sekretärin meiner Mutter, nimmt aber eine viel bedeutendere Stellung ein, da meine Mutter sie sehr gern hat.« Lord Lebanon zögerte einen Augenblick. »Ich werde sie heiraten. Ich selbst habe zwar keine besondere Lust dazu, aber meine Mutter wünscht es.

Es herrschte eine eigenartige Spannung zu Hause: Amersham dirigierte alles. Die beiden amerikanischen Diener schienen ganz unabhängig zu sein, sie kümmerten sich jedenfalls kaum um andere Leute und traten unverschämt auf, allerdings niemals mir gegenüber. Sie taten, was sie wollten, und versahen ihren Dienst so schlecht, daß ein junger Mann, der bei uns im Pferdestall angestellt war, mehr geleistet hätte als die beiden.

Es stimmte also etwas nicht; es mußte ein Geheimnis geben, das mir verschwiegen wurde. Ich hatte früher keine Ahnung, daß meine Rückkehr jemand unangenehm werden könnte, aber nun merkte ich, daß ich bei jeder Gelegenheit beobachtet wurde.

Meine Krankheit und meine Rückkehr schienen gewisse Pläne umgestoßen zu haben. Was man im Schilde führte, wußte ich allerdings nicht. Man fürchtete wohl, daß ich vielleicht später dahinterkommen würde. Selbst meine Mutter schien ängstlich geworden zu sein. Auch ich wurde schließlich unruhig, aber nach einiger Zeit gewöhnte ich mich daran.

Als ich Gilder wegen Unfähigkeit entließ, bekam ich einen Schock, als er am Ende der Woche immer noch in Marks Priory war. Zuerst war ich wütend darüber, ging zu meiner Mutter und bestand darauf, daß der Mann das Haus verlassen sollte.«

Der Lord lachte leise.

»Aber meiner Aufforderung wurde keine Folge geleistet. Ich hätte ebensogut verlangen können, daß das ganze Schloß dem Erdboden gleichgemacht werden sollte! Nach zwei weiteren vergeblichen Versuchen fand ich mich mit meiner Lage ab. Die beiden Amerikaner waren meine Diener, und ich zahlte für sie, aber ich hatte ihnen nichts zu sagen. Es war ja in der Tat nicht so schwer, mit ihnen auszukommen. In gewisser Weise benahmen sie sich auch nett, und ich habe eigentlich wenig über sie zu klagen.

Mit Dr. Amersham dagegen ist es anders. Er tritt öffentlich so auf, als ob er Herr in meinem Hause wäre. Er hat viel Geld, hält sich ein teures Auto und Rennpferde – aber das wissen Sie wahrscheinlich alles selbst. Wenn Gilder und Brooks auch sonst sehr großspurig tun, vor dem Doktor haben sie großen Respekt. Er behandelt die beiden aber auch, als ob sie seinesgleichen wären. Meiner Mutter gefällt das gar nicht, aber sie sagt nichts dazu und hat auch niemals etwas gegen diese Zustände unternommen.

Der Mann, den Amersham am meisten haßte, war mein Diener Studd, der arme Kerl, den sie ermordet haben. Wenn die beiden irgendwie zusammenkamen, gab es Krach, und wenn es so weitergegangen wäre, hätte er Studd auch entlassen. Ich weiß nicht, was Amersham gegen ihn hatte – vielleicht wußte Studd zuviel über ihn. Aber was es auch immer sein mochte, Amersham war sein Feind. Übrigens hatte Studd früher auch in der indischen Armee gedient.

In einem der ersten Gespräche, die ich nach meiner Rückkehr von Indien mit meiner Mutter hatte, erwähnte sie ihren dringenden Wunsch, daß ich Isla heiraten sollte. Ich muß natürlich irgend jemand heiraten, das erwartet man von mir. Aber man möchte doch wenigstens selbst wählen. Sie wissen ja, daß Isla eine äußerst schöne und liebenswürdige junge Dame ist. Sie war auch vollkommen normal – bis zu Studds Tod.«

Tanner richtete sich interessiert auf.

»Was passierte denn dann?«

»Von da ab ging eine Änderung mit ihr vor. Sie fürchtet sich entsetzlich, ist vollkommen verängstigt und zuckt zusammen, wenn man sie unerwartet anspricht. Und immer hat man den Eindruck, daß sie darauf gefaßt ist, schreckliche Dinge zu erleben. Außerdem schlafwandelt sie.

Ich hatte schon früher gehört, daß manche Leute an diesem Übel leiden, aber ich hatte noch niemand in diesem Zustand gesehen. Ich saß gerade in der Halle und trank noch einen Whisky-Soda vor dem Schlafengehen, als Isla im Nachthemd die Treppe herunterkam. Ich war zuerst überrascht, und da ich nicht wußte, was das bedeuten sollte, sprach ich sie an.

Dann packte mich das Grauen – ich weiß nicht, ob Sie schon einmal einen Schlafwandler beobachtet haben? Es ist furchtbar. Als ich sie anredete, antwortete sie nicht. Aber sie kam in die Halle und ging umher, als ob sie etwas suchte. Schließlich stieg sie wieder langsam die Treppe hinauf. Ich trat nahe an sie heran und sah in ihr Gesicht. Ihre Augen waren weit geöffnet, und sie sprach leise mit sich selbst. Was sie sagte, mag der Himmel wissen; ich konnte kein Wort verstehen.

Soviel ich weiß, hat sich das zweimal ereignet. Es war mir bekannt, daß man solche Leute nicht aufwecken soll. Ich ging so bald wie möglich zu meiner Mutter und berichtete ihr, was ich erlebt hatte. Das zweitemal hat meine Mutter sie selbst gesehen und zu ihrem Zimmer zurückgeführt.

Das hat großen Eindruck auf die alte Dame gemacht. Sie war sehr aufgeregt, was man nur selten bei ihr erlebt. Ich kann mich übrigens nicht darauf besinnen, daß meine Mutter mich jemals geküßt hätte.

Die Tatsache, daß Isla eine Schlafwandlerin ist, macht die Aussicht auf eine Ehe mit ihr gerade nicht sehr angenehm. Man will doch schließlich nicht mitten in der Nacht das ganze Haus durchsuchen, um seine Frau zu finden!«

»Weiß Dr. Amersham etwas davon?« fragte Tanner nachdenklich.

Lord Lebanon nickte.

»Natürlich«, erwiderte er bitter. »Es kann in unserem Haus nichts passieren, ohne daß er davon Kenntnis erhält. Er hat ihr ein Schlafmittel verschrieben, aber ich bezweifle, daß sie es nimmt.«

»Wovor fürchtet sie sich denn?«

»Vor allem! Wenn irgendein Brett kracht, fährt sie vom Stuhl auf. Im Dunkeln will sie nicht in den Park gehen, und sie schließt sich in ihrem Zimmer ein. Sie ist die einzige im Schloß, die das tut.«

Tanner dachte einige Zeit nach. Was er eben gehört hatte, machte den eigentlich schon schwierigen Fall noch komplizierter.

»Sie sprachen vorhin über einen Mischling in Verbindung mit Dr. Amersham. Können Sie mir die Geschichte genauer erzählen?«

»Gewiß. Sie war ein sehr schönes Mädchen, und Sie müssen die Sache natürlich erfahren. Es passierte, als er mich damals nach England bringen sollte. Sie wurde in seinem Haus aufgefunden – erdrosselt!«

Tanner sprang erregt auf.

»Was?« rief er ungläubig.

Wenn das stimmte, war das Geheimnis von Marks Priory gelöst.

»Ist das auch richtig?«

Lord Lebanon nickte und lächelte triumphierend. Er war noch jung genug, sich über die Sensation zu freuen, die seine Worte hervorgerufen hatten.

»Ja. Ein wirklich sehr schönes Mädchen – sie gehörte allerdings nicht den besten Klassen an, obwohl ihre Familie sehr reich war. Man fand sie damals erdrosselt auf der Veranda des Bungalows, den der Doktor allein bewohnte. Die Sache wirbelte viel Staub auf, aber man konnte ihm die Tat nicht nachweisen. Man fand jedoch Anzeichen dafür, daß auf der Veranda ein Kampf stattgefunden hatte. Die Zeitungen behaupteten, es müßte ein Eingeborener gewesen sein, der das Mädchen mit seinem Haß verfolgt hatte. Und es war auch ein rotes Tuch um ihren Hals geschlungen, genau wie bei Studd.«

»Das war mir neu«, sagte Tanner, nachdem er sich von seinem Erstaunen erholt hatte. »Weiß Ihre Mutter davon?«

Der junge Lord zögerte.

»Es ist schwer zu erfahren, was sie weiß, und was sie nicht weiß. Hoffentlich hat sie keine Ahnung davon. Aber nun möchte ich Sie um Ihren Rat bitten, Mr. Tanner. Was soll ich unter diesen Umständen tun? Sie werden mir wahrscheinlich erklären, daß es doch sehr einfach ist, Dr. Amersham das Haus zu verbieten. Vom juristischen Standpunkt aus ist das auch richtig. Aber meine Mutter hat ihren eigenen Willen, und ich kann mich ihr gegenüber unmöglich durchsetzen. Würden Sie so liebenswürdig sein, einmal als mein Gast ein Wochenende in Marks Priory zu verbringen?«

Tanner lächelte.

»Was würde Ihre Mutter dazu sagen?«

Lord Lebanon machte ein langes Gesicht.

»Das ist natürlich eine andere Frage. Nein, so einfach geht es wirklich nicht, es könnte furchtbar unangenehm werden.«

»Aber wie wäre es, wenn Sie selbst einmal eine Erholungsreise machten? Gehen Sie doch auf ein paar Jahre außer Landes.«

»Das scheint mir eine gute Lösung zu sein, aber Sie vergessen ganz, daß ich mit meiner Mutter und Dr. Amersham rechnen muß. Es kommt zwar nicht darauf an, was er dazu sagt, aber gegen den Willen meiner Mutter kann ich nichts tun. Ich habe ja schon früher erklärt, daß ich gern nach Amerika gehen würde, um mir dort eine Farm zu kaufen. Ich will unter diesen Umständen ganz auf den Titel verzichten. Meinetwegen mag mein nächster Verwandter die Erbschaft antreten.«

Er lachte, als er das sagte.

»Wer ist denn der nächste Erbe?«

»Ist es nicht merkwürdig? Der Mann lebt auch in Amerika und ist Kellner. Nein, ich scherze nicht. Die erste Erbin ist übrigens Isla! Das habe ich erst neulich von meiner Mutter erfahren. Ja, es wäre eine großartige Idee, wenn ich nach Kanada ginge und einmal für kurze Zeit vergessen könnte, daß es überhaupt ein Marks Priory gibt. Das habe ich meiner Mutter mindestens ein dutzendmal gesagt, aber sie behauptet immer, ich müßte hierbleiben.«

Er stand auf und trat an den Tisch. Jetzt lächelte er nicht mehr; sein Gesichtsausdruck war mitleiderregend.

»Chefinspektor, ich bin nun einmal ein Schwächling. Es gibt ja Hunderttausende solcher Leute auf der Welt. Ja, ich sage sogar offen, die Mehrzahl aller Leute gehört dazu. Starke, schweigsame Menschen scheint es nur in Scotland Yard zu geben.

Ich bin vollkommen in der Hand meiner Mutter, und, um ganz offen zu sein, ich habe nicht die Energie, es auf eine Auseinandersetzung mit ihr ankommen zu lassen.«

Plötzlich wandte er sich um.

»Es ist jemand an der Tür«, sagte er leise.

»Aber, mein lieber Lord Lebanon, ich versichere Ihnen . . .«

»Haben Sie etwas dagegen, wenn ich einmal nachsehe?«

»Öffnen Sie die Tür, Totty.«

Der Sergeant kam der Aufforderung nach und schrak zusammen. Draußen stand ein Mann, der den Kopf gesenkt hatte, als ob er lauschte. Als das Licht auf ihn fiel, erkannten sie Gilder, den amerikanischen Diener.

»Entschuldigen Sie vielmals«, sagte Gilder und trat ruhig ins Zimmer. »Lord Lebanon hat sein Zigarettenetui zu Hause liegenlassen, und ich bin hergekommen, um es ihm zu bringen.«

»Warum haben Sie an der Tür gelauscht?« fragte Tanner streng.

»Ich habe nicht gelauscht, ich wußte nur nicht genau, welches Zimmer Ihr Büro ist. Und um sicherzugehen, horchte ich, ob ich nicht die Stimme von Lord Lebanon erkennen könnte, bevor ich anklopfte.«

»Wer hat Ihnen gesagt, daß Sie heraufgehen sollen?«

»Der Polizeibeamte am Haupttor«, erklärte Gilder, der in keiner Weise verlegen wurde.

Er zog ein Zigarettenetui aus der Tasche und reichte es dem Lord. Mit einer freundlichen Verbeugung entfernte er sich dann wieder. Tanner sah ihm nach, bis der Mann die Tür geschlossen hatte, dann gab er Totty ein Zeichen.

»Folgen Sie ihm und passen Sie auf, wohin er geht.«

Der Chefinspektor war erstaunt über die Kühnheit Gilders. Wie lange hatte er nun schon hinter der Tür gestanden, und was hatte er alles gehört? Die Unverschämtheit einer solchen Spionage innerhalb von Scotland Yard machte ihn sprachlos.

»Ich habe also doch recht gehabt«, meinte Lord Lebanon. »Ich dachte, ich wäre heute morgen unbemerkt von Marks Priory fortgegangen, aber Gilder hält sehr scharf Wache, dem kann man nicht so leicht entkommen.«

»Seit welcher Zeit werden Sie so scharf beobachtet?«

»Seit meiner Rückkehr von Indien. Vielleicht auch schon vorher, aber das ist mir nicht aufgefallen.«

»Ist Ihre Mutter davon unterrichtet?«

Der junge Lord zuckte die Schultern.

»Ich kann mir kaum das Gegenteil vorstellen. Auf jeden Fall weiß Amersham davon.«

»Wo ist er jetzt?«

»Gestern abend war er in Marks Priory, aber er fuhr zur Stadt zurück. Meine Mutter erwähnte es heute morgen beim Frühstück, sonst hätte ich überhaupt nichts davon erfahren, daß er bei uns war.«

Tanner machte sich verschiedene Notizen.

»Können Sie mir sagen, wann dieses junge Mädchen in Indien ermordet wurde?«

»Kommen Sie doch nach Marks Priory. Ich kann alle diese Tatsachen dort aus meinen Papieren feststellen. Ich werde Ihnen auch mein Tagebuch zeigen.« Lord Lebanon nahm Hut und Stock auf. »Sie können Amersham mitteilen, was ich Ihnen erzählt habe, aber natürlich wäre es mir lieber, wenn Sie es nicht täten, da er sonst zu Hause sicher einen furchtbaren Krach macht. Das beste wäre, wenn Sie ein Wochenende auf dem Schloß zubrächten. Ich könnte Ihnen noch viele interessante Dinge erzählen. Kennen Sie Petersfield? Es ist ein kleines Dorf in Berkshire.«

Tanner sah ihn scharf an, denn diese Frage hatte er nicht erwartet. Lord Lebanon war also doch nicht so unbegabt, wie es den Anschein hatte, und er kannte auch das Geheimnis seiner Mutter.

Der Chefinspektor begleitete ihn bis zum Hauptportal von Scotland Yard. Auf dem Rückweg zu seinem Büro wurde er von Sergeant Totty eingeholt.

»Ich habe ihn bis auf die andere Seite des Ufers gebracht. Wie wäre es gewesen, wenn wir den Mann wegen Umherlungerns verhaftet hätten?«

»Meinen Sie Gilder? Nein, das geht nicht gut. Er kann ja auch nicht viel Schaden anrichten ... Ich möchte nur wissen, ob er etwas gehört hat?«

»Sie meinen wegen Miss Isla Crane?« fragte Totty. »Oder wegen des Mischlings? Die Beweise gegen Amersham häufen sich mehr und mehr. Meiner Meinung nach haben wir doch jetzt Material genug, um Amersham zu verhaften.«

»Wenn Sie erst einmal einigermaßen gelernt haben, was die Polizei zu tun hat – und das wird vielleicht in fünfzig Jahren der Fall sein –, dann werden Sie auch endlich begreifen, daß man sehr leicht Leute verhaften, aber sehr schwer so viele Beweise beischaffen kann, um sie zur Verurteilung zu bringen.«

Als er wieder in sein Büro kam, sah er eine Reihe von jüngeren Beamten, denen er eine Instruktionsstunde geben mußte. Er seufzte, denn er haßte diese Vorlesungen. Viel lieber wäre er fortgefahren und hätte Amersham aufgesucht, um ihm ein paar wichtige Fragen vorzulegen.

»Gehen Sie nachher zur Wohnung von Dr. Amersham«, wandte er sich an Totty, »und sagen Sie ihm, daß ich ihn in Scotland Yard sprechen möchte. Natürlich braucht er nicht zu kommen, wenn er nicht will. Aber es wird die ganze Angelegenheit vereinfachen, wenn er sich in meinem Büro einfindet. Warnen Sie ihn auch wie üblich; am Ende hat er hohe Bekannte, die nachher einen furchtbaren Skandal machen, weil die Vorschriften nicht genau eingehalten worden sind.«

»Und wenn er nicht kommen will, soll ich ihn dann verhaften?« fragte Totty erwartungsvoll.

Tanner schüttelte den Kopf.

»Nein, soweit sind wir noch nicht.«

Ein Bote kam herein und brachte ein Telegramm. Totty nahm es in Empfang, öffnete es und reichte es seinem Vorgesetzten. Tanner las:

Äußerst dringend. Leiche Dr. Amershams heute vormittag 11.07 im Park von Marks Priory hinter Gebüsch gefunden, das fünfzig Meter südlich vom westlichen Flügel liegt. Der Tote wurde erdrosselt, aber man fand weder ein Tuch noch einen Strick. Kommen Sie sofort.

15

Ein Gärtner, der im Dorf gewesen war, kehrte durch den Park nach den Gewächshäusern zurück. Unterwegs sah er etwas im Schatten eines Rhododendronstrauches liegen und dachte zuerst, es wären alte Kleider, die jemand fortgeworfen hatte. Er ging darauf zu, um sich zu vergewissern, und fand Dr. Amersham tot auf. Der Arzt hatte die Hände krampfhaft erhoben, als ob er sich vor einem unsichtbaren Feind wehren wollte. Ein Tuch mußte um seinen Hals geschlungen gewesen sein; man konnte die Spuren der Erdrosselung noch deutlich sehen. Aber der Mörder hatte es anscheinend mitgenommen.

Der Dorfarzt wurde gerufen, aber er konnte nur feststellen, daß Amersham schon seit vielen Stunden tot war.

Lady Lebanon war in ihrem Zimmer, als sie die Nachricht erfuhr, und zeigte sich erstaunlich ruhig.

»Benachrichtigen Sie die Polizei«, sagte sie. »Und schicken Sie auch ein Telegramm nach Scotland Yard. Wie hieß doch der Beamte? Ach so, Tanner!«

Was möglich war, wurde sofort getan. Die Leiche war aber noch nicht fortgeschafft, als schon ein Polizeiauto durch das Dorf raste und vor dem Herrenhaus hielt. Tanner und vier andere Beamte stiegen aus. Der Polizeiarzt und der Doktor aus dem Dorf waren anwesend, als der Chefinspektor die Kleider des Toten durchsuchte. Er fand jedoch nichts, was auf den ersten Blick als Anhaltspunkt hätte dienen können. In einer Tasche entdeckte er drei Banknoten im Wert von je hundert Pfund, in einer anderen einen Paß.

Fotos waren schon gemacht worden, bevor die Beamten erschienen. Nachdem Tanner die Umgebung genau abgesucht hatte, ließ er Amersham fortbringen. Er hatte nicht die geringsten Anzeichen eines Kampfes entdecken können, aber auf dem kiesbestreuten Zufahrtsweg zeigten sich Spuren eines Autos, das vom Weg auf den Rasen gefahren war. Nach einiger Zeit führten die Spuren wieder auf den Hauptweg zurück und von dort direkt nach dem Dorf Marks Thornton.

Daraus konnte er viel entnehmen. Fünfzig Meter von der

Stelle entfernt, an der der Wagen zum zweitenmal die Fahrstraße verlassen hatte, fand Totty Öllachen und zwei verbrannte Streichhölzer. Eins war angesteckt worden, aber sofort ausgegangen, das andere war halb abgebrannt.

Mit Ferrabys Hilfe untersuchte er den Grasboden in der Nähe sorgfältig, und gleich darauf entdeckten sie auch eine Zigarette, die vom Tau vollständig durchnäßt war. Sie war nicht in Brand gesetzt worden, aber in der Mitte durchgebrochen. Totty brachte sie seinem Vorgesetzten, und Tanner las die Aufschrift auf dem Zigarettenpapier.

»Eine Chesterfield. Rein amerikanische Marke, wenn sie auch ab und zu hier geraucht wird. Verwahren Sie sie gut, ebenso das Streichholz. Kommen Sie jetzt mit mir die Fahrstraße entlang und sehen Sie einmal nach, ob Sie Fußspuren finden können, die vom Gras auf den Fahrweg führen. Sie müßten direkt in der Nähe der Stelle sein, an der das Auto vom Weg abwich.«

In der vergangenen Nacht hatte es eine Stunde lang geregnet, und es lag noch Feuchtigkeit in der Luft, so daß die Straßen nicht getrocknet waren. Man konnte daher die Wagenspuren deutlich erkennen.

»Wo ist denn das Auto?« fragte Ferraby.

»Die Polizei hat es drei bis vier Kilometer entfernt auf einem Nebenweg gefunden. Die Leute sind bereits unterwegs damit und bringen es hierher.«

Bei den Worten sah er sich um.

»Dort kommen sie schon. Sagen Sie doch dem Chauffeur, er soll dort halten. Die Spuren dürfen nicht weiter verwischt werden. Und dann sehen Sie sich einmal auf dem Weg um, wieweit diese Spuren mit denen des Wagens übereinstimmen.«

Kurze Zeit später kam Totty zurück.

»Es handelt sich um denselben Wagen«, erklärte er.

»Haben Sie denn in dem Auto selbst einige Fußabdrücke gefunden?«

Sie hatten nur eine tiefe Schramme entdeckt, die als Anhaltspunkt nicht zu gebrauchen war.

»Ich glaube, ich kann Ihnen erzählen, wie der Mord begangen wurde«, sagte Tanner. »Jemand sprang von hinten auf den offenen Wagen. Dem Doktor wurde hier das Tuch um den Hals geworfen, denn an dieser Stelle bog der Wagen von der Fahrstraße ab, und sein Weg ist ziemlich unregelmäßig, bis er an der Stelle im Gras hielt, an der Sie die vielen Ölspuren gesehen haben. Dort muß er eine Stunde lang gestanden haben, bis jemand kam und ihn wegbrachte. Der Betreffende steckte sich eine Zigarette an, bevor er einstieg. Er öffnete ein neues Päckchen Chesterfield – Ferraby hat die Banderole der Packung gefunden. Als der Mann die erste Zigarette herauszog, brach sie mitten durch, und er warf sie fort. Erst die zweite konnte er anzünden, aber auch erst nach zwei Versuchen. Dann fuhr er den Wagen zu dem Platz, an dem er später aufgefunden wurde. Ein Polizist sah das Auto um halb drei vorüberfahren, aber das Verdeck war hochgeklappt, so daß er den Mann am Steuer nicht erkennen konnte. Daraus ergibt sich klar, wann der Mord begangen wurde. Amersham verließ Marks Priory kurz nach elf, zwei Minuten später wurde er erdrosselt. Darauf schleifte man den Toten bis zu der Stelle, an der er später aufgefunden wurde. Der Mörder kam dann ruhig zurück und brachte den Wagen fort. Vielleicht ist er sogar zum Herrenhaus gegangen. Auf keinen Fall wird er sich draußen noch länger herumgetrieben haben. Der Wärter im Torhaus erinnert sich, daß er nachts einen Wagen vorüberfahren hörte, aber die Zeit kann er nicht genau angeben. Nun fragt sich: Warum ließ der Mörder den Toten im Park und in der Nähe des Herrenhauses, obwohl er die Möglichkeit hatte, ihn im Auto wegzuschaffen?«

Später nahm der Chefinspektor eine genaue Untersuchung des Autos selbst vor. Die Uhr am Armaturenbrett war zertrümmert, und an der Tür entdeckte er Kratzer.

»Das hat Amersham gemacht, als ihm das Tuch um die Kehle geschlungen und er nach rückwärts gezogen wurde. Er suchte mit dem Fuß einen Halt, trat dabei gegen die Uhr und kam mit den Schuhsohlen auch an die Tür.«

Tanner betrachtete den Boden und fand eine tiefe Spur, als ob jemand etwas Schweres über den Gummibelag fortgezogen hätte.

»Sehen Sie, hier ist Amersham aus dem Wagen und dann quer über das Gras geschleift worden. Wir haben eine klare Spur von der Öllache bis zu dem Rhododendrongebüsch. Ich werde alle Dienstboten verhören. Mit Lady Lebanon und den beiden amerikanischen Dienern muß ich auch sprechen. Ist übrigens der Lord nach Hause zurückgekehrt?«

»Er ist eine Viertelstunde vor uns eingetroffen«, erklärte Ferraby. »Ist er nicht dort drüben?«

»Gehen Sie hin und unterhalten Sie sich mit ihm. Ich bin augenblicklich nicht in der Stimmung, mit ihm zu reden, ich habe wichtigere Dinge zu tun.«

Tanner ging den Fahrweg hinauf bis zum Haus und trat dann in die große Halle. Lady Lebanon war in ihrem Zimmer, wie der Butler erklärte, aber Miss Jackson wartete auf ihn. Sie hatte viel zu berichten, und was Tanner von ihr erfuhr, war so interessant, daß er die Zofe in den Park mitnahm. Eine halbe Stunde fragte er sie aus und verglich ihre Angaben dann mit dem, was ihm bisher bekannt war.

»Haben Sie Lady Lebanon heute morgen gesehen?«

»Nein. Ich bin zu ihrem Zimmer gegangen, aber sie wollte mich nicht hineinlassen. Sie sagte mir nur, ich sollte machen, daß ich so schnell wie möglich aus dem Haus käme. Sie bestellte sogar einen Wagen aus dem Dorf, der mich zum Bahnhof bringen sollte.«

»Wann war das?«

»Heute morgen um neun. Ein volles Monatsgehalt habe ich bekommen, aber sie war so darauf bedacht, mich loszuwerden, daß ich es für besser hielt, bis zur Ankunft der Polizei zu bleiben.« Sie lächelte triumphierend. »Ich weiß wohl, wann die Leute mich brauchen können und wann sie mich fortschicken wollen.«

»War das vor Entdeckung der Leiche?«

»Ja. Sie ist sonst so genau mit ihren Löhnen, daß es mir gleich auffiel. Es kam mir merkwürdig vor, daß sie sich soviel Mühe gab, mich mit dem Zehnuhrzug fortzuschaffen. Deshalb versäumte ich ihn absichtlich.«

»Haben Sie in ihr Zimmer hineingesehen?«

»Nein. Aber ich weiß, daß sie sich die ganze Nacht nicht zur Ruhe gelegt hat. Ihre Schuhe, die sie gestern abend trug, sind vollständig durchnäßt. Ich fand sie in ihrem Ankleidezimmer. Ihr Abendkleid war auch beschmutzt. Mr. Kelver brachte ihr Kaffee und erzählte mir nachher, daß ihr Bett noch in Ordnung wäre. Sie können ihn ja selbst danach fragen.«

»Das werde ich auch tun«, sagte Tanner brummig. »Haben Sie etwas von dem Mord gehört, bevor die Leiche dann gefunden worden ist?«

Die Frage verneinte sie.

Er ging zu Totty zurück.

»Suchen Sie einmal in dem Gebüsch, in dem der Tote gefunden wurde, nach Spuren von einem Frauenschuh mit hohen Absätzen. Sehen Sie auch dort nach, wo der Wagen gestanden hat, und untersuchen Sie noch einmal die Fahrstraße weiter unten.«

Der Chefinspektor ging darauf ins Haus, um Kelver auszufragen, der in der großen Halle auf ihn wartete. Der Mann gab gern die nötigen Informationen; selbst dieses furchtbare Verbrechen änderte nichts an seinem würdevollen Auftreten. Trotzdem war er zu einem Entschluß gekommen und wartete nur auf einen günstigen Augenblick, um mit Lady Lebanon zu sprechen.

»Dies ist der frühere Eingang«, erklärte er. »Vor einigen Jahren hat ihn der verstorbene Lord Lebanon so umbauen lassen. Die Arbeiten haben mehrere tausend Pfund gekostet.«

In dem nüchternen Morgenlicht sah die Halle etwas trostlos aus. Den sauber aufgeräumten Schreibtisch der Lady Lebanon kannte Tanner zur Genüge. Die beiden Diener standen an dem kleinen Anthrazitofen, der in der einen Ecke des Raumes aufgestellt worden war. Tanner sah, daß sie jede seiner Bewegungen beobachteten, und er war auch davon überzeugt, daß sie sich bereits ihre Antworten zurechtgelegt hatten und ihm eine Geschichte erzählen würden, gegen die er nichts ausrichten konnte.

»Also Sie sind Mr. Gilder?« sprach er den größeren der beiden an.

»Jawohl«, entgegnete der Amerikaner freundlich, aber selbstbewußt. »Ich habe Sie heute morgen schon gesehen. Kurz vor Ihnen kam ich ins Herrenhaus zurück.«

Tanner kümmerte sich nicht um diese Worte, die ein Alibi bedeuten konnten.

»Wie lange sind Sie schon in Diensten der Familie?«

»Acht Jahre.«

Tanner nickte.

»Dann waren Sie auch schon hier, als der alte Lord Lebanon noch lebte?«

»Jawohl.«

Gilder lächelte, während er das sagte.

»Und Sie sind hier Diener?«

»Ja.«

»Scotland Yard hat Erkundigungen über Sie eingezogen, und ich habe die ersten Resultate erfahren. Sie haben ein Konto bei der London & Provincial Bank in London. Stimmt das?«

»Die Polizei ist sehr tüchtig, daß sie das herausgefunden hat. Ja, ich habe dort ein Konto.«

»Es ist aber außergewöhnlich, daß ein Diener ein Konto bei einer Londoner Bank unterhält.«

»Es gibt auch sparsame Leute, die nicht alles Geld ausgeben.«

»Sie haben aber eine ziemlich große Summe auf der Bank.«

»Etwa viertausend Pfund. Ich habe mein Geld gut angelegt und auch erfolgreich spekuliert.«

Tanner hatte erwartet, daß der andere wenigstens etwas in Verlegenheit kommen würde, aber Gilder blieb ruhig und unerschütterlich. Er war ein gefährlicher Mann, und Tanner unterschätzte ihn in keiner Weise. Aber wenn jemand in Amerika ein Verhör im dritten Grad durchgemacht hat, kann er wohl kaum noch durch die weit milderen Methoden von Scotland Yard aus der Fassung gebracht werden.

Tanner rief den zweiten Diener zu sich, und Brooks kam mit den Händen in den Taschen auf ihn zu.

»Sind Sie auch aus Amerika?«

»Ja, aber ich habe kein Konto auf der Bank. Sie wissen ja auch, daß in letzter Zeit manche Leute drüben viel Geld verloren haben.«

»Sind Sie schon lange hier in Stellung?«

»Sechs Jahre.«

»Warum nehmen Sie einen solchen Posten als Diener an?«

»Weil mir das zusagt.«

Tanner hatte den Eindruck, daß sich der Mann im geheimen über ihn lustig machte. Brooks war ebenso selbstbewußt und unzugänglich wie Gilder und sah hart und zäh aus. Tanner entdeckte eine alte Narbe in dem Gesicht des Amerikaners.

»Die habe ich vor einigen Jahren bekommen«, entgegnete Brooks, als der Chefinspektor eine Bemerkung darüber machte. »Bei einer Schlägerei. Ein Mann warf mir einen Aschenbecher ins Gesicht.«

»Waren Sie damals auch schon Diener?« fragte Tanner ironisch.

»Ja.«

Der Inspektor wandte sich wieder an Gilder.

»Kennen Sie dieses Haus sehr genau? Lady Lebanon hat mir gesagt, ich könnte das ganze Gebäude durchsuchen. Vielleicht führen Sie mich einmal herum?«

»Selbstverständlich.«

Tanner entließ die beiden und wandte sich an den Butler.

»Was haben die zwei Leute hier im Haus zu tun?«

»Sie bedienen Mylady, den jungen Lord und Miss Crane.«

»Wo ist die Miss?« fragte Tanner schnell.

»Draußen auf dem Rasen. Leider ist sie sehr aufgeregt über alles, was sich ereignet hat.«

Tanner fragte nicht genauer nach den Gründen, und Kelver schien ein wenig enttäuscht zu sein.

In diesem Augenblick trat Ferraby in die Halle, und Tanner nahm ihn beiseite.

»Suchen Sie doch Miss Crane auf, unterhalten Sie sich eingehend mit ihr und sehen Sie zu, daß Sie etwas aus ihr herausbringen. Wahrscheinlich weiß sie mehr, als sie anfänglich zugeben wollte.«

»Haben Sie vorige Nacht nichts gehört?« fragte er Kelver, als der Sergeant gegangen war.

Der Butler schüttelte den Kopf.

»Auch keinen Schrei, Ruf und dergleichen?«

»Nein.«

Tanner war davon nicht überzeugt.

»Sie entsinnen sich doch noch der Nacht, in der Studd ermordet wurde? Haben Sie damals auch nichts gehört?«

»Nein, Sie haben mich ja seinerzeit schon danach gefragt.«

Tanner nickte.

»Hat nicht einer der Dienstboten Ihnen gesagt, daß gestern abend sehr spät noch jemand kam?«

»Nein. Aber verzeihen Sie eine Bemerkung. Ich sah, daß Sie vorhin mit der Zofe von Mylady sprachen.« Kelver machte eine Pause, schaute sich um und dämpfte dann die Stimme. »Sie wurde heute morgen entlassen; vielleicht erzählt sie Ihnen allerhand. Sie hat Zutritt zu diesem Teil des Hauses. Natürlich ist sie durch ihre Entlassung verärgert, und ihre Angaben sind infolgedessen vielleicht nicht ganz zuverlässig, aber wahrscheinlich kann sie Ihnen wichtige Dinge berichten.«

»Ich danke Ihnen für den Wink, aber ich habe schon mit ihr gesprochen.«

Kelver stand während der Unterredung am Fußende der Treppe, und als er zufällig einen Blick nach oben warf, bemerkte er Lady Lebanon, die der Inspektor nicht sehen konnte.

Sie kam die Treppe herunter, ruhig und selbstsicher. Die dunklen Schatten unter ihren Augen bestätigten allerdings in gewisser Weise die Angaben ihrer Zofe. Aber wenn sie auch die ganze Nacht nicht ausgeruht hatte, klang doch ihre Stimme so fest und gelassen, als ob nichts die Ruhe und den Frieden dieses Hauses gestört hätte.

»Haben Sie alles, was Sie brauchen, Mr. Tanner? Kelver, sorgen Sie dafür, daß der Chefinspektor alle Dienstboten fragen kann, und unterstützen Sie ihn so gut wie nur möglich. Bringen Sie übrigens Ihre Untersuchung heute noch zum Abschluß?«

Sie stellte diese Frage anscheinend gleichgültig, während sie zu ihrem Schreibtisch ging und die Briefe durchsah, die mit der Post angekommen waren.

»Das glaube ich kaum«, entgegnete der Inspektor.

Er beobachtete sie scharf. Sie war ein Typ, den er noch nicht kennengelernt hatte. Drohungen machten keinen Eindruck auf sie, und sicher ließ sie sich ebensowenig durch Versprechungen beeinflussen.

»Ich habe Zimmer für Sie im Gasthof bestellt, es ist ein sauberes, gutes Haus. Allerdings habe ich von dem Dorfpolizisten gehört, daß einer Ihrer Beamten dort ein recht gefährliches Erlebnis hatte.«

Er nickte.

»Sie haben mir doch die Erlaubnis gegeben, das ganze Haus zu durchsuchen?«

»Gewiß. Brooks wird Sie herumführen.« Sie stand nachdenklich an ihrem Schreibtisch. »Der Mann scheint im Park ermordet worden zu sein.«

Tanner sah sie erstaunt an.

»Der Mann?« wiederholte er fragend.

Sie wandte ungeduldig den Kopf zu ihm.

»Ja, Mr. Amersham.«

Dies war allerdings eine Frau, die nicht wie andere behandelt werden konnte. Für sie war Amersham eben nur »der Mann«.

»Ja, er wurde im Park ermordet«, pflichtete Tanner bei, als er sich von seiner Verwunderung erholt hatte. »Das ist sehr wahrscheinlich, da hier im Haus niemand etwas davon gehört hat.«

Sie nickte langsam.

»Es wäre interessant, wenn Sie das herausfinden würden.«

Sie drückte auf eine Klingel, und gleich darauf trat Brooks ein.

»Zeigen Sie Mr. Tanner das Haus.«

16

»Wann werden die Polizeibeamten wohl das Haus wieder verlassen?« fragte Lady Lebanon den Butler, als sie allein waren.

»Ich habe den Eindruck, daß sie ziemlich lange bleiben«, entgegnete er. Als sie Miene machte, nach oben zu gehen, fügte er schnell hinzu: »Mylady werden verzeihen, aber ich muß noch über eine unangenehme Sache sprechen. Wirklich, es tut mir aufrichtig leid, daß ich es sagen muß. Morgen haben wir Ende des Monats, und ich möchte mit allem nötigen Respekt meinen Dienst kündigen.«

Sie zog die Augenbrauen hoch, obwohl sie erwartet und gefürchtet hatte, daß das kommen würde.

»Mylady wissen ja selbst, welche merkwürdigen Dinge hier passiert sind«, fuhr er nervös fort. »Dadurch ist Marks Priory der Öffentlichkeit leider aufgefallen.«

Merkwürdigerweise konnte sie seine Aufregung und seine Gründe verstehen.

»Aber eigentlich berührt die Sache Sie doch wenig«, erwiderte sie liebenswürdig.

»Verzeihen Sie, Mylady. Ich verstehe wohl, daß vor allem Mylady und der junge Lord empfindlich betroffen werden, aber in gewisser Weise habe auch ich darunter zu leiden. Während meiner langen Dienstzeit bin ich noch nie mit solchen Affären in Berührung gekommen.«

»Nun gut, Kelver. Es wird schwer sein, einen Ersatz für Sie zu finden, und ich lasse Sie ungern gehen.«

Er senkte leicht den Kopf. Er war von ihren Worten überzeugt und in gewisser Weise dankbar, daß sie seine Dienste offen anerkannte.

»Wo ist Lord Lebanon?« fragte sie.

»In seinem Zimmer, Mylady. Vor kurzem kam er aus dem Park zurück.«

»Sagen Sie ihm, daß ich ihn sprechen möchte.«

Kurz darauf kam Willie. Er war ein wenig verstört und schien sich vor seiner Mutter zu fürchten. Trotzdem versuchte er, selbstbewußt und zuversichtlich aufzutreten.

»Das ist doch eine ganz entsetzliche Geschichte –«, begann er.

»Willie, wohin bist du heute morgen gefahren?«

Er feuchtete die Lippen an.

»Zur Stadt.«

»Und wohin bist du dort gegangen?«

Er wollte lächeln, aber es gelang ihm nicht.

»Ich habe Scotland Yard besucht«, entgegnete er verbissen.

»Warum?«

Er konnte sie nicht ansehen, als er antwortete, und das Sprechen fiel ihm schwer.

»Es passieren Dinge in diesem Haus, die ich nicht verstehe; ich fürchte mich, und – verdammt noch mal, ich wollte eben hingehen!«

»Willie!«

Er sank in sich zusammen.

»Es tut mir leid, Mutter, aber du behandelst mich, als ob ich ein kleines Kind wäre.«

»Du bist nach Scotland Yard gegangen! Das war sehr unüberlegt und böse von dir. Wenn die Polizeibeamten etwas erfahren wollen, kannst du sicher sein, daß sie es herausbringen, ohne daß du dich darum kümmerst. Du hast mich sehr gekränkt. Hast du den Beamten etwas von Amersham erzählt?«

Das war die Frage, auf die es wirklich ankam. Sie wußte ja, daß er in Scotland Yard gewesen war, denn Gilder hatte es ihr berichtet. Aber er hatte nicht hören können, was der junge Lord den Beamten mitgeteilt hatte.

»Nein«, erwiderte er düster. »Ich habe nur gesagt, daß er ein seltsamer Mensch sei. Ich habe auch gesagt, daß hier auf dem Schloß viel vorgeht, was ich nicht begreifen kann. Ich verstehe diese verdammten amerikanischen Diener nicht, und vor allem weiß ich nicht, was Gilder hier soll.«

Ärgerlich warf er sich in einen Sessel.

»Ich wünschte, ich wäre nie von Indien zurückgekehrt.«

Sie erhob sich und trat neben ihn.

»Du wirst nicht wieder ohne meine Erlaubnis nach London gehen und mit der Polizei über Dinge sprechen, die in diesem Haus passieren – hast du verstanden?«

»Ja«, entgegnete er gereizt.

»Wenn du nur etwas mehr Anstand hättest«, fuhr sie fort. »Es ist nicht notwendig, daß ein Lebanon sich mit Polizeibeamten anfreundet.«

»Das weiß ich nicht«, sagte er mürrisch. »Sie sind doch ebensogut Menschen wie ich. All dies Gerede von der alten Familientradition ist Unsinn . . . Weißt du, daß dieser Gilder mich nach Scotland Yard verfolgte?«

»Das hat er in meinem Auftrag getan. Genügt dir das?«

Er lachte hilflos.

»Ja, Mutter.«

»Geh noch nicht«, sagte sie, als er aufstehen wollte. »Du mußt erst noch einige Schecks unterschreiben.«

Sie nahm ein schmales Heft aus der Schublade und schlug es auf. Zögernd trat er an den Schreibtisch, nahm eine Feder und tauchte sie ein. Wie gewöhnlich waren es Blankoschecks.

»Ach, das ist doch Unsinn, du läßt mich niemals einen Scheck unterschreiben, in dem eine Zahl eingetragen ist. Ich kann doch wohl verlangen, daß ich sehe, was ich unterschreibe.«

»Du mußt vier Formulare unterzeichnen«, erwiderte sie ruhig, »das genügt. Lege den Löscher hin, du weißt doch, daß Unterschriften unter Schecks nicht abgetrocknet werden sollen.«

Hätte er seinem augenblicklichen Impuls folgen dürfen, so hätte er am liebsten das Tintenfaß über das Heft gegossen oder das Scheckbuch in den Kamin geworfen. Aber seine Mutter sah ihn dauernd an, und unter ihrem zwingenden Blick blieb ihm nichts anderes übrig, als ihren Willen zu erfüllen, wenn es auch in seinem Innern kochte.

Aber schließlich kam es ja nicht darauf an, damit tröstete er sich. Er besaß ein großes Vermögen, und seine Mutter war eine tüchtige und energische Frau, die es gut zu verwalten verstand. Jetzt wollte er mit Tanner sprechen, diesem merkwürdigen Detektiv, und mit Ferraby. Als sie ihn mit einer Handbewegung entließ, lief er beinahe aus dem Zimmer.

Lady Lebanon war die Treppe schon halb hinaufgegangen, als sie plötzlich erschrak. Das war wirklich sehr leichtsinnig gewesen. Sie eilte die Stufen wieder hinunter, sah sich vorsichtig nach allen Seiten um, trat dann an ihren Schreibtisch, schloß mit zitternden Händen eine Schublade auf und nahm ein kleines, rotes Paket heraus. Ihre Finger bebten, als sie den Anthrazitofen öffnete und das indische Tuch auf die Kohlen warf. Aber das genügte ihr noch nicht; sie nahm das Schüreisen und drückte den Stoff hinunter, damit er Feuer fangen sollte.

Sie sah die kleine Metallscheibe, die in der Ecke eingenäht war. Welch eine unglaubliche Sorglosigkeit, daß sie das Tuch in der Schublade aufbewahrt hatte, wo es jeder Polizeibeamte finden konnte! Erschöpft sank sie in den Sessel vor dem Schreibtisch.

Nach einigen Sekunden erhob sie sich jedoch wieder und ging nervös auf den Ofen zu. Sie überlegte es sich aber und kehrte zum Schreibtisch zurück. Es ließ sich nicht vermeiden, daß Tanner sie ausfragte, aber sie hatte sich die Antworten schon vorher überlegt. Sie wollte der Polizei möglichst wenig Anhaltspunkte geben. Das war schließlich für Lady Lebanon keine neue Erfahrung. Ihr ganzes Leben lang hatte sie Theater spielen und irgend etwas verheimlichen müssen. Aber jetzt hatte die Krise ihren Höhepunkt erreicht: Es ging um Leben und Tod.

17

Totty mochte viele Fehler haben, die eigentlich ein Sergeant nicht haben sollte, aber er hatte eine gute Spürnase. Tatsächlich fand er einen Abdruck von einem hohen Absatz direkt am Rande des Fahrwegs, einen zweiten entdeckte er dicht neben der Stelle, an der das Auto gehalten hatte.

Etwa fünfzig Meter südlich bemerkte er auch noch eine kleine Parfümflasche mit silbernem Verschluß. In der Nähe des Gebüschs, in dem man Amersham aufgefunden hatte, konnte er jedoch weder Abdrücke von Schuhen noch sonst einen Anhaltspunkt finden. Aber auf einer kahlen Stelle des Rasens sah er nicht nur die Spur eines hohen Damenabsatzes, sondern auch den Abdruck des ganzen Schuhs.

Während er an der Arbeit war, drehte er sich plötzlich um und sah, daß einer der amerikanischen Diener ihn beobachtete.

»Nun, suchen Sie nach Anhaltspunkten, Mr. Totty? Was Sie dort gefunden haben, ist der Abdruck von Myladys Schuh. Sie war heute morgen hier im Park.«

»Heute morgen ist sie überhaupt nicht aus ihrem Zimmer herausgegangen«, erklärte der Sergeant mit eiserner Ruhe.

»So? Nun, ich bin selbst nicht hiergewesen, aber ich habe es von der Dienerschaft gehört. Die Leute haben gesehen, daß sie das Zimmer verließ, ebenso Brooks. Jedenfalls wurde es mir von mehreren Seiten berichtet.«

»Warum ist sie ausgerechnet hierher gegangen?« fragte Totty. Plötzlich kam ihm ein guter Gedanke. Er suchte in allen seinen Taschen und fragte dann: »Haben Sie zufällig eine Zigarette bei sich?«

Gilder holte aus einer Tasche ein silbernes Etui hervor, öffnete es und bot es Totty an.

»Das sind Chesterfields«, sagte er ruhig. »Dieselbe Sorte, die Sie heute morgen hier fanden. Kurz bevor Sie kamen, habe ich nämlich selbst im Park geraucht – ich war ganz fassungslos über den Mord.«

»Woher wissen Sie denn, daß ich die Zigarette aufgehoben habe?«

»Nicht Sie haben es getan, Mr. Ferraby hat sie aufgehoben«, entgegnete Gilder mit einem breiten Grinsen. »Übrigens würde ich auch einen guten Detektiv abgeben, Mr. Totty. Ich finde nicht nur Anhaltspunkte, ich kann sie auch deuten!«

Totty hielt es für unter seiner Würde, darauf zu antworten. Er setzte seine Nachforschungen fort, ging quer über die große Wiese auf ein Gehölz zu, das parallel zum Fahrweg lief, und kam zu einer Stelle, von der aus er das kleine, hübsche Haus des Parkwächters Tilling sehen konnte. Als er eben wieder gehen wollte, sah er einen kleinen Klappstuhl unter einem Baum.

Ringsum sah er viele Aschenhäufchen auf dem grünen Rasen. Hier mußte jemand gesessen haben, der seine Pfeife öfters ausgeklopft hatte. Totty bemerkte auch noch einen Beutel mit Tabak neben dem Stuhl und eine ausgegangene Pfeife. Jemand hatte hier Wache gehalten; auch die Abdrücke von genagelten Schuhen verrieten das deutlich genug.

Kurz darauf machte der Sergeant einen weiteren Fund. Das Gras hinter den Bäumen war ziemlich hoch, und dort entdeckte er eine doppelläufige Jagdflinte. Sie konnte noch nicht lange dort liegen, denn die Eisenteile der Waffe waren nicht verrostet. Beide Läufe waren geladen. Er öffnete das Gewehr und nahm die Patronen heraus, die er in die Tasche steckte. Nachdem er sich überall umgesehen hatte, ging er langsam zu der Stelle zurück, wo er Gilder gelassen hatte. Der Diener war nicht mehr zu sehen, aber kurz darauf kam er aus dem Haupteingang des Schlosses und rief Totty an:

»Hallo, Sergeant!« begann er, aber im selben Augenblick fiel sein Blick auf das Gewehr, und sein Gesichtsausdruck änderte sich. »Wo haben Sie denn das gefunden?«

Totty betrachtete die Läufe eingehender. Das Gewehr war in letzter Zeit nicht abgefeuert worden. Er sah keine Pulverspuren und konnte auch nichts von Rauchgeruch wahrnehmen.

»Kennen Sie das Gewehr?« fragte er den Diener.

»Sieht aus, als ob es dem Parkwächter gehört.«

»Und die Pfeife?« Totty nahm sie aus der Tasche.

»Ich könnte mich nicht besinnen, sie schon gesehen zu haben«, erwiderte Gilder hartnäckig. »Ich selbst rauche keine Pfeife, aber wenn Sie die Asche analysieren lassen, können Sie es vielleicht erfahren.«

»Wo ist Mr. Tanner?« fragte der Sergeant kurz und ärgerlich.

Der Chefinspektor war gerade im oberen Stockwerk. Er durchsuchte das ganze Haus, hatte aber bis jetzt nichts gefunden. Unter Brooks' Führung war er von einem Raum zum anderen gegangen. Das Zimmer von Lord Lebanon war verhältnismäßig klein, aber moderner eingerichtet als alle anderen. Isla schlief in dem größten Zimmer des Schlosses. Das Innere war mit dunklen Paneelen ausgestattet, und der Raum hatte auch eine hölzerne Kassettendecke. Seit zweihundert Jahren schien hier nichts geändert worden zu sein. Ein großes Bett mit vier Pfosten und Thronhimmel, ein Frisiertisch, ein Ankleidetisch, eine Couch und ein paar Stühle bildeten das ganze Mobiliar.

»Das ist das Zimmer des alten Lords«, erklärte Brooks. »Es wird immer noch so genannt. Hier soll es auch Geistererscheinungen geben. Es ist der einzige Raum, in dem ich mich fürchte. Wenn ich hereinkomme, läuft mir stets eine Gänsehaut den Rücken hinunter.«

Tanner ging die Wand entlang und klopfte ein Paneel nach dem anderen ab, während Brooks ihn beobachtete.

»Viele Teile der Vertäfelung klingen hohl, also muß es wohl Geheimräume in diesem Haus geben. Die meisten werden allerdings nicht mehr bekannt sein«, meinte der Amerikaner.

»Sie waren doch beim Theater – habe ich recht?«

»Ja, zwei Jahre lang. Aber woher wissen Sie das?«

Der Beamte ging nicht näher darauf ein, sondern erkundigte sich, wo das Zimmer der Lady Lebanon läge.

»Ich werde es Ihnen gleich zeigen.«

Brooks wartete, bis der Inspektor das Zimmer verlassen hatte, dann schloß er die Tür zu. Der Raum befand sich an der anderen Seite des Ganges und war angenehmer und heller als die Zimmer des alten Lords. Es stand auch ein Schreibtisch darin, und der Boden war mit dicken persischen Teppichen belegt. Das Bett und die anderen Möbel waren modern.

Tanner sah sich sehr genau um, bevor er Einzelheiten untersuchte. Auf dem Schreibtisch lag ein kleiner Fahrplan.

»Reist Lady Lebanon viel?«

»Nein, aber sie sagte Gilder, daß er zur Stadt fahren sollte. Vermutlich hat sie einen Zug für ihn aufgeschlagen.«

»Das stimmt nicht. Gilder fuhr mit dem Auto zur Stadt und kam auch auf die gleiche Weise zurück. Da müssen Sie sich schon eine andere Begründung ausdenken.«

Im Papierkorb lagen ein paar Blätter. Tanner nahm sie der Reihe nach heraus und legte sie auf den Tisch. Aber sie waren belanglos bis auf ein kleines Stück Papier, auf dem ein paar Zahlen in einer Reihe standen: 630, 83, 10, 105.

Zuerst wußte er nichts damit anzufangen, aber dann kam ihm der Gedanke, daß es sich vielleicht um Daten von Zügen handelte, und er steckte den Zettel in die Tasche.

»Hier ist ein Raum, den Sie sich eigentlich ansehen sollten«, sagte Brooks, als sie wieder den Korridor entlanggingen. »Es ist das Gastzimmer, in dem Dr. Amersham gewöhnlich schlief, wenn er die Nacht im Schloß verbrachte.«

Tanner blieb plötzlich stehen.

»Was ist das für eine Tür?«

»Ach, das ist ein Abstellraum.«

»Den möchte ich gern sehen.«

»Es ist aber nichts darin, was Sie interessieren könnte«, protestierte der Diener.

»Es ist etwas darin, was ich nicht sehen soll«, entgegnete Tanner ruhig. »Um mich abzulenken, haben Sie von Dr. Amershams Zimmer gesprochen. Öffnen Sie die Tür.«

Aber Brooks stellte sich breitbeinig davor.

»Ich habe den Schlüssel nicht bei mir, und selbst wenn ich ihn hätte, wäre es zwecklos. Es stehen eine Menge alter Sachen –«

»Also gehen Sie sofort und holen Sie den Schlüssel.«

»Dann wäre es besser, wenn Sie Mylady darum fragten. Ich habe den Schlüssel nicht«, entgegnete Brooks widerwillig. »Niemand hat geglaubt, daß Sie eine Rumpelkammer besichtigen wollen.«

»Ich will alle Räume des Hauses sehen. Da Sie sich weigern, bestehe ich nur noch mehr darauf.«

Tanner klopfte an die Tür, die ihm ungewöhnlich stark erschien.

»Für einen Abstellraum ist doch eine derartig schwere Tür unnötig; oder fürchten Sie, daß die Möbel davonlaufen?«

Er senkte den Kopf und lauschte, konnte aber von drinnen nichts hören.

»Nun gut, wir wollen die Sache jetzt auf sich beruhen lassen, aber ich komme später darauf zurück.« Brooks öffnete die Tür zu dem Zimmer des Doktors.

»Vielleicht finden Sie hier etwas Interessantes.«

Tanner entdeckte nichts von Amershams persönlichem Eigentum. Als er wieder heraustrat, sah er Totty mit einem Gewehr unter dem Arm.

»Kann ich Sie einen Augenblick sprechen?« fragte der Sergeant, trat in das Gastzimmer und schloß die Tür. »Das habe ich gefunden«, fuhr er dann fort und gab einen kurzen Bericht über seine sonstigen Entdeckungen. »Es ist das Gewehr des Parkwächters, und wahrscheinlich ist das seine Pfeife.«

»Warum mag er nur die beiden Dinge im Stich gelassen haben?« meinte Tanner nachdenklich. »Ich möchte einmal die Patronen sehen.«

Nachdem er sie genau betrachtet hatte, gab er sie Totty zurück.

»Eine ziemlich grobe Schrotladung. Ungewöhnlich für einen Parkwächter. Die Sachen gehören natürlich Tilling. Vermutlich klärt es sich so auf: Er saß dort und beobachtete von der betreffenden Stelle aus sein Haus. Ich kann mir ja denken, nach wem er Ausschau hielt. Aber dann ist etwas passiert, was ihn veranlaßte, sein Gewehr und seine Pfeife wegzulegen. Was mag das nur gewesen sein?«

»Ich habe den Parkwächter holen lassen«, erklärte Totty.

Tanner nickte.

»Ich möchte wegen der Zigarette noch etwas sagen, Totty. Es ist klar, daß Gilder seine Geschichte erzählte, um Ihnen zuvorzukommen. Mit dem Mann ist nicht zu spaßen, er ist ungewöhnlich mutig und unerschrocken. Und er ist nicht allein damit zufrieden, daß er selbst ein Alibi hat, er sucht auch noch Lady Lebanon in Schutz zu nehmen. Sie muß das Haus verlassen haben, als sie von dem Mord hörte, und das war lange vor Auffindung des Toten. Aber warum ist sie nicht dort hingegangen, wo der Tote lag? Warum ging sie zu einer Stelle fünfzig Meter weiter südlich? Daraus kann man folgern, daß sie nicht wußte, wo sich die Leiche befand. Sie glaubte, sie würde den Toten weiter südlich finden.

Nun fragt sich nur noch, ob Gilder zur Stelle war. Ich glaube nicht, wenigstens hat sie ihn nicht getroffen. Vielleicht kam er später dazu, vielleicht war er auch dauernd in der Gegend, ohne daß sie etwas davon wußte. Ich bin sehr gespannt, was Tilling sagen wird.«

Es gab drei verschiedene Telefonanschlüsse in Marks Priory, während Tanner zuerst angenommen hatte, eine Zentrale mit einem Schaltbrett zu finden.

Ein Apparat stand in Kelvers Zimmer; dorthin ging Tanner, ließ sich mit Scotland Yard verbinden und sprach mit einem seiner Beamten.

»Ich brauche dringend eine Liste von allen Zügen, die um sechs Uhr dreißig abgehen und um acht Uhr drei ankommen, ferner eine List mit Zügen, die um zehn Uhr morgens abgehen und am nächsten Abend oder am nächsten Morgen um zehn Uhr fünf ankommen. Die Abgangsstationen weiß ich nicht, die müssen Sie selbst herausfinden.«

Was hatte Lady Lebanon nur vor? Wohin wollte sie fahren, als sie den Mord entdeckt hatte? Der Tote war erst kurz vor elf aufgefunden worden, aber die Tat mußte etwa zwölf Stunden vorher geschehen sein. Wollte sie Marks Priory verlassen? Das sah der Frau eigentlich nicht ähnlich.

Er war auf dem Rückweg zur Halle, um Lady Lebanon danach zu fragen, als ihm Totty etwas Erstaunliches mitteilte.

»Tilling ist nicht in Marks Thornton! Heute morgen ist er abgefahren, und niemand weiß, wohin.«

Tanner horchte auf.

»Weiß auch keiner der Dienstboten darüber Bescheid?«

»Nein. Mit dem jungen Lord habe ich gesprochen, aber der hatte ja im allgemeinen wenig mit Tilling zu tun. Ich bat ihn, seine Mutter zu fragen, aber sie kann das Verschwinden Tillings auch nicht erklären.«

Tanner überlegte.

»Wer hat Ihnen denn erzählt, daß Tilling heute morgen fortgefahren ist?«

»Seine Frau. Wirklich eine liebenswürdige junge Dame«, erwiderte Totty und rückte seine Krawatte gerade.

»Fallen Sie bloß nicht auf sie herein, wenn sie liebenswürdig wird. Ich muß sie selbst sprechen – ist sie hier?«

»Nein. Ich sagte ihr, sie möchte zum Schloß kommen, aber sie wollte nicht. Meiner Meinung nach weiß sie ziemlich viel. Sie ist genauso nervös und aufgeregt wie Miss Crane.«

»Ist die aufgeregt? Woher wissen Sie denn das?«

Totty verzog den Mund.

Ferraby tut, was er kann, um sie zu beruhigen, aber er hat nicht viel Erfolg.«

»Zeigen Sie mir den Weg zu Tillings Haus.«

Tanner konnte sich auf die Frau gut besinnen, obwohl er sie nur einmal gesehen hatte. Ihr Gesicht war bleich und eingefallen, als ob sie in der vergangenen Nacht nur wenig geschlafen hätte. Ängstlich sah sie den Chefinspektor an und zögerte einen Augenblick, aber dann bat sie ihn mit heiserer Stimme, näher zu treten. Er folgte ihr in das hübsche, kleine Wohnzimmer.

»Sie kommen wegen Johnny? Ich weiß nicht, wo er ist. Heute morgen ist er fortgegangen.«

»Wohin denn?«

»Ich habe keine Ahnung . . . Er hat mir nicht viel gesagt.«

»Wann kam er in der Nacht nach Hause?«

Sie zögerte wieder.

»Es war sehr früh am Morgen. Er kam und ging dann wieder, das ist alles, was ich weiß.«

Tanner lächelte freundlich.

»Also, Mrs. Tilling, sagen Sie ruhig, was Sie wissen, und geben Sie sich nur nicht zu große Mühe, es mir zu verheimlichen. Wenn Sie nichts erzählen, ist das nicht zum Nutzen anderer Leute, im Gegenteil, Sie lenken nur den Verdacht auf sie. Wann kam Ihr Mann heim? Hatten Sie sich schon zur Ruhe gelegt?«

Sie nickte.

»Hat er Sie aufgeweckt? Wann war das?«

»Etwa um eins. Ich hörte, daß das Wasser in der Küche lief – sie liegt direkt neben meinem Schlafzimmer –, und ich stand auf, um nachzusehen.« Plötzlich ließ sie den Kopf hängen und schluchzte heftig.

»Ach, es ist furchtbar, nun sind sie alle beide tot – Amersham auch!«

Er wartete, bis sie sich etwas beruhigt hatte.

»Mrs. Tilling, Sie tun mir einen großen Gefallen, wenn Sie mir alles genau erzählen, was in der vergangenen Nacht passiert ist. Sie wissen viel, worüber Sie noch nicht gesprochen haben. Wann wird Ihr Mann denn zurückkommen?«

»Ich weiß es nicht«, sagte sie und unterdrückte ein Schluchzen. »Hoffentlich kommt er mir nie wieder in die Quere.«

»Wohin ist er denn gegangen?«

»Das hat er nicht gesagt.«

»Also, Sie hörten, daß die Wasserleitung aufgedreht wurde. Was machte er denn in der Küche? Hat er sich gewaschen?«

»Nein – er hatte eine Schramme«, erwiderte sie und versuchte, harmlos zu sprechen. »Er hatte sich an der Weißdornhecke gerissen.«

»An der Hand?«

»Ja, aber es war nicht schlimm.«

»Hat er sich an beiden Händen verletzt?«

Sie antwortete nicht.

»Sicher haben Sie ihm beim Verbinden geholfen. Erzählen Sie doch, Mrs. Tilling. Haben Sie Verbandmull benutzt?«

»Nein, er machte es mit dem Taschentuch. Die Schnitte waren außerdem nicht tief.«

»Hatte es eine Schlägerei gegeben?«

Sie senkte den Blick.

»Ja, ich glaube«, entgegnete sie nach einer längeren Pause. »Er hat ja ständig Streit.«

»Hat er sich auch umgezogen, bevor er fortging?«

Sie sah ratlos von einer Seite zur anderen, wie jemand, der in die Enge getrieben wird.

»Ja, er hat sich umgezogen.«

»Wo sind die Kleider, die er abgelegt hat?«

Tanner hatte seine eigene Art, Menschen auszufragen. Er besaß eine gute Einfühlungsgabe, die ihn Schritt für Schritt vorwärtsbrachte. Jeden Fehler des anderen machte er sich zunutze, und auf diese Weise ergab sich zwanglos eine Frage aus der anderen. Aber es dauerte doch noch sehr lange, bis ihm Mrs. Tilling ihre Geschichte erzählte. Seine Mühe hatte sich jedoch gelohnt.

18

Etwa um halb zwei – die genaue Zeit konnte sie nicht angeben – hörte sie, daß ihr Mann nach Hause kam. Sie war wach und lag nicht im Bett, wie sie zuerst gesagt hatte. Tanner vermutete, daß sie jemand erwartet hatte, denn sie gab zu, daß sie im dunklen Wohnzimmer saß. Die Vorhänge waren zurückgezogen; sie konnte von drinnen sehen, wie Tilling ankam, und ging ihm langsam entgegen.

Er sagte ihr nicht, was geschehen war, und erzählte nur, daß es eine kleine Schlägerei gegeben hätte. Sie fragte, ob er mit Dr. Amersham aneinandergeraten wäre, aber darauf ging er nicht ein und erklärte nur, daß er Dr. Amersham nicht getroffen hätte. Sein Rock war zerrissen, der Samtkragen hing herunter, und seine beiden Hände bluteten. Sie bestrich die Wunden mit Jod und verband sie mit einem seidenen Taschentuch. Dann zog er sich um. Als er um halb vier sein Rad nahm und davonfuhr, trug er einen gesprenkelten Anzug. Sie holte die Kleider, die er abgelegt hatte, aus dem Nebenraum. Tanner fand Blutspuren an dem Rock, die aber von den Verwundungen herrührten. Zwei Knöpfe waren abgerissen, ein dritter hing lose am Stoff.

»Hatte er auch Wunden im Gesicht?«

»Ja«, gab sie schließlich zu. »Aber es waren keine offenen Wunden. Jemand mußte ihn geschlagen haben. Er war sehr aufgeregt, gab mir aber keine weiteren Erklärungen und sagte nur, daß er Wilddiebe getroffen und auch sein Gewehr verloren hätte.«

Bill Tanner verglich ihren Bericht mit den Tatsachen, die ihm bekannt waren, und plötzlich kam ihm ein Gedanke.

»Hat er Ihnen Geld gegeben, bevor er fortging?«

Sie wollte zuerst nicht antworten, aber endlich zeigte sie ihm vier neue Fünfpfundnoten.

»Ich werde mir die Nummern der Scheine notieren.«

Als er das tat, sah er, daß die Nummern aufeinander folgten.

»Hatte er noch mehr Geld?«

»Ja, er hatte einen ganzen Stoß Banknoten, von denen er diese vier nahm. In vier bis fünf Wochen wollte er wiederkommen. Ich schwöre, daß er Amersham nicht ermordet hat. Er ist wohl manchmal in schlechter Stimmung, aber er bringt keinen Menschen um. Auch Studd hat er nichts getan. Ich habe ihn noch gefragt, bevor er fortging. Er regte sich furchtbar auf und schwor mir, er habe Studd in der Mordnacht gar nicht gesehen.«

»Wie viele Tabakspfeifen hat er?«

Sie sah ihn erstaunt an.

»Nur eine. Er benützt die Pfeifen immer so lange, bis sie vollkommen ausgebrannt sind, dann kauft er eine neue. Darin ist er sehr wählerisch und nimmt nur die besten.«

»Um halb vier ist er also gegangen – stimmt das?«

Sie meinte, es könnte auch etwas später gewesen sein.

Als Tanner das Haus verließ, gab er Totty seine Notiz über die Nummern der Geldscheine.

»Gehen Sie sofort zu der Bankfiliale im Ort und fragen Sie dort nach, ob sie in Marks Thornton ausgezahlt wurden. Nehmen Sie ein Polizeiauto und kommen Sie bald wieder, denn ich brauche Sie. Und telefonieren Sie mit Scotland Yard. Die Polizei soll sich mit der Presse in Verbindung setzen. In sämtlichen Zeitungen soll eine Rundfrage an alle Tabakhändler ergehen. Wer von ihnen heute morgen zwischen acht Uhr dreißig und zehn Uhr eine Pfeife Marke Ursus verkauft hat, möchte sich melden.«

»Glauben Sie, daß Tilling eine solche Pfeife gekauft hat?«

Tanner nickte.

»Ein Mann, der seine Lieblingspfeife verliert, kauft sich unweigerlich wieder dieselbe Sorte. Prüfen Sie alle Antworten, die eintreffen, und sagen Sie auch noch, daß der Tabakhändler eine Beschreibung des Käufers geben soll.«

Tanner wußte jetzt, warum Lady Lebanon die Züge aufgeschrieben hatte. Er eilte zum Haupthaus zurück und überholte dabei Ferraby und Isla, die sich inzwischen beruhigt hatte. Ferraby schien sie sehr freundlich und liebenswürdig zu behandeln.

»Sie sagt, daß sie nichts weiß«, erklärte der Sergeant, als Tanner ihn beiseite nahm. »Ich bin aber davon überzeugt, daß das nicht stimmt.« Er war bekümmert, denn er sorgte sich um Miss Crane. –

Als Lady Lebanon in die Halle trat, saß Isla auf der Couch und hatte den Kopf in die Hände gestützt.

»Isla!«

Das junge Mädchen sprang auf.

»Wollen Sie etwas von mir, Lady Lebanon?«

Hinter ihr lachte jemand, und als sie sich umdrehte, sah sie den jungen Lord auf der Treppe stehen.

»Das ist doch alles Unsinn! Warum nennst du meine Mutter immer Lady Lebanon? Warum seid ihr überhaupt alle so steif? Könnt ihr denn nicht freundlicher miteinander verkehren?«

Als ihn ein Blick seiner Mutter traf, verstummte er.

»Wo warst du, Willie?«

»Ich habe die Polizeibeamten bei der Arbeit beobachtet«, entgegnete er gleichgültig. »Niemand scheint sich um mich zu kümmern, und dabei würde ich doch einen guten Detektiv abgeben. Sie jagen alle so eifrig hinter Schatten her –«

»Du brauchst die Leute nicht bei der Arbeit zu stören«, erwiderte Lady Lebanon scharf.

Er drehte sich halb um, änderte dann aber seine Absicht und kam zurück.

»Wegen Amersham bin ich eigentlich nicht traurig«, erklärte er rundweg. »Ich sage es dir geradeheraus, obwohl ich weiß, daß du wieder etwas daran auszusetzen hast. Er war ein Mann, der eigentlich nicht hierhergehörte, und ich bin froh, daß ich ihn nicht mehr sehen muß.«

»Willie, du kannst jetzt gehen«, sagte Lady Lebanon eisig.

Aber er blieb doch.

»Die Beamten haben mich gefragt, ob ich etwas gehört hätte. Ich sagte ja. Natürlich habe ich nichts gehört, aber ich dachte, vielleicht interessieren sie sich dann für mich. Dieser Totty hat mit ein paar Fragen alles aus mir herausgeholt.«

»Willie, du bist unausstehlich. Ich würde mich freuen, wenn du jetzt gingst. Ich will mit Isla allein sprechen.«

Gegen diese direkte Aufforderung konnte er nichts machen. Er schlich sich also aus dem Zimmer. Aber man sah ihm an, daß er sich langweilte und unzufrieden war.

Lady Lebanon trat in den großen Bogen, in den der Korridor mündete, und horchte einen Augenblick am Fuß der Treppe.

»Was ist denn mit dir?« fragte sie Isla schnell. »Sage es mir doch, bevor dieser Beamte von Scotland Yard zurückkommt.«

Isla sah sie unsicher an.

»Ach, es ist nichts – was sollte denn mit mir sein?«

Sie erhob sich von der Couch und ging zu dem Schreibtisch, an den sich Lady Lebanon gesetzt hatte.

»Ich habe nur heute morgen eine Schublade in diesem Schreibtisch geöffnet und ein rotes Tuch mit einer kleinen Metallplatte darin gesehen.«

Lady Lebanons Züge wurden hart.

»Das Tuch dürfte doch nicht in der Schublade sein! Es war – gedankenlos, daß Sie es dort aufbewahrten.«

»Warum hast du überhaupt die Schublade aufgezogen?«

»Ich wollte das Scheckbuch herausnehmen«, entgegnete Isla ungeduldig. »Aber warum liegt das Seidentuch in dem Schreibtisch?«

Lady Lebanon verzog den Mund.

»Liebes Kind, du träumst. In welcher Schublade soll es denn sein?«

Als Isla auf ein Fach zeigte, holte Lady Lebanon den Schlüssel heraus und schloß auf.

»Hier ist nichts, Isla. Du mußt dich nicht derartig unterkriegen lassen. Es steht wirklich schlimm mit deinen Nerven.«

»Wie können Sie nur so leichtfertig sprechen! Ein Mann ist ermordet worden«, sagte Isla mit zitternder Stimme. »Ich haßte ihn, er war immer so gemein zu mir –«

Lady Lebanon erhob sich.

»Was soll das heißen? Hat er versucht, sich dir zu nähern?«

Isla machte eine verzweifelte Handbewegung, ging zur Couch zurück und setzte sich wieder.

»Ich kann nicht länger im Schloß bleiben ...«

Lady Lebanon lächelte.

»Du bist nun schon so lange hier.«

Sie suchte nach einem Brief auf dem Schreibtisch.

»Ich habe deiner Mutter am Montag die vierteljährliche Rente geschickt, und sie hat mir heute morgen mit einem entzückenden Brief geantwortet. Die beiden Mädchen sind so glücklich in der Schule. Sie schreibt, es sei wunderbar, keine Sorgen mehr zu haben.«

Dieser Wink war deutlich genug. Isla hatte Lady Lebanon früher bemitleidet, aber jetzt haßte sie diese Frau. Es war gemein, sie daran zu erinnern. Außerdem lag eine Drohung in den Worten. Die Unterstützung für ihre Mutter und ihre Schwestern würde sofort aufhören, wenn Isla nicht mehr tat, was Lady Lebanon von ihr verlangte.

»Sie wissen genau, daß ich keinen Tag länger bliebe, wenn es nicht wegen meiner Mutter und meiner Schwestern wäre«, sagte Isla atemlos. »Sie ahnt ja nicht, wie schwer es mir fällt – sonst würde sie lieber hungern.«

Lady Lebanon lauschte, denn sie hörte Tanners Stimme.

»Um Himmels willen, keine Tränen! Ich will doch nur dein Bestes.« Lady Lebanon sprach jedes Wort langsam und mit besonderer Betonung. »Wenn du erst einmal Lady Lebanon bist, wirst du sehen, daß ich sehr großzügig sein kann, was dein Eheleben anbetrifft. Verstehst du, was ich damit sagen will?«

Isla sah sie verwundert an. Nicht zum erstenmal hörte sie solche Andeutungen. Was meinte die Frau nur damit?

»Ich sah dich draußen mit dem jungen Polizeibeamten. Hoffentlich warst du bei ihm etwas gefaßter als hier.«

»Er ist sehr zuvorkommend und liebenswürdig«, entgegnete Isla müde. »Wirklich viel besser, als ich –«

»Viel besser, als du es verdienst. Isla, sei doch vernünftig. Ich bin sicher, daß er sich sehr gut benehmen kann. Sein Auftreten ist einwandfrei, er muß eine gute Schule besucht haben.«

Isla nannte die Schule, und Lady Lebanon war überrascht.

»Wirklich, dort ist er gewesen? Es ist zwar nicht gerade Eton, aber doch auch sehr gut. Wie ist es nur möglich, daß er bei der Polizei dient? – Wie heißt er eigentlich?«

Isla war nicht in der Stimmung, mit Lady Lebanon über den jungen Detektiv zu sprechen, aber er beschäftigte sie doch mehr, als sie zugeben wollte.

»John Ferraby«, erwiderte sie.

Lady Lebanons Interesse wurde noch größer.

»Ferraby – ist er einer der Ferrabys in Somerset? Dann gehört er ja zur Familie von Lord Lesserfield, der die Leoparden im Wappen führt.«

»Ja, ich glaube. In Somerset ist er zu Hause.«

Lady Lebanon betrachtete Isla mit einem merkwürdigen Lächeln.

»Es liegt kein Grund vor, warum du nicht mit ihm bekannt sein solltest, nur darfst du nicht mit ihm über Amersham sprechen. Hat er dir übrigens schon eine Liebeserklärung gemacht?«

Isla wandte sich ungeduldig um.

»Amersham ist doch tot!«

»Wenn dich der junge Ferraby fragen sollte –«

»Er hat mich überhaupt nicht mit Fragen belästigt. Wir sprachen nur über gemeinsame Bekannte. Mr. Tanner wird mich eher ausfragen. Was soll ich dem sagen?«

»Nur das, was unbedingt nötig ist.«

In diesem Augenblick kam Ferraby herein.

»Ach, verzeihen Sie, Mr. Tanner wollte Sie sprechen. Ich werde ihm sagen, daß Sie hier sind.«

»Bleiben Sie hier, Mr. Ferraby«, entgegnete Lady Lebanon. »Ich werde Mr. Tanner rufen.«

Sie schob die Briefe zusammen und schloß sie in eine Schublade.

»Meine Nichte erzählte mir eben, daß Sie mit den Lesserfields verwandt sind.«

Ferraby wurde etwas verlegen.

»Ja – in gewisser Weise, aber doch nur sehr entfernt. Darum kümmert man sich heute nicht mehr.«

»Sie sollten sich aber doch darum kümmern«, erklärte Lady Lebanon energisch. »Es ist etwas Großes, Mitglied einer alten Familie zu sein. Wo ist Mr. Tanner?«

»Ich habe ihn eben in Mr. Kelvers Zimmer gesehen. Er telefonierte dort nach London.«

Sie lächelte ihm freundlich zu.

»Ich werde ihn holen, selbst wenn er sich im Zimmer meines Butlers aufhält.«

»Lieber Himmel«, sagte er halb zu sich selbst, als sie gegangen war, »die Frau gehört mit ihren Ansichten ja noch ins Mittelalter!«

»Aber sie lebt in der Jetztzeit«, antwortete Isla bitter.

»Wie merkwürdig!« Ferraby schüttelte den Kopf. »Daß ich zur Familie des Lords Lesserfield gehöre, hat großen Eindruck auf sie gemacht. Natürlich kenne ich ihn, er ist ein unintelligenter Mensch und hat Geld noch nötiger als ich.«

Es trat eine Pause ein. Isla schaute auf und bemerkte, daß er sie betrachtete.

»Darf ich Sie etwas fragen?«

Sie schüttelte den Kopf.

»Warum sind Sie so nervös?«

Isla versuchte, ihm auszuweichen.

»Ich habe Lady Lebanon eben gesagt, daß Sie mich nicht ausfragen.«

»Und nun habe ich es doch getan. Aber es geschieht nur um Ihretwillen. Warum sind Sie so unruhig?«

»Bin ich das wirklich?« fragte sie unschuldig.

»Ja, dauernd sehen Sie sich um, als ob Sie sich vor jemand fürchteten oder als ob jemand aus einer Geheimtür treten könnte. Ich bin davon überzeugt, daß es in einem so alten Haus geheime Türen und Gänge gibt – aber wovor haben Sie eigentlich Angst?«

Sie zwang sich zu einem Lächeln.

»Vor der Polizei!«

»Das glaube ich nicht.«

»Sie müssen doch wissen, was vorige Nacht passierte – davor fürchte ich mich!«

Er war mit ihrer Antwort noch nicht zufrieden.

»Sie sind aber schon lange Zeit in dieser Gemütsverfassung.«

»Woher wissen Sie das?« fragte sie schnell.

Er vergaß plötzlich, daß er Polizeibeamter war.

»Ich wünschte nur, ich könnte Ihnen helfen . . . !«

Sie sah zu ihm auf, und es lag Argwohn in ihrem Blick.

»Sie wollen, daß ich mich Ihnen anvertraue – wünschen Sie das in Ihrer Eigenschaft als Beamter?«

Er hätte mit Ja antworten müssen, denn es war seine Pflicht, alle ihre Geheimnisse zu erforschen, aber er konnte es nicht übers Herz bringen.

»Ich habe mir eigentlich unter einem Polizeibeamten etwas anderes vorgestellt«, sagte sie unerwartet.

»Das kann eine große Beleidigung, aber auch ein Kompliment sein. Sie haben doch keine Angst vor mir? Das ist unmöglich!«

»Warum?«

Auf diese Frage wußte er keine Antwort.

»Sie irren sich, ich fürchte mich vor nichts.« Sie sah sich schnell nach der Treppe um. »Dort drüben ist jemand«, fuhr sie leise fort. »Man belauscht uns.«

Er eilte sofort hin und schaute hinauf, konnte aber niemand sehen. Als er zurückkam, war er sehr nachdenklich geworden.

»Sind denn alle Leute hier im Schloß so ängstlich und fürchten immer, daß sie belauscht werden? Als Lord Lebanon heute morgen nach Scotland Yard kam, hatte er dieselbe Sorge. Es muß doch etwas in diesem Haus vorgehen, unter dem Sie alle leiden. Was ist das nur? Worin besteht das Geheimnis von Marks Priory?«

Sie lächelte gezwungen.

»Das klingt fast wie der Titel eines Sensationsromans, in dem Mr. Tanner die Hauptrolle spielt. Ist er eigentlich sehr klug?«

»Ja, er ist der bedeutendste Mann in Scotland Yard. Er hat eine Begabung dafür, die Wahrheit herauszubringen.«

»Wen hat er denn jetzt im Verdacht?«

Ferraby mußte lachen.

»Solange der Fall nicht geklärt ist, sind alle möglichen Leute verdächtig.«

Zu seinem Erstaunen trat sie plötzlich dicht zu ihm und faßte ängstlich an den Aufschlag seines Rocks. Sie war aufgeregt; er fühlte, daß sie zitterte.

»Ich möchte Sie etwas fragen – nehmen wir einmal an, jemand wüßte, wer die schrecklichen Morde begangen hat... Wenn er es nun nicht der Polizei sagte, wenn er es für sich behielte... wäre das ein Vergehen?«

»Ja, nach englischem Gesetz kann der Betreffende wegen Mittäterschaft angeklagt werden.«

Es tat ihm leid, daß er das gesagt hatte, als er sah, welchen Eindruck seine Worte auf sie machten.

»Wer etwas über ein Verbrechen weiß, muß es bekanntgeben. Vielleicht fällt es Ihnen leichter, wenn Sie es mir mitteilen?«

Aber im nächsten Augenblick hatte sie sich wieder gefaßt.

»Ich weiß nicht, wie ich darauf kam. Warum sollte ich etwas über die Morde wissen? Sie meinen, weil ich so nervös bin? Sie sind natürlich an dergleichen gewöhnt, Ihnen fällt es nicht auf die Nerven, weil Sie nur mit solchen Dingen zu tun haben.«

»Aber dieser Fall hat eine sehr große Bedeutung für mich«, entgegnete er ruhig.

»Sie behandeln diese Angelegenheit doch sicher rein geschäftsmäßig. Für Sie ist das eben Fall Nr. 6 oder 7.«

Sie machte den Versuch, das Gespräch auf ein anderes Thema zu bringen, aber er ließ sich nicht ablenken.

»Nein, für mich ist dies der Fall der verängstigten Frau.«

»Meinen Sie mich damit?« fragte sie und hielt den Atem an.

»Ja, ich meine Sie.«

Plötzlich hob er den Kopf und zog die Luft ein, dann betrachtete er den Boden unter dem Schreibtisch und dem Sofa.

»Hier ist etwas verbrannt – können Sie es nicht riechen? Vielleicht hat jemand eine Zigarette auf den Teppich fallen lassen.«

»Hoffentlich nicht. Wenn Lady Lebanon das erfährt, gibt es Unannehmlichkeiten«, erwiderte Isla.

Dann fiel ihr Blick auf den Ofen. Sie ging hinüber und hob den Deckel auf. Lady Lebanon hatte nicht, wie sie glaubte, die Lüftungsklappe geöffnet, sondern das Feuer abgedrosselt. Infolgedessen waren die Kohlen nicht durchgebrannt, und es roch im Zimmer nach Kohlengas.

»Jemand hat hier Stoff verbrannt«, sagte Ferraby und schaute in die Öffnung des Ofens. »Ja, das war ein Stück Stoff, ich kann es noch deutlich erkennen.«

Sie schloß den Ofen und ging zur Treppe, während sie die Lippen aufeinanderpreßte.

Totty kam gerade in die Halle, und auch ihm fiel der Geruch auf.

»Kommen Sie her und sehen Sie sich das an«, sagte Ferraby.

Totty trat an den Ofen. »Sieht wie ein Stück Stoff aus, das verbrannt ist.«

Als Ferraby mit dem Schüreisen hineinfahren wollte, hielt Totty ihn zurück.

»Lassen Sie das«, sagte er aufgeregt. »Sehen Sie nicht das Stück Metall, das in der Ecke eingenäht war? Es ist eine kleine Zinnplatte. Jetzt ist sie geschmolzen, aber Sie können das Metall noch auf der Kohle erkennen. Wo ist Chefinspektor Tanner?«

Er sah zu Isla hinüber. Sie wußte nur zu gut, was dieser Brandgeruch bedeutete. Im Ofen war also das rote Tuch verschwunden, das sie am Morgen noch in der Schublade gesehen hatte. Lady Lebanon mußte es bis zum letzten Augenblick vergessen haben; erst als die Polizei schon im Haus war, hatte sie daran gedacht, das verdächtige Tuch zu entfernen.

»Mr. Tanner ist im Zimmer Mr. Kelvers«, sagte sie endlich, drehte sich um und eilte die Treppe hinauf.

19

Tanner kam und schaute in den Ofen. Die Hitze hatte das Tuch versengt, aber man konnte noch gut die Stelle sehen, wo es gelegen hatte. Die Umrisse waren deutlich sichtbar, ebenso das geschmolzene Zinn. Es mußte ein Tuch gewesen sein wie das, mit dem Studd erwürgt worden war.

Lady Lebanon war dem Chefinspektor langsam gefolgt und fand ihn allein in der Halle, als sie eintrat.

»Hat etwas im Ofen gebrannt?« fragte sie leichthin. »Wahrscheinlich ist es Seide. Ich habe gestern abend noch ein Puppenkleid genäht für den Bazar unten im Dorf. Heute morgen habe ich die Reste auf meinem Tisch gefunden und ins Feuer geworfen.«

»Nein, das kann es nicht sein«, entgegnete er ruhig. »Es war ein Stück Stoff, ein indisches Tuch von roter Farbe. In der Ecke war ein kleines Metallschild eingenäht. Haben Sie so etwas noch nicht gesehen? Dr. Amersham hatte eins dieser Tücher in seinem Besitz.«

Sie warf ihm einen schnellen Blick zu.

»Ich verstehe Sie nicht.«

»Ich fand ein solches Tuch im Schreibtisch von Dr. Amersham, als ich gestern abend seine Wohnung durchsuchte.«

Er ging zur Tür. Ferraby und Totty standen in der Nähe; er rief sie zu sich und gab ihnen Instruktionen.

»Es darf niemand in dieses Zimmer kommen, während ich mit Lady Lebanon spreche.«

»Bedeutet das, daß ich hier gefangen bin?« fragte sie.

»Nein, ich möchte nur nicht gestört werden.«

Sie setzte sich.

»Wollen Sie mich etwa verhören? Ich fürchte, ich kann Ihnen nur wenig Auskunft geben.«

»Im Gegenteil, ich hoffe, Sie werden mir sehr viel sagen. Ich möchte nicht nur Fragen an Sie richten, sondern Ihnen auch ein paar Tatsachen mitteilen, deren Kenntnis Sie vielleicht nicht bei mir voraussetzen.«

»Nun, das ist wenigstens eine Zerstreuung an diesem entsetzlichen Tag.«

Er mußte sie bewundern. Selten war ihm ein Mensch begegnet, der sich so gut beherrschen konnte wie diese Frau.

»Oben im Haus gibt es ein Zimmer, Lady Lebanon, zu dem Brooks keinen Schlüssel hat. Er behauptete, es wäre ein Abstellraum.«

»Dann wird es auch so sein«, entgegnete sie leichthin.

»Das ist nicht gut möglich. Im ersten Stock, mitten unter den besten Zimmern, liegt doch keine Rumpelkammer!«

Sie zuckte die Schultern.

»Wir nennen es Abstellraum, obwohl ich dort ein paar wertvolle Gegenstände aufbewahre.«

»Haben Sie den Schlüssel dazu?«

»Ich öffne das Zimmer nie.«

Ihre Stimme klang metallisch hart.

Plötzlich wurden sie unterbrochen. Die Treppe, die in die Halle führte, war nicht bewacht; Lord Lebanon kam herunter und hörte die letzten Worte. Seine Mutter sah ihn noch nicht.

»Mr. Tanner, ich will Ihnen die Wahrheit sagen. Es ist das Zimmer, in dem mein Mann gestorben ist. Seit jenem Tag ist es nicht mehr geöffnet worden.«

»Ach, handelt es sich um das Zimmer mit der dicken Tür?« mischte sich der junge Lord ins Gespräch. »Mr. Tanner, die Tür habe ich häufig offen gesehen.«

Sie warf ihm einen drohenden Blick zu.

»Da irrst du dich aber, Willie. Das Zimmer ist nicht mehr geöffnet worden, und vor allem hast du es nicht gesehen.«

»Dann wäre es doch gut, wenn die Tür geöffnet wird«, sagte der Inspektor.

»Es tut mir leid, aber das ist unmöglich.«

»Und mir tut es ebenso leid, aber ich muß darauf bestehen.«

»Seien Sie doch vernünftig, Mr. Tanner«, sagte sie jetzt freundlich, aber ihre Unruhe war unverkennbar. »Was könnte Sie auch in dem Zimmer besonders interessieren? Es hängen nur ein paar alte Gemälde darin. Ich dachte, Sie wollten den Mord aufklären, und der ist doch außerhalb des Hauses passiert.«

»Ich führe meine Untersuchungen, wie ich es will, Lady Lebanon«, entgegnete Tanner streng.

»Aber Mutter –«

»Würden Sie uns nicht etwas allein lassen, Lord Lebanon?« sagte Tanner. »Im Korridor finden Sie Sergeant Ferraby.«

Er wartete, bis der junge Lord verschwunden war.

»Lady Lebanon, Sie wissen genau, daß ich sofort einen Durchsuchungsbefehl bekommen kann.«

Sie warf den Kopf in den Nacken.

»Es wäre eine Gemeinheit, wenn Sie das täten«, erwiderte sie hochmütig. »Kein Friedensrichter oder Beamter in unserer Gegend würde Ihnen ein solches Schriftstück ausstellen.« Plötzlich änderte sie das Thema. »Aber ich habe gedacht, Sie wollten mich noch etwas fragen?«

Im Augenblick konnte Tanner nichts dadurch erreichen, daß er noch länger über den geschlossenen Raum sprach. Es fiel ihm leicht, einen Durchsuchungsbefehl zu beschaffen, und er hatte die Ausstellung bereits in Scotland Yard beantragt.

»Ich möchte mit Ihnen über die Ermordung Dr. Amershams sprechen«, begann Tanner. »Deshalb bin ich hergekommen, aus keinem anderen Grunde. Ich will den geheimnisvollen Mord aufklären, der an Dr. Leicester Amersham begangen wurde.«

»Ich dachte doch, ich hätte Ihnen gesagt –«

»Sie haben mir gesagt, daß Sie nichts darüber wissen, aber ich bin anderer Ansicht. Lady Lebanon, wann haben Sie Dr. Amersham zum letztenmal gesehen?«

Sie schaute ihn nicht an; der schwere Augenblick war gekommen.

»Ich habe ihn heute morgen nicht gesehen –«

»Das weiß ich«, sagte Tanner geduldig. »Heute morgen lebte er nicht mehr. Nach den ärztlichen Gutachten ist er gestern abend zwischen elf Uhr und Mitternacht gestorben. Wann haben Sie ihn zuletzt lebend gesehen?«

»Gestern morgen – es kann aber auch schon einen Tag früher gewesen sein. Ich bin meiner Sache nicht sicher.«

Kaum hatte sie die Worte geäußert, so wußte sie auch schon, daß sie einen großen Fehler begangen hatte.

»Gestern abend um elf Uhr war er aber hier, wahrscheinlich bis kurz vor seinem Tode. Und er hat sich in diesem Zimmer mit Ihnen unterhalten.«

»Sie haben mit den Dienstboten darüber gesprochen?«

Tanner ließ sich durch diesen Vorwurf nicht stören.

»Das ist doch selbstverständlich.«

»Sie hätten aber besser erst mit mir gesprochen. Wenigstens hätte ich das von Ihnen erwartet«, erwiderte sie erregt.

»Nun, ich bin ja jetzt zu Ihnen gekommen.« Tanner sah sie verbindlich lächelnd an, aber das machte keinen Eindruck auf sie. Im Gegenteil, sie sammelte all ihre Kräfte, um sich gegen diesen Mann zu verteidigen. »Und Sie erzählen mir, daß Sie Dr. Amersham gestern morgen zum letztenmal gesehen haben. Dieser Mord hat doch das ganze Schloß in Aufregung versetzt.«

Sie zog die Augenbrauen hoch.

»Ich verstehe nicht recht, wie Sie das meinen.«

»Er war Ihr Freund, Sie sprachen noch mit ihm, und gleich darauf wurde er ermordet ... Meiner Meinung nach hätten Sie ganz anders auf meine Frage antworten müssen. Sie hätten sagen müssen: ›Ich hatte mich gerade vorher noch mit ihm unterhalten‹, oder so etwas Ähnliches.«

»Dr. Amersham war nicht mein Freund«, entgegnete sie leise. »Er war ein Mann mit einem eigenen Willen, nur auf seinen Vorteil bedacht.«

Tanner nickte.

»Dann scheint also die Tatsache, daß er kaum hundert Meter von hier entfernt ermordet wurde, kaum einen Eindruck auf Sie zu machen?«

Sie richtete sich auf.

»Das finde ich unverschämt ...!«

»Ich habe alles Recht, Ihnen das zu sagen. Sehen Sie denn nicht selbst, Lady Lebanon, daß Ihre Haltung auf jeden Fall sonderbar, wenn nicht sogar anmaßend ist? Sie erklären mir, daß Sie nicht mehr genau wissen, wann Sie Dr. Amersham zum letztenmal gesehen haben, obgleich er noch ein paar Minuten vor seinem Tod mit Ihnen sprach! Sie sagen, Sie können die Zeit nicht genau feststellen, weil er nicht Ihr Freund war, sondern einen selbstsüchtigen Charakter besaß. Das ist doch alles unlogisch. Wenn er nicht mit Ihnen befreundet war, was machte er dann um elf Uhr abends hier?«

»Er wollte mich dringend sprechen.«

»Als Arzt?«

Sie nickte.

»Hatten Sie ihn gerufen?«

Sie dachte einen Augenblick nach, ehe sie antwortete.

»Nein, er kam zufällig!«

»Um elf Uhr abends?« Tanner schüttelte ungläubig den Kopf.

»Ich hatte Nervenschmerzen im Arm.«

»Aber Sie haben doch nicht nach ihm geschickt! Er vermutete also, daß Sie Nervenschmerzen hatten, und kam von London, um Ihnen zu helfen? Hat er Ihnen etwas verschrieben?«

Sie erwiderte nichts darauf.

»Er fuhr gegen zwölf Uhr von hier weg, und zwar den großen Fahrweg entlang. Als er ungefähr die halbe Strecke bis zum Parktor zurückgelegt hatte, sprang von hinten jemand auf seinen Wagen und erwürgte ihn.«

»Davon weiß ich nichts.«

»Man fand das Auto, aus dem er herausgezerrt wurde, auf der anderen Seite des Dorfes verlassen auf.«

Sie hatte alle Einzelheiten dieses Falles nicht nur einmal, sondern schon oft durchdacht.

»Das interessiert mich nicht«, sagte sie unvorsichtigerweise.

Tanner war überrascht.

»Lady Lebanon, Sie haben diesen Dr. Amersham seit Jahren gekannt, er hat Sie ständig hier besucht – er war Ihr Arzt und Ihr Freund, und Sie interessieren sich nicht dafür, daß er brutal ermordet wurde?«

Sie holte tief Atem.

»Natürlich tut es mir leid. Und es war entsetzlich, daß es hier passieren mußte.«

Es dauerte ziemlich lange, bis er die nächste Frage an sie richtete.

»Was wußte Dr. Amersham?«

Sie warf ihm einen schnellen Blick zu.

»Was wußte er?« fragte Tanner aufs neue. »Die letzten Worte, die Sie an ihn richteten, als er das Zimmer verließ, waren ungefähr folgende . . .«

Er nahm ein Notizbuch aus der Tasche und las darin nach.

»Sie standen hier« – er zeigte auf eine Stelle in der Nähe ihres Platzes –, »und Sie sagten ärgerlich zu ihm: ›Niemand würde Ihnen glauben, wenn Sie es erzählten. Versuchen Sie es doch. Und vergessen Sie eins nicht: Sie sind ebensogut in die Affäre verwickelt wie jeder andere. Sie haben immer die Absicht gehabt, die Verwaltung von Willies Vermögen an sich zu reißen!‹«

Er schlug das Buch ziemlich heftig zu.

»Das mag nicht der genaue Wortlaut gewesen sein, aber jedenfalls war das der Sinn Ihrer Worte. In welche Affäre war er verwickelt?«

Sie antwortete nicht, denn sie war im Augenblick zu bestürzt und verwirrt über seine weitgehenden Informationen. Dann wurde ihr plötzlich klar, woher er diese Kenntnisse hatte, und ihre bleichen Wangen röteten sich vor Zorn.

»Das hat Ihnen natürlich diese Jackson gesagt, die Zofe, die ich entlassen habe. Sie ist absolut unzuverlässig, deshalb mußte sie gehen. Wenn Sie sich auf die Aussagen entlassener Dienstboten stützen, Mr. Tanner –«

»Ich höre alle Leute an – das ist meine Pflicht. Wie lange war der frühere Lord Lebanon krank, bevor er starb?«

Sie war auf diesen plötzlichen Wechsel des Themas nicht gefaßt und konnte nicht sofort antworten.

»Fünfzehn Jahre«, sagte sie schließlich.

»Welcher Arzt hat ihn behandelt?«

»Dr. Amersham.«

Tanner hatte wieder sein Notizbuch gezogen.

»Obwohl er so lange krank war, starb er ziemlich plötzlich. Ich habe den Wortlaut des Totenscheins hier. Das Dokument wurde von Leicester Amersham unterzeichnet.« Das Notizbuch wanderte wieder in die Tasche. »Während der Krankheit Ihres Mannes haben Sie mit Unterstützung Dr. Amershams das Vermögen verwaltet?«

Sie nickte.

»Ich habe seinen Namen unter einer ganzen Anzahl von Pachtverträgen gefunden. Er besaß wohl Generalvollmacht?«

Sie fühlte sich jetzt sicherer, und sie hatte auch den Eindruck, daß die Krisis vorüber war.

»Ja. Mein Mann schätzte ihn, und Dr. Amersham half mir bei der Verwaltung der Güter.«

Tanner machte eine Pause, bevor er mit freundlicher Stimme die nächste Frage stellte.

»Warum haben Sie ein zweites Mal geheiratet?«

Lady Lebanon erfaßte die volle Tragweite dieser Worte nicht gleich, aber dann sprang sie auf.

»Das ist nicht wahr!« stieß sie atemlos hervor.

»Warum haben Sie ein zweites Mal geheiratet? Die Trauung fand in der Kirche von Petersfield statt. Und warum wählten Sie ausgerechnet Leicester Amersham als Gatten? Pfarrer John Hastings vollzog die Trauung.«

Einen Augenblick schwankte sie, dann sank sie schwer in den Sessel.

»Wer hat Ihnen das gesagt?«

»Das habe ich in dem Ehestandsregister gefunden, das ich in Petersfield sah. Es fiel mir auf, daß Dr. Amersham auf so gutem Fuß mit dem Pfarrer John Hastings stand. Die beiden sind so verschiedene Charaktere, daß dieses Verhältnis nur durch einen großen Dienst begründet sein konnte, den der Pfarrer Amersham erwiesen hatte. Ich machte mir also die Mühe und fuhr nach Petersfield. Nun frage ich Sie noch einmal: Warum haben Sie drei Monate nach dem Tod Ihres Mannes Leicester Amersham geheiratet, und warum hielten Sie diese Eheschließung geheim?«

Sie goß sich etwas Wasser aus der Karaffe ein, die auf dem Tisch stand. Ihre Hand war ruhig und zitterte nicht, als sie das Glas zum Munde führte. Der Inspektor wartete geduldig.

»Diese Trauung wurde mir aufgezwungen. Dr. Amersham war ein Abenteurer der gewöhnlichsten Art. Er hatte kein Geld, als er in der indischen Armee diente, und zu dieser Heirat hat er mich durch Erpressung gebracht.«

»Bitte, erklären Sie das genauer.«

Sie zuckte nur die Schultern.

»Welche Gewalt hatte er denn über Sie? Man kann doch nicht jemand erpressen, wenn man nicht etwas Strafbares von ihm weiß. Haben Sie irgendwie das Gesetz übertreten?«

»Darauf verweigere ich die Antwort«, sagte sie und preßte die Lippen zusammen. »Ich wußte, daß er mit dem Gesetz in Konflikt gekommen war – er war ein Dieb und ein Fälscher. Deshalb wurde er auch aus der Armee ausgestoßen.«

Tanner nickte.

»Das mag ja alles der Wahrheit entsprechen. Aber er war gestern abend zwischen elf und zwölf hier im Hause; er hat Sie bedroht und wurde ein paar Minuten später ermordet. Und Sie sagen, daß Sie sich nicht dafür interessieren!«

»Warum sollte ich mich denn auch dafür interessieren? In gewisser Weise bin ich froh, daß er –« Plötzlich brach sie ab.

»Sie sind froh, daß er tot ist? Oder tut es Ihnen jetzt vielleicht doch leid?«

Er wartete, bis sie sich wieder gefaßt hatte.

»Was nun Ihren ersten Mann angeht, Mrs. Amersham –«

Sie richtete sich auf.

»Ich würde es lieber hören, wenn Sie mich Lady Lebanon nennen.« Sie lachte kurz auf und lehnte sich dann wieder in den Sessel zurück. »Ich glaube, ich habe jetzt Ihre Methoden durchschaut!«

»Wer hat den verstorbenen Lord Lebanon nach seinem Tod gesehen?« fuhr Tanner erbarmungslos fort.

»Dr. Amersham.«

»Sie nicht?«

»Nein. Außer Amersham nur noch Gilder und Brooks. Sie haben alles Nötige getan und ihn in den Sarg gelegt.«

»Und Dr. Amersham hat den Totenschein ausgefertigt. Wenn ich Sie also recht verstehe, starb Lord Lebanon, und nach seinem Tod haben ihn nur Amersham, Gilder und Brooks gesehen. Und dabei war Amersham sehr stark an seinem Ableben interessiert.« Er sah, daß sie zusammenfuhr. »Ich will niemand anklagen, ich stelle nur Tatsachen fest. Er hat Sie erpreßt, weil er etwas wußte. Und nun möchte ich gern hören, ob er mit diesen Erpressungen begann, bevor der Lord starb? Es wäre jedenfalls sehr interessant, das zu erfahren.«

»Ich glaube schon, daß Sie auch noch viele andere Dinge interessieren würden«, entgegnete sie hochfahrend.

»Gewiß. Warum haben Sie zum Beispiel heute morgen Ihren Parkwächter fortgeschickt? Sie haben ihm eine große Summe gegeben – ich weiß allerdings nicht genau, wieviel. Das Geld haben Sie zwei Tage vorher von der Depositenkasse in Marks Thornton abgehoben. Sie gaben ihm das Geld, damit er fortgehen sollte. Ich weiß es so genau, weil ich die Nummern der Banknoten erfuhr und weitere Nachforschungen über ihren Verbleib anstellte.«

Sie ließ ihn keinen Moment aus den Augen.

»Das ist das erste, was ich davon höre. Der Parkwächter ist fortgegangen? Ich habe ihm Geld gegeben, aber für Zwecke, die nur ihn selbst angehen. Mehr weiß ich nicht.«

»Dann kann ich Ihnen vielleicht heute abend mehr darüber sagen.« Tanner sah nach der Uhr und war erstaunt, daß es schon so spät geworden war. Die Dunkelheit brach bereits herein, und er hatte unten im Dorf noch viel zu tun.

»Heute morgen habe ich mich nur oberflächlich für diesen Fall interessiert, Lady Lebanon. Höchstens wollte ich Genaueres über Amersham erfahren. Aber jetzt hat die Affäre weitere Kreise gezogen, und auch Sie und dieses ganze Haus sind in die Sache verwickelt.«

Er ging zum Schreibtisch.

»Haben Sie den Schlüssel zu dem Zimmer, das niemals geöffnet wird, wie Sie behaupten?«

Sie schien die Frage überhört zu haben.

»Nun gut, Lady Lebanon«, sagte er plötzlich, »ich bemühe Sie wahrscheinlich unnötig, aber ich hätte doch gern das verschlossene Zimmer oben gesehen. Ich muß viele Fragen stellen, und mein Beruf bringt es mit sich, daß ich neugierig erscheine. Vielleicht täusche ich mich auch in der Annahme, daß die Macht, die Dr. Amersham über Sie ausübte, etwas mit dem verschlossenen Raum zu tun hat. Habe ich recht?«

»Die Sache hat – mit meiner Vergangenheit zu tun.«

Er schüttelte lächelnd den Kopf.

»Es hat Sie große Mühe gekostet, das zu sagen – und es entspricht nicht einmal der Wahrheit. Sie gehören zu den Leuten, von denen man manchmal in den Büchern liest: Sie sind adelsstolz.« Er runzelte nachdenklich die Stirn. »Übrigens müssen Sie doch selbst eine geborene Lebanon sein?«

Diese Worte machten einen merkwürdigen Eindruck auf sie. Plötzlich sah sie wieder imposant und glänzend aus, und etwas von ihrer früheren Schönheit zeigte sich in ihren Zügen.

»Wie merkwürdig, daß Sie das herausgefunden haben«, entgegnete sie freundlich. »Ja, ich bin eine geborene Lebanon und heiratete meinen Vetter. Ich stamme in direkter Linie von dem vierten Baron Lebanon ab.«

»Erstaunlich!«

»Die Familie ist seit den ältesten Zeiten bekannt. Bevor es noch eine Geschichte von England gab, existierte schon eine Geschichte der Lebanons, und das wird so bleiben – das muß so bleiben! Es wäre entsetzlich, wenn die Linie aussterben sollte!«

Die letzten Worte hatte sie pathetisch gesprochen.

»Für heute möchte ich mich von Ihnen verabschieden, Lady Lebanon«, erwiderte er. »Aber morgen komme ich wieder, ich kann es nicht ändern.«

Als er am Fuß der Treppe stand, sah er zufällig nach oben und bemerkte Isla Crane. Sie hatte den Finger auf die Lippen gelegt und winkte ihm dringend.

Anscheinend gleichgültig stieg er die Treppe hinauf. Isla faßte ihn am Arm.

»Mr. Tanner, Sie wollen doch nicht das Haus verlassen?« fragte sie verstört. »Um Himmels willen, bleiben Sie hier!«

Er fühlte, daß sie zitterte. Langsam machte er sich von ihr frei und ging wieder die Treppe hinunter.

»Ich werde das Auto bestellen, damit Sie nach dem Gasthaus fahren können«, sagte Lady Lebanon.

Tanner sah sie freundlich an.

»Verzeihen Sie, aber ich habe meine Absicht geändert. Ich bleibe heute nacht hier. Hoffentlich haben Sie nichts dagegen, Lady Lebanon.«

Einen Augenblick schaute sie ihn wütend an, dann drehte sie ihm plötzlich den Rücken zu und verließ die Halle.

»Was hat denn das zu bedeuten, Mr. Tanner?« fragte Totty.

»Das sage ich Ihnen besser morgen.«

Der Sergeant holte tief Atem.

»Sie glauben wohl, Sie können einen interessanten Abend in diesem Spukhaus verbringen? Ich bin anderer Ansicht!«

20

Ein Motorradfahrer der Polizei lieferte vor dem Abendessen ein flaches Paket an den Chefinspektor ab, das die gewünschten Listen enthielt. Tanner las sie sorgfältig durch, kreuzte dann eine Zeile an und wußte, daß er richtig gewählt hatte. Es war ein Zug, der von Horseham nach London Bridge fuhr, und Horseham lag nicht allzu weit von Marks Priory entfernt. Jedenfalls konnte man mit dem Rad hinkommen.

Es gab nicht viel Züge, die um zehn Uhr morgens abfuhren und am nächsten Morgen um zehn Uhr fünf ankamen, und sie fuhren nicht nach dem Kontinent. Darunter befand sich einer, der in London um zehn Uhr abging und um zehn Uhr fünf in Aberdeen eintraf. In einem Nachschlagewerk fand Tanner, daß Lady Lebanon zehn Meilen von Aberdeen entfernt ein kleines Jagdhaus besaß. Zweifellos war das Tillings Ziel.

Er telefonierte nach London, daß die Polizei in Aberdeen gewarnt werden sollte. Tilling hatte aber inzwischen schon auf einer Station in Schottland ein Telegramm erhalten und den Zug verlassen. Über Edinburgh war er nach Stirling zurückgekehrt.

Sonst erfuhr Tanner von Scotland Yard noch, daß während der fraglichen Zeit nur eine Pfeife der Marke Ursus verkauft worden war. Ein Tabakhändler, dessen Laden in der Nähe des Bahnhofs King's Cross lag, hatte gerade sein Geschäft geöffnet, als ein Mann, der nach der Beschreibung sofort als Tilling zu erkennen war, eine solche Pfeife bei ihm verlangte.

Totty verbrachte den Abend in dem Zimmer Mr. Kelvers, und das Gespräch drehte sich natürlich um die aufregenden Ereignisse der letzten Zeit.

»Ein paar merkwürdige Diener haben Sie hier«, meinte Totty.

»Ja, da mögen Sie recht haben«, erwiderte der Butler ironisch. »Ich habe allerdings nur wenig mit ihnen zu tun.«

Kelver hatte Dr. Amersham wohl oft gesehen, konnte aber dem Sergeanten über den Charakter des Mannes nur das sagen, was er von Studd gehört hatte.

»Er war nicht gerade sehr freundlich und zuvorkommend nach

allem, was mir der Chauffeur erzählte. Aber ich habe ja schon immer gesagt, auf dieser Welt gibt es die verschiedensten Leute.«

»Stimmt«, versicherte Totty. »Ist es hier eigentlich einmal zu einer Schlägerei gekommen?«

Als er das erstaunte Gesicht des Butlers sah, erklärte er ihm, wie er das meinte. Kelver sagte zwar zuerst, er wolle nicht über die Angelegenheiten seiner Herrschaft sprechen, aber dann tat er es doch.

»Eines Morgens kam ich in die Halle, und da sah es tatsächlich so aus, als ob ein Kampf stattgefunden hätte. Verschiedene der großen Spiegel waren zerbrochen, ebenso einige Stühle, und Scherben von Weingläsern lagen auf dem Boden. Außerdem hatte Gilder ein blaues Auge. Von Studd habe ich dann erfahren, daß auch Dr. Amersham etwas abbekommen hatte.«

Kelver ging zur Tür, öffnete sie und sah hinaus, dann schloß er sie wieder und fuhr mit leiser Stimme fort:

»In diesem Haus stimmt etwas nicht. Der junge Lord wird behandelt, als ob er überhaupt nichts zu sagen hätte. Wenn er einen Wunsch hat, achtet man nicht darauf, und er wird hier in seinem eigenen Hause eigentlich wie ein Gefangener gehalten.«

Nachdem er diese wichtige Äußerung getan hatte, trat er einige Schritte zurück, um den Eindruck seiner Worte zu beobachten.

Totty sah ihn überrascht an.

»Sie lassen ihn niemals aus den Augen«, fuhr Kelver fort. »Und ich kann Ihnen nur das eine sagen: Ich selbst habe Instruktionen von Mylady erhalten, die mir durchaus nicht recht sind. Auf jedes Telefongespräch muß ich achten, das der junge Lord führt, und, wenn möglich, ihn dabei belauschen. Wenn er irgendeinen Diener hat, dem er Vertrauen schenken kann, wird der schleunigst wieder entlassen. Soviel ich weiß, hatte er drei Kammerdiener hintereinander, und allen dreien wurde gekündigt. Der einzige, mit dem er auf freundschaftlichem Fuß stand, war Studd, und soweit ich den kannte, hätte er alles für seinen Herrn getan.«

Kelver machte eine Pause.

»Und dann wurde Studd eines Morgens ermordet aufgefunden«, fuhr er fort. »Ich habe noch nie vorher meine Meinung darüber geäußert, und ich verlasse mich auf Sie, Inspektor Totty – es ist doch richtig, wenn ich Inspektor sage?«

»Ja, ganz richtig«, erklärte Totty ernst.

»Sie dürfen aber nichts davon weitererzählen. Hier im Hause walten unheimliche, unsichtbare Kräfte. Die Zustände hier fallen mir auf die Nerven, und ich würde gern ein Monatsgehalt geben, wenn ich schon heute abend wegkönnte.«

Plötzlich sprang Totty auf, und auch Kelver erhob sich rasch. Beide hatten den entsetzten Schrei einer Frau gehört. Mit zwei Schritten war der Sergeant an der Tür.

Ein enger Gang führte weiter ins Haus hinein. Links davon befand sich eine Treppe, die für die Dienerschaft bestimmt war. Totty hörte jemand laufen; gleich darauf stürzte Isla die Treppe herunter und wäre gefallen, wenn Totty sie nicht aufgefangen hätte.

Sie war einem Zusammenbruch nahe.

»Was ist denn los, Miss Crane?«

Sie sah nur entsetzt die Treppe hinauf.

»Werden Sie verfolgt? Kelver, halten Sie die junge Dame.«

Der Sergeant eilte hinauf, blieb aber auf der vierten Stufe stehen. Auf dem oberen Podest zeigte sich Gilder.

»Ist etwas nicht in Ordnung?« fragte er mit seiner tiefen rauhen Stimme.

»Kommen Sie einmal her. Was ist denn mit Miss Crane?«

»Ich weiß nicht, was Sie meinen. Ich hörte jemand schreien und kam sofort aus meinem Zimmer, um nachzusehen, was es gäbe.«

Langsam stieg er die Stufen hinunter, bis er in den engen Gang kam, und starrte dann düster auf Isla, die sich inzwischen ein wenig gefaßt hatte.

»Ich brauche Sie nicht«, sagte sie verstört. »Gehen Sie nach oben – ich brauche Sie nicht . . .«

»Ist etwas passiert, Miss?« fragte der Diener.

»Nein . . . nichts. Ich . . .« Sie wandte sich an Totty. »Ich möchte in mein Zimmer zurückgehen. Bitte, begleiten Sie mich dorthin.«

Er ging vor ihr die Treppe hinauf. Auf dem Weg sprach sie

nichts, verschwand auch stumm im Zimmer des alten Lords, machte die Tür zu und drehte den Schlüssel von innen um.

Gilder beobachtete den Vorgang.

»Die junge Dame ist ein wenig nervös geworden.«

»Wissen Sie, worüber sie sich aufgeregt hat? Grinsen Sie doch nicht so, die Sache ist wirklich zu ernst.«

»Wenn ich nicht ab und zu einmal grinsen könnte«, entgegnete Gilder kühl, »würde ich in diesem Haus verrückt werden. Mir kommt es ganz natürlich vor, daß sie aufgeregt ist. Das geht uns allen so. Brauchen Sie mich noch?«

Totty antwortete nicht darauf; er ging in Kelvers Zimmer zurück. Der Butler goß sich gerade ein Glas Kognak ein, aber seine Hand zitterte so sehr, daß der Flaschenhals gegen das Glas schlug.

»Was kann sie denn nur gesehen haben?« fragte der Sergeant, der immer noch nicht wußte, was er zu dem Vorfall sagen sollte.

»Ich möchte mit der ganzen Sache nichts zu tun haben. Wollen Sie sich nicht auch einen kleinen Napoleon einschenken?«

Totty folgte der Aufforderung, obwohl er sonst um diese Zeit nicht zu trinken pflegte. Dann suchte er seinen Vorgesetzten und fand ihn in einem kleinen Wohnzimmer, in das man einen Schreibtisch gesetzt hatte. Außerdem war der Raum insofern von Vorteil, als sich einer der drei Telefonapparate darin befand.

»Die Sache kommt mir immer geheimnisvoller vor«, sagte der Sergeant. »Miss Crane muß irgend etwas gesehen haben. Natürlich kann es auch der amerikanische Diener gewesen sein, vor dem sie solche Angst hatte.«

Tanner schüttelte den Kopf.

»Übrigens will Lord Lebanon in den Ort gehen«, erwiderte er. »Ich möchte Sie bitten, ihn dorthin zu begleiten. Es wäre aber gut, wenn Sie eine Schußwaffe einsteckten. Nehmen Sie auch einen Gummiknüppel mit. Ich glaube zwar nicht, daß etwas passieren wird, aber man kann niemals etwas voraussagen.«

»Warum will er denn ins Dorf gehen?«

»Er will Mrs. Tilling aufsuchen. Sehen Sie zu, daß er den Fahrweg benützt. Der junge Lord hat eben erst gehört, daß der

Parkwächter verschwunden ist, und er möchte den Fall aufklären. Also, sorgen Sie dafür, daß er den Fahrweg entlanggeht und nicht quer durch den Park. Wenn Sie sich fürchten, gebe ich Ferraby den Auftrag, ihn zu begleiten.«

Totty fühlte sich verletzt.

»Haben Sie schon jemals gehört, daß ich mich fürchte? Und wer sollte denn im Park einen Angriff auf zwei erwachsene Männer machen? Ich glaube, Sie sehen auch schon Gespenster.«

»Nein. Aber seien Sie nicht so selbstbewußt, Totty. Der Weg durch den Park ist ziemlich gefährlich. Machen Sie sich auf alles gefaßt!«

Trotz seiner langen Erfahrung im Dienst überlief den Sergeanten doch ein kalter Schauer, als er diese Worte hörte.

»Sie machen mir allerdings wenig Mut. Gibt es denn im Park ein Versteck? Glauben Sie, daß sich der Mörder noch dort aufhält?«

Tanner nickte.

»Ja, er ist noch in der Gegend«, erwiderte er ernst. »Ferraby kann ja mit Ihnen gehen –«

»Reden Sie doch keinen Unsinn«, sagte Totty brummig.

»Vergessen Sie nicht, daß Sie Lord Lebanon zu beschützen haben«, ermahnte ihn Tanner, als er das Zimmer verließ. »Wenn ihm etwas zustößt, sind Sie verantwortlich dafür. Nehmen Sie also vor allem eine Schußwaffe mit. Aber Sie dürfen sie erst dann benützen, wenn Ihnen jemand ein Seidentuch um die Kehle schlingt. Und dann wird es wahrscheinlich zu spät sein.«

»Will denn jemand dem jungen Lord etwas tun?«

»Das weiß ich nicht. Aber es wird keinem von Ihnen beiden etwas zustoßen, wenn Sie meine Vorschriften befolgen. Ich meine es diesmal vollkommen ernst.«

Willie Lebanon wartete in der Halle auf Totty. Er war noch ganz empört über die Ermahnungen, die Tanner ihm kurz vorher gegeben hatte.

»Ich lasse es mir nicht gefallen, daß man mich wie ein kleines Kind behandelt! Wenn jetzt auch noch Scotland Yard so tut, als ob ich eine Wärterin nötig hätte, könnte man doch wirklich aus der Haut fahren.«

Trotzdem war er froh, daß er Gesellschaft hatte, denn Totty gefiel ihm. Zusammen gingen sie den dunklen Fahrweg entlang, und Totty war auf der Hut. Vorsichtig betrachtete er alle Büsche und Bäume. Er hatte seine Taschenlampe angeknipst und leuchtete damit die Sträucher und die dunklen Partien des Weges ab. In seiner Aufregung sah er überall Gestalten. Einmal glaubte er sogar, leise Schritte hinter sich zu hören, blieb stehen und wandte sich um. Er hätte einen Eid darauf leisten mögen, daß eine Gestalt in den Büschen verschwand. Aber als er hinleuchtete, war nichts zu sehen.

Als die Sträucher dünner wurden, hörte er wieder Geräusche und richtete plötzlich den Lichtstrahl auf die Stelle. Diesmal bekam er Gewißheit, denn er sah, daß sich etwas schnell fortbewegte. Jemand schlich sich also durch den Park. Sie hatten gerade den Platz erreicht, an dem Totty Tillings Jagdgewehr und den Feldstuhl gefunden hatte. Obwohl der Sergeant ein mutiger Mann war, fühlte er doch, daß kalter Schweiß auf seine Stirn trat, und er atmete erleichtert auf, als sie vor der Gartentür des Parkwächterhauses standen.

Lord Lebanon dagegen schien die Sache nur sehr interessant zu finden.

»Sind Sie wirklich davon überzeugt, daß uns jemand nachgeschlichen ist?« fragte er und machte Miene, sich in die Hecke zu stürzen.

Aber Totty zog ihn am Arm zurück.

»Bleiben Sie ruhig hier bei mir.«

»Zum Teufel, ich will aber wissen, wer es ist.«

Totty folgte Lord Lebanon durch die Gartentür.

Der Besuch brachte nichts Neues zutage. Lebanon wollte nur Mrs. Tilling seine Teilnahme aussprechen. Er erkundigte sich, ob sie auch genügend Geld besäße, und stellte noch verschiedene andere Fragen über ihren Mann. Die Frau war nervös und merkwürdig zurückhaltend; allem Anschein nach kam ihr dieser Besuch unerwartet.

»Haben Sie denn den armen Amersham gekannt?«

Sie nickte.

»Man erzählt sich die sonderbarsten Dinge über Sie«, sagte

der Lord etwas geradezu. »Ich kümmere mich natürlich wenig darum.«

Totty war überrascht, daß sie nicht dagegen protestierte.

»Wirklich eine seltsame Person«, erklärte der junge Lord, als sie nach dem Schloß zurückgingen. »Schön ist sie ja, das muß ich selbst sagen. Man hört tolle Sachen von ihr, aber ich glaube, es ist viel davon erfunden. Ich möchte nur wissen, was ihrem Mann zugestoßen ist. Es ist nicht gut, daß sie allein in dem Haus bleibt.«

Totty hatte seine eigenen Gedanken. Er ging nahe an die Hecke heran, denn er glaubte bestimmt, daß sich dieser Unsichtbare, der sie eben begleitet hatte, wieder neben ihnen auf der anderen Seite der Sträucher entlangschlich.

Einmal knackte ein trockener Zweig, auf den der Unbekannte getreten war, und Totty fuhr nervös zusammen.

»Drüben ist jemand«, sagte der Lord leise. »Wollen wir nicht über die Hecke springen und ihn fangen?«

»Nein, wir bleiben hier. Auf solche Abenteuer lassen wir uns nicht ein«, erklärte Totty prompt.

Er leuchtete mit seiner Taschenlampe bald nach links, bald nach rechts, während sie den Fahrweg entlanggingen. Zweifellos war jemand hinter ihnen her. Zweimal drehte er sich unerwartet um, konnte aber trotzdem nichts sehen. Um so mehr hörte er. Der Mann, der ihnen folgte, blieb auf dem Rasen; einmal mußte er jedoch einen kiesbestreuten Weg überqueren, und Totty hörte deutlich Schritte.

Er begleitete den jungen Lord bis zur Haustür, wartete, bis Willie verschwunden war, und ging dann den Weg zurück. Diesmal hielt er sich auch auf dem Rasen und dicht im Schatten der Bäume. Plötzlich entdeckte er eine Gestalt und zog blitzschnell seine Pistole.

»Halt! Bleiben Sie stehen, oder ich schieße!« rief er und leuchtete mit der Taschenlampe.

In dem Lichtkegel erkannte er Ferraby.

»Schießen Sie nicht, Totty«, erwiderte der junge Sergeant belustigt. »Hier gut Freund!«

»Sind Sie uns den ganzen Weg gefolgt?«

»Ja, in gewisser Hinsicht habe ich das getan, aber meistens war ich mit Ihnen auf gleicher Höhe.«

»Dann waren Sie also der unheimliche Kerl, der immer auf der anderen Seite der Hecke entlangschlich?«

»Ja. Aber ich habe noch gar nicht gewußt, daß Sie so nervös sind, Totty. Und warum hat Tanner Ihnen denn erlaubt, eine Pistole zu tragen? Hoffentlich ist sie nicht geladen.«

»Wie kommen Sie dazu, hinter mir herzuschleichen?«

»Ich habe nur einen Befehl ausgeführt«, entgegnete Ferraby und steckte sich eine Zigarette an. »Tanner gab mir den Auftrag, Sie beide zu beobachten.«

Totty war natürlich ärgerlich, aber andererseits atmete er auf, als er erfuhr, daß Ferraby der vermeintliche Verfolger gewesen war.

»Wenn Tanner mir nicht mehr traut –«

»Wem traut er überhaupt? Wenn wir der Sache weiter auf den Grund gehen, finden wir wahrscheinlich, daß ich wieder von einem anderen Beamten überwacht werde. Wie war es denn unten bei Tillings?«

»Es ist nichts passiert.«

»Ist die hübsche Frau auch so nervös? Ich möchte unter diesen Umständen allerdings nachts auch nicht allein in dem Hause sein.«

Als sie zurückgingen, ließ sich Totty herab, eine Zigarette von seinem Kameraden anzunehmen.

Der Motorradfahrer von Scotland Yard stand im Schatten der Säulenhalle. Totty sah ihn daher erst, nachdem Ferraby gegangen war.

Der Mann wartete noch, um einen eiligen Brief zur Stadt zurückzubringen.

»Es ist merkwürdig, Sergeant«, sagte er. »Wenn man in die Provinz kommt, erscheint sie einem immer vollkommen ausgestorben. Haben Sie das auch beobachtet?«

»Ich beobachte alles«, erklärte Totty.

»Wer mag nur der junge Herr gewesen sein, der mit mir sprach? Vor kurzer Zeit kamen Sie mit ihm ins Haus.«

»Das ist Lord Lebanon.«

»So? Der spricht aber sehr nett und ist gar nicht hochmütig. Ich dachte mir doch gleich, daß es jemand von Bedeutung sein müßte. Er hat mich viel gefragt über meine Tätigkeit bei der Polizei. Von Mr. Tanner scheint er allerdings nicht sehr erbaut zu sein.«

»Hat er meinen Namen auch erwähnt?« fragte Totty.

»Nein. Er war nur kurze Zeit bei mir draußen, dann ging er wieder hinein.«

Totty fand den Chefinspektor in seinem Zimmer. Tanner hatte seinen Bericht an die Polizeidirektion gerade beendet und steckte ihn in einen Briefumschlag.

»Wartet der Bote draußen? – Gut. Nun, was macht Mrs. Tilling?«

»Sie scheint Angst zu haben.«

»So?« Tanner biß sich nachdenklich auf die Lippen. »Ich möchte nur wissen ...«

»Ich wundere mich auch«, sagte Totty. »Zweifellos ist ihr Mann der Mörder. Hoffentlich fassen sie ihn heute abend noch.«

»Ihr Mann ist nicht der Mörder, aber auch ich hoffe, daß wir ihn heute abend noch fassen. In diesem Bericht hier habe ich genau erklärt, wer der Täter ist.« Er hob das versiegelte Kuvert in die Höhe. »Ich glaube, ich habe alle Tatsachen richtig gedeutet. Wenn ich nicht recht hätte, wäre ich sehr erstaunt, und ich muß Ihnen sagen, Totty, dies ist der interessanteste Fall, der mir jemals vorgekommen ist.«

21

Tanner sah nach der Tür, trat zwei Schritte vor und riß sie auf.

Gilder stand auf der Schwelle. Er trug ein kleines Silbertablett mit einer Kaffeekanne und einer Tasse.

»Ich bringe Ihnen eine Stärkung«, sagte er ruhig.

»Wie lange haben Sie schon vor der Tür gewartet?«

»Ich bin eben erst gekommen – gerade als Sie die Tür öffneten, wollte ich klopfen.«

Tanner zeigte auf den Tisch.

»Stellen Sie das Tablett dorthin.«

Er schloß die Tür hinter dem Diener, öffnete sie aber noch einmal, um sich zu überzeugen, daß der Mann auch wirklich gegangen war. Schließlich machte er sie wieder zu.

»Lord Lebanon hatte vollkommen recht. Hier in Marks Priory wird unheimlich viel gelauscht. Die Türen sind auch nicht besonders stark.«

»Warum verhaften Sie den Kerl nicht?«

»Ich habe guten Grund, das nicht zu tun. Wenn ich ihn tatsächlich hier gefangennähme, hätte ich nur eine Menge Unannehmlichkeiten. Vorläufig bleibt es besser, wie es ist. Gilder ist übrigens viel schlauer als Brooks, deshalb gibt man ihm die meisten Aufträge.«

Tanner nahm den versiegelten Brief.

»Bringen Sie dies dem Boten – nein, ich will es ihm lieber selbst übergeben.«

Totty folgte seinem Vorgesetzten in die Säulenvorhalle. Der Polizist, der neben seinem Motorrad stand, warf hastig die Zigarette fort und salutierte.

»Stecken Sie den Brief gut weg und seien Sie sehr vorsichtig damit. Um elf Uhr können Sie in London sein. Der Polizeipräsident wartet in seinem Büro auf die Nachricht.«

Der Kurier ließ den Motor an und fuhr knatternd dem Parktor zu.

Er hatte gerade die erste Kurve genommen, als plötzlich ein lautes Krachen ertönte und sein Scheinwerfer erlosch. Im nächsten Augenblick gellte ein Schrei.

Tanner und Totty liefen den Fahrweg entlang. Sie hörten Rufen und Brüllen, als ob an der Unglücksstelle ein Kampf im Gang wäre. Als sie ankamen, fanden sie den Mann auf den Knien. Das Rad lag seitlich auf dem Weg. Totty leuchtete dem Motorradfahrer mit der Taschenlampe in das bleiche Gesicht. Sie halfen ihm beim Aufstehen, und Tanner untersuchte ihn schnell. Knochen waren nicht gebrochen, und mit Ausnahme von einigen schweren Abschürfungen war der Überfallene mit dem Schrecken davongekommen.

»Es war ein Strick über den Weg gespannt«, sagte der Mann

noch ganz benommen. »Als ich mit dem Rad stürzte, sprang ein Mann auf mich zu und versuchte, mir ein Tuch um den Hals zu schlingen.«

Totty leuchtete sofort die Umgegend ab, aber sie konnten von dem Angreifer keine Spur mehr finden.

»Können Sie ihn beschreiben?«

»Ich konnte ihn nicht genau sehen ... Aber er muß sehr stark gewesen sein, denn er hob mich vom Boden auf. Ich schlug mit der Faust nach ihm, aber ich glaube kaum, daß ich ihn richtig getroffen habe.«

Totty suchte nach dem Strick und fand ihn gleich darauf. Das Seil war von einem Baum zum anderen gespannt gewesen und durch den Anprall zerrissen worden.

»Haben Sie beobachtet, nach welcher Richtung der Mann verschwand?«

»Nein.«

Der Kurier hinkte über den Weg und hob sein Motorrad auf. Mit Tottys Hilfe untersuchte er dann die Maschine. Es war nichts daran kaputt, nur das Glas des Scheinwerfers war zertrümmert. Kurz entschlossen gab Totty dem Mann seine eigene Lampe und schnallte sie mit einem kurzen Lederriemen an der Lenkstange fest.

»Mir ist nichts passiert, ich kann weiterfahren, aber den Kerl möchte ich doch erwischen!«

»Sie sagten eben, daß er versuchte, Ihnen ein Tuch um den Hals zu schlingen? Vielleicht hat er es fallen lassen.«

Totty eilte nach dem Haus zurück und brachte eine neue Taschenlampe, aber nirgends entdeckten sie ein rotes Seidentuch. Auch sonst fanden sie keine Spuren.

»Haben Sie den Brief noch?«

Der Mann fühlte nach seiner Kuriertasche. Der Lederriemen war halb durchschnitten; es mußte ein sehr scharfes Messer dazu benützt worden sein.

»Meinen Bericht wollten sie also haben – das ist allerdings schnelle Arbeit. Na, stecken Sie den Brief in Ihre Rocktasche und erklären Sie dem Polizeipräsidenten, warum Sie ihn so zusammengefaltet haben.«

Der Mann verwahrte das Schreiben in seiner Hüfttasche und knöpfte die Klappe darüber. Sie begleiteten ihn noch ein Stück den Fahrweg entlang, blieben dann stehen und beobachteten ihn, bis er in die Hauptstraße einbog.

»Jetzt ist er sicher«, sagte Tanner. »Die haben aber aufgepaßt wie Schießhunde. Man sollte es kaum für möglich halten. Wie gut war es, daß ich Ihnen Ferraby nachschickte, es hätte sonst vielleicht doch noch einen Unfall gegeben.«

Totty wollte sich eigentlich beschweren, aber unter den gegebenen Umständen hielt er es für besser, zu schweigen.

Als sie in die Halle traten, war der große Raum vollkommen leer. Aber gleich darauf erschien Gilder. Er mußte schnell gelaufen sein, denn er war ganz außer Atem. Sein dünnes Haar, das er für gewöhnlich sauber nach hinten gebürstet hatte, hing in die Stirn, und sein Gesichtsausdruck war müde und angestrengt.

»Hallo!« rief Tanner. »Was ist denn mit Ihnen passiert?«

Der Mann schluckte.

»Ich bin in meinem Zimmer eingeschlafen – das hätte eigentlich nicht vorkommen dürfen. Ein wüster Traum hat mich aufgeschreckt.«

»Ist der Boden in Ihrem Zimmer eigentlich feucht?«

Tanner betrachtete die nassen Schuhe des Mannes und bemerkte einige Grashalme an den Absätzen. Gilder sah auch auf seine Füße, dann grinste er den Beamten an.

»Vor kurzer Zeit bin ich nach draußen gegangen, um eine Zigarette zu rauchen.«

Der Diener wollte sich entfernen, aber Tanner rief ihn zurück.

»Haben Sie etwas von Motorrädern geträumt?«

Gilder schüttelte den Kopf.

»Nein, ich träumte von« – er machte eine Pause – »Erdbeben.«

»Ich muß den Kerl tatsächlich bewundern«, meinte Tanner, als der Amerikaner gegangen war. Er setzte sich an den Schreibtisch der Lady Lebanon, nahm einen Bleistift und klopfte nachdenklich damit gegen sein Kinn.

»Mrs. Tilling ist auch ein Problem. Fahren Sie mit dem Polizeiauto zu dem Haus des Parkwächters und bringen Sie die Frau ins Dorfgasthaus. Aber reden Sie nicht darüber. Zwei unserer Beamten sind dort untergebracht. Sagen Sie einem, daß er auf sie aufpassen soll.«

»Wenn sie aber das Haus nicht verlassen will?«

»Dann nehmen Sie sie in die Arme, aber vorsichtig«, fügte Tanner etwas ironisch hinzu. »Alles hat einmal ein Ende. Wir können jetzt keine Rücksicht mehr auf sie nehmen. Wenn sie nicht mitkommen will, schlagen Sie ihr eins über den Kopf, aber behutsam, und bringen sie zum Gasthaus.«

Totty ließ sich von dem Chauffeur des Dienstautos zu seinem Bestimmungsort fahren. Die Gartentür stand offen, obwohl er sich deutlich darauf besann, daß er sie zugeriegelt hatte, und die Haustür fand er nur angelehnt.

»Sergeant«, sagte der Chauffeur aufgeregt, »das Fenster dort drüben ist eingeschlagen!«

Totty leuchtete mit der Taschenlampe und bemerkte tatsächlich zwei zerbrochene Scheiben. Das Fenster selbst stand offen. Tottys Herz schlug schneller, als er sich vorwärtstastete.

Im Wohnzimmer war der Tisch umgestoßen und ein Stuhl zerbrochen. Außerdem hatte jemand alle Bilder an den Wänden beschädigt.

Der anstoßende Raum war ein Schlafzimmer. Auch hier sah Totty Zeichen eines Kampfes; die Betten lagen auf dem Fußboden, die Marmorplatte des Waschtisches war zertrümmert.

Soviel er feststellen konnte, waren nur diese beiden Zimmer in Unordnung. Aber die hintere Tür stand weit offen. Von Mrs. Tilling sahen sie im Haus keine Spur. Totty begnügte sich mit einer oberflächlichen Untersuchung. Als er gerade in den Keller gehen wollte, rief der Chauffeur:

»Dort drüben bei dem Apfelbaum liegt jemand!«

Auf der Rückseite des Hauses befand sich ein Wirtschafts- und dahinter ein kleiner Obstgarten. Totty leuchtete die Stelle ab und sah eine Gestalt auf dem Boden. Er eilte hin und beugte sich über sie. Die Frau atmete, war aber vor Schrecken halb wahnsinnig und konnte nicht sprechen. Als er sie aufhob, starrte sie ihn groß an. Ihre Lippen zitterten, aber sie brachte kein Wort heraus. Als Totty sie in den Wagen trug, stöhnte sie, aber erst kurz vor der Ankunft beim Gasthaus begann sie zusammenhanglos zu sprechen. Glücklicherweise war zu dieser Nachtstunde niemand in der Nähe. Mit Hilfe der Wirtin und eines Mädchens brachte Totty die Frau auf ein Zimmer. Gleich darauf läutete der Sergeant Tanner an.

»Ist sie irgendwie verletzt?« fragte der Vorgesetzte.

»Soweit ich sehen kann, nicht. Aber sie ist furchtbar mitgenommen. Der Überfall muß ein paar Minuten vor unserer Ankunft passiert sein.«

»Rufen Sie einen Arzt für die Frau.«

»Das habe ich bereits getan. Soweit müßten Sie mich doch kennen«, entgegnete Totty vorwurfsvoll. »Ich gehe jetzt noch einmal zu dem Haus und durchsuche alles, ob ich nicht irgendwelche Spuren finde.«

»Kommen Sie sofort nach Marks Priory zurück. In dem Haus finden Sie doch nichts Wichtiges. Ich werde mit der hiesigen Polizei telefonieren, damit man uns einige Beamte zur Verfügung stellt, die das Haus bewachen. Also, kommen Sie jetzt zurück.«

Totty setzte sich mit den Polizeibeamten von Scotland Yard in Verbindung, die im Gasthaus Quartier genommen hatten, und sagte ihnen, daß sie auf Mrs. Tilling achten sollten. Ehe er fortging, traf er Ferraby, dem er die Geschichte auch erzählte.

»Die arme, kleine Frau«, sagte er. »Es sieht so aus, als ob wir eine aufregende Nacht bekommen. Schauen Sie mich einmal an, ich bin der reinste Wildwest-Cowboy.«

Er öffnete den Rock. Von dem breiten Gürtel, den er umgeschnallt hatte, hingen zwei Pistolentaschen herunter.

»Das war Tanners Idee, Sie kennen ihn ja. Erst gibt er einem ein paar Schießeisen, und dann hält er eine Stunde lang Vortrag, daß man sie nicht benützen darf. Jedenfalls fühlt man sich großartig, wenn man eine ganze Batterie zur Verfügung hat. Aber warum und auf wen ich knallen soll, weiß ich wirklich nicht.«

»Wenn Sie überhaupt zum Schießen kommen, haben Sie Glück, mein Junge«, erwiderte Totty düster. »Sie müssen schon blitzschnell handeln, wenn Sie sich noch wehren wollen.«

»Ich habe nicht vergessen, wie mich der Kerl damals an dem Bettpfosten angebunden hat. Beinahe wäre es mit mir vorbei gewesen. Ich wünschte übrigens, sie wäre aus der ganzen Geschichte heraus.«

»Mrs. Tilling?«

»Nein – Miss Crane. Sie gehört nicht in diese Umgebung. Ich habe versucht, Tanner zu überreden, daß er sie in die Stadt schickt.«

»Und was hat er gesagt?« fragte Totty neugierig.

Ferraby mußte lachen. »Wenn alle Leute, die in Marks Priory in Gefahr schweben, nach London gehen sollten, meinte er, dann könnten wir einen großen Omnibus mieten. – Es muß doch etwas in dem Zimmer sein, das sie nicht öffnen wollen. Tanner hat bestimmt recht mit seiner Vermutung. Wenn ich an der Tür vorüberkomme, überläuft mich immer ein Schauder. Übrigens habe ich heute abend ein Licht in dem Zimmer gesehen – man konnte es deutlich von draußen beobachten. Es brannte eine Minute lang, dann ging es aus. Und ich möchte einen Eid darauf leisten, daß niemand durch die Tür hineingekommen ist.«

»Wer wohnt denn daneben?«

»Der Raum wurde immer von Amersham benutzt, es ist ein Fremdenzimmer«, erklärte Ferraby, als sie zusammen zum Schloß zurückfuhren. »Die Wände sind ganz mit Eichenpaneel bedeckt, und jede einzelne Füllung kann zu gleicher Zeit eine Geheimtür sein.«

»Und welcher Raum liegt auf der anderen Seite?« fragte Totty interessiert.

»Das Zimmer des alten Lords, in dem Miss Crane schläft. Ich habe mit Kelver über die Sache gesprochen, und der kennt das Haus. Aus reiner Neugierde hat er eines Tages die Innen- und Außenmaße in den Zimmern genommen und daraus die Stärke der Mauern berechnet. Zwischen dem Raum, den Lady Lebanon nicht öffnen will, und dem Zimmer, in dem Miss Crane schläft, muß die Wand über einen Meter stark sein. Aller Wahrscheinlichkeit nach liegt ein Geheimgang in der Mauer.«

Ferraby lehnte sich vor und sprach zum Chauffeur.

»Halten Sie einen Augenblick an. Sehen Sie, dort ist das Fenster zu dem verschlossenen Raum – das vierte von links –« Ferraby brach plötzlich ab, denn das Fenster wurde hell. Die Scheiben bestanden jedoch aus Milchglas, so daß man nicht hindurchsehen konnte.

Ferraby sprang aus dem Wagen, Totty folgte. Sie liefen quer über den Rasen, bis sie unmittelbar unterhalb des Fensters standen. Kurz darauf sahen sie oben eine Gestalt, konnten aber nicht erkennen, wer es war. Langsam bewegte sich der unheimliche, dunkle Schatten, dann erlosch das Licht wieder.

22

Die beiden sahen einander verblüfft an.

»Das scheint ja ein ganz verhextes Haus zu sein«, sagte Totty, der vor Erregung schwer atmete.

»Geben Sie mir Ihre Taschenlampe.«

Ferraby nahm sie und beleuchtete die Mauer. Kein Fenster war unter dem geheimnisvollen Raum angebracht; die Mauer schien vollkommen massiv zu sein.

»Sehen Sie einmal her!« rief Ferraby plötzlich und fuhr mit einem Bleistift die Fugen zwischen den Steinen entlang. »Das ist kein Mörtel, das ist eine Stahlplatte, die nur so bemalt ist, als ob sie Mauerwerk wäre. Hier haben wir eine Tür.«

Er zog ein Messer aus der Tasche, öffnete es und suchte nach einer Ritze. Zunächst hatte er keinen Erfolg, aber endlich fand er eine Vertiefung. Als er das Messer hineinschob, hörten sie ein feines Klicken, und ein kleiner Teil der Wand öffnete sich wie ein Kastendeckel. In der Öffnung entdeckten sie eine Türklinke. Ferraby drückte sie herunter und zog daran, aber sie mußte von innen verschlossen sein.

»Na, wollen Sie hier das Haus reparieren?«

Ferraby drehte sich um und sah Mr. Gilder, der ihnen geräuschlos nachgeschlichen war. Er hätte ihn im Dunkeln nicht erkannt, wenn der Mann nicht gesprochen hätte.

»Was haben Sie denn gefunden?« fragte Gilder interessiert und schaute Ferraby über die Schulter.

Als er im Schein der Taschenlampe die Türklinke sah, schrak er zusammen.

»Donnerwetter!« rief er, ehrlich überrascht.

Ferraby schob die eiserne Klappe wieder zu, und die Feder schnappte ein.

»Das ist ja merkwürdig«, meinte Gilder.

»Eben haben wir oben Licht gesehen«, erwiderte Totty. »Wer ist denn in dem bewußten Zimmer?«

Gilder schaute hinauf.

»Wahrscheinlich Brooks. Lady Lebanon verwahrt eine Menge Briefe dort, und zwar ihre Privatkorrespondenz, die die Polizei nicht sehen soll. Selbstverständlich will sie die beiseite schaffen, bevor Mr. Tanner das Zimmer durchsucht. Es kann eigentlich niemand anders als Brooks gewesen sein. Was passiert denn eigentlich unten im Dorf?«

»Dort ist alles ruhig. Wenn Sie etwas Neues wissen wollen, müssen Sie schon morgen die Zeitung lesen, aber die Presse erfährt auch nichts. Wo ist denn Mylady? Schon zu Bett?«

»Nein, als ich sie eben sah, spielte sie mit dem jungen Lord Mühle im Salon – den Raum haben Sie noch nicht gesehen. Er ist das einzige Zimmer, in dem sie zur Zeit ungestört sein können.«

Ferraby und Totty traten ins Haus und waren froh, als Gilder ihnen einen Whisky-Soda brachte und das Feuer anschürte, denn der Abend war ziemlich kalt und naß.

Tanner telefonierte nach Scotland Yard und gab ausführliche Auskünfte. Die Lage war so gefährlich geworden, daß er nicht warten konnte, bis der Kurier ankam. Er brauchte Hilfe von der Polizeidirektion.

Der Chefinspektor beendete seine Arbeit, drehte das Licht aus und ging zu Ferraby. Totty war inzwischen die Treppe hinaufgegangen, um die Tür zu dem geheimnisvollen Raum zu untersuchen. Gleich darauf kam er zurück und meldete, daß er nichts weiter gefunden hätte.

Er glaubte bei seinem Vorgesetzten eine Sensation hervorzurufen, als er die Geschichte mit dem Licht erzählte, und war enttäuscht, als Tanner die Nachricht sehr gelassen aufnahm.

»Ich weiß es, ich habe das Licht selbst zweimal beobachtet. Übrigens hat Ferraby mir die Sache schon gestern gemeldet. Die Tür in der Mauer ist allerdings interessant. Vermutet habe ich sie, aber ich konnte sie nicht finden. Es mußte ein Eingang in der Mauer sein, sonst wären alle meine Theorien über den Haufen geworfen worden. Totty, sehen Sie zu, daß Sie den Lord finden, und sagen Sie ihm, ich möchte mich gern etwas mit ihm unterhalten. Ich bin fest davon überzeugt, daß der junge Lord kaum die Hälfte von all dem erzählt hat, was er weiß. Und ich habe eine Ahnung, daß das, was er bisher verschwiegen hat, der interessanteste Teil ist.«

Totty fand Willie Lebanon, der mit sich selbst Mühle spielte.

»Hallo!« sagte der junge Mann, »ich dachte, Sie wären schon zu Bett gegangen. Spielen Sie eigentlich Mühle? Ich möchte Sie gern dazu einladen, aber ich sage Ihnen schon im voraus, ich spiele so gut, daß ich Sie immer schlage. Deshalb hat meine Mutter heute abend auch so frühzeitig aufgehört.«

»Ich habe seit Jahren nicht gespielt«, erwiderte Totty, obwohl er die Regeln überhaupt nicht kannte. »Aber der Chefinspektor läßt fragen, ob Sie zu ihm kommen und ein wenig mit ihm plaudern möchten.«

»Was versteht er darunter? Wenn es nur eine Privatunterhaltung sein soll, komme ich gern. Ich habe mir Gedichte hergesagt, nur um mir die Zeit zu vertreiben. Meine Mutter schreibt inzwischen Briefe.«

Er legte seinen Arm in den des Sergeanten.

»Kennen Sie Ihren Großvater, Mr. Totty? Wenn nicht, dann seien Sie von Herzen froh. Ich muß alle meine Vorfahren auswendig wissen. Mir erscheint das vollkommen überflüssig, aber meine Mutter legt größten Wert darauf, daß ich die ganze Ahnenreihe kenne. Wann wollen Sie eigentlich von hier fortfahren? Am liebsten möchte ich Sie nach Scotland Yard begleiten und mir ein Bett in Mr. Tanners Büro aufschlagen lassen. Dort würde ich mich endlich sicher fühlen.«

»Sie sind überall sicher, Mylord«, entgegnete Totty höflich. Dann fügte er bescheiden hinzu: »Wenn ich in der Nähe bin.«

»Ich glaube, daß Ihre Gegenwart auch nicht viel nützt«, sagte der Lord offen. »Persönlich würde ich mich lieber auf Tanner verlassen. Sie sind klein wie ich, daher ist die Achtung vor Ihnen nicht allzu groß. Kleine Leute respektieren Männer Ihrer Größe kaum, aber die großen, imposanten Gestalten beneiden sie im geheimen.«

Inzwischen waren sie in der Halle angekommen. Der Lord begrüßte Tanner mit einem Kopfnicken und wiederholte dann, daß er nach Scotland Yard ziehen wolle. Der Chefinspektor lachte gutmütig.

»Das könnte Ihnen so passen! Auf jeden Fall wären Sie dann in der Nähe des Oberhauses. Haben Sie übrigens schon einmal an den Sitzungen teilgenommen?«

Lebanon schüttelte den Kopf, nahm eine große Zigarre aus dem Kasten und steckte sie an.

»Nein, meine Mutter wünscht nicht, daß ich mich mit Politik beschäftige. Ich habe eine ganze Liste aufgestellt von all den Dingen, die ich nicht tun soll. Eines Tages kann man ein hübsches Buch darüber schreiben. Ich freue mich aber wirklich, daß Sie heute abend hierbleiben.« Er sah sich um und sprach leiser. »Meiner Mutter gefällt es gar nicht. Sie hat mich ausgeschimpft und mir vorgeworfen, daß ich daran schuld wäre. Aber das ist doch wirklich lächerlich.«

»Wo ist Miss Crane?« fragte Tanner.

»Soviel ich weiß, ist sie zu Bett gegangen. Sie ist nicht gerade sehr gesellig veranlagt, und es wird recht langweilig werden, wenn ich erst mit ihr verheiratet bin. Gutmütig und freundlich ist sie allerdings, aber offen gestanden haben wir eigentlich wenig gemeinsame Interessen.«

Ferraby gab ihm innerlich vollkommen recht.

Der junge Lord beugte sich vor und sprach vertraulich.

»Ich werde Ihnen noch etwas sagen. Wissen Sie, wer sich ärgert, daß Sie hier sind? Die beiden Diener!«

In dem Augenblick erschien Gilder in der Tür. Anscheinend wollte er das Feuer nachschüren, aber das war nicht notwendig, denn er hatte sich erst vor ein paar Minuten daran zu schaffen gemacht.

»Ich brauche Sie nicht, Gilder.«

»Ich wollte nur nach dem Feuer sehen, Mylord.«

»Wann legen Sie sich eigentlich schlafen?« fragte Tanner.

Der Diener antwortete nicht.

»Gilder, Mr. Tanner hat mit Ihnen gesprochen!«

Der Amerikaner tat so, als ob er die Frage überhört hätte.

»Ich bitte tausendmal um Verzeihung, ich dachte, Sie hätten sich mit Mylord unterhalten. Ich habe keine regelmäßigen Ruhestunden.«

»Schlafen Sie in diesem Teil des Hauses?«

Gilder lächelte.

»Ja, wenn ich schlafe, bin ich hier.«

Brooks kam müde die Treppe herunter.

»Das klingt ja fast, als ob Sie nur schwer schlafen könnten?«

»Im Gegenteil«, entgegnete Gilder mit ausgesuchter Höflichkeit. »Wenn ich schlafe, dann schlafe ich gesund und fest.«

Brooks blieb stehen und betrachtete die Gruppe interessiert.

»Wünschen Sie etwas?« fragte Tanner.

»Ich wollte nur sehen, ob Gilder nicht in Ungelegenheiten gekommen ist«, entgegnete Brooks leichthin.

Tanner erhob sich.

»Ich weiß nicht recht, was ich von Ihrem Benehmen halten soll. Tun Sie nur so, weil ich Ihrer Meinung nach ein unwichtiger Besuch bin, oder ist das Ihre gewöhnliche Art?«

Gilder legte sich ins Mittel.

»Mr. Brooks kommt aus Amerika, aus dem Land der Freiheit, wo die Männer noch Männer sind und sich nicht ohne weiteres verbeugen«, erklärte er etwas umständlich.

Dann wandte er sich dem Feuer zu. Mit wenigen Schritten war Tanner bei ihm und packte ihn am Arm.

»Wenn Leute frech zu mir werden, bekommt es ihnen meistens sehr schlecht! Ich setze sie dann hinter Schloß und Riegel.«

Gilder warf ihm nur einen vorwurfsvollen Blick zu.

»Wenn ich nun zu der Überzeugung käme, daß Sie beide bedeutend mehr über die Morde hier wissen, als Sie zugeben wollen, könnte ich Sie einfach verhaften und wegen Mittäterschaft zur Anzeige bringen. Ich würde Sie noch heute abend zur Wache bringen. Sehen Sie, jetzt lachen Sie nicht mehr so unverschämt.«

Das stimmte auch; die beiden sahen jetzt ungewöhnlich finster drein.

»Es würde Ihnen aber doch auch unangenehm sein, wenn Sie uns zur Polizeistation bringen müßten«, meinte Gilder.

»Das macht mir wenig aus. Es sind vierzig Polizeibeamte im Park«, sagte der Chefinspektor langsam und mit Nachdruck. »Nur ausgewählte, tüchtige Leute von Scotland Yard. Vor fünf Minuten kamen sie in Lastautos an; das Haus ist vollkommen umzingelt. In dieser Nacht soll jedenfalls kein Mord in Marks Priory passieren.«

Totty starrte ihn mit offenem Mund an.

»Es würde mir sehr leichtfallen, ein paar Beamte aus dem Park zu rufen und Sie abführen zu lassen – oder zweifeln Sie vielleicht daran?«

Tanner nahm eine Signalpfeife aus der Tasche und hielt sie an die Lippen. Ferraby, der Brooks beobachtete, glaubte jeden Augenblick, daß der Mann zusammenbrechen würde.

»Mr. Tanner, Sie haben keinen Grund, derartig drastische Maßregeln zu ergreifen«, erwiderte Gilder. »Wenn ich etwas gesagt habe, das Ihnen unangenehm war, nehme ich es zurück und bitte um Verzeihung.«

Er sah zu Lord Lebanon hinüber, der erstaunt von dem Chefinspektor auf den Diener schaute.

»Kann ich noch etwas für Sie tun, Mylord?«

»Ja, bringen Sie uns noch Whisky-Soda. Brooks, Sie können gehen.«

Die beiden Diener entfernten sich.

»Nanu«, sagte der Lord, »stimmt es wirklich, daß Sie vierzig Mann im Park haben?«

»Um ganz genau zu sein – es sind nur sechsunddreißig Beamte. Ich habe eben die Chauffeure der Transportautos mitgerechnet.«

Tanner ging um die Couch herum, stützte sich auf eine Sessellehne und betrachtete den jungen Lord.

»Als Sie mich heute morgen in Scotland Yard besuchten, machten Sie Andeutungen, daß Sie hier in Gefahr schwebten. Habe ich Sie recht verstanden? Sind Sie hier irgendwie bedroht worden, oder hat jemand versucht, Sie anzugreifen?«

Lebanon sah erstaunt auf.

»Ich weiß nicht, ob ich das angedeutet habe.« Er dachte eine Weile nach. »Es sind hier schon viele seltsame Dinge passiert, über die man kaum sprechen kann. Aber es hat wohl noch niemand einen Anschlag auf mein Leben gemacht, sonst wäre ich jetzt nicht mehr hier.«

Tanner versuchte, sich weitere Gewißheit zu verschaffen.

»Welche seltsamen Dinge sind Ihnen denn aufgefallen?«

»Sie wollen wohl etwas recht Unheimliches hören, wie es in Schauerromanen vorkommt? Gut, ich werde Ihnen etwas erzählen. Ich kann mich auf zwei Gelegenheiten besinnen, als Gilder mir einen Whisky-Soda brachte. Jedesmal, wenn ich das Glas austrank, schwanden meine Sinne. Das letztemal wachte ich in meinem Zimmer auf, und es war stockdunkel. Ich trug meinen Schlafanzug und hätte mich wahrscheinlich auch wieder zur Seite gedreht und weitergeschlafen, wenn ich nicht furchtbare Kopfschmerzen gehabt hätte. Ich klingelte, und als Gilder zu mir kam, erzählte er mir, daß ich ohnmächtig geworden wäre. Aber das ist geradezu lächerlich – ich bin noch niemals in meinem Leben ohnmächtig geworden.«

»Wie erklären Sie sich denn die Sache?«

»Ich weiß nicht recht, was ich dazu sagen soll. Aber es ist zweimal passiert, nachdem ich ein Glas Whisky-Soda getrunken hatte. Und das eine Mal ist mir besonders gut in Erinnerung geblieben. Als ich am nächsten Morgen in die Halle kam, sah es recht unordentlich hier unten aus; die Möbel waren zertrümmert, als ob eine Schlägerei im Gang gewesen wäre.«

»Ich habe davon gehört«, erklärte Sergeant Totty.

»Amersham und die beiden Diener waren daran beteiligt. Ich glaube nicht, daß meine Mutter etwas davon gesehen hat. Das könnte ich mir auch nicht vorstellen.«

Gilder brachte auf einem Tablett die Gläser, die schon eingeschenkt waren. Zuerst reichte er dem Lord ein Glas, dann bediente er die drei Beamten.

»Können Sie denn nicht eine Whiskyflasche und einen Siphon bringen?« fragte Willie ärgerlich. »Man schenkt doch nicht schon draußen ein, Gilder.«

Der Mann schien sich nichts aus dem Vorwurf zu machen, er grinste nur liebenswürdig.

»Ich dachte, Sie wollten schnell trinken, Mylord. In Zukunft werde ich die Flasche und den Siphon hereinbringen.«

Gilder nahm das Tablett mit sich hinaus und schloß die Tür.

»Ich möchte nur wissen, ob Sie schon jemals einen solchen Haushalt gesehen haben«, sagte der Lord und nippte an seinem Glas.

Bevor der Chefinspektor antworten konnte, verzog er das Gesicht.

»Versuchen Sie einmal das!«

Tanner kostete vorsichtig und bemerkte einen bitteren, unangenehmen Geschmack.

»Ist Ihr Glas auch so?«

Der Chefinspektor nahm einen kleinen Schluck und fand das Getränk vollkommen normal.

»Merkwürdig, daß wir gerade darüber sprechen, was mir früher zugestoßen ist«, meinte der Lord.

Er sah sich im Zimmer um und entdeckte auf einem Tisch eine Vase mit Rosen. Er stand auf, goß den Inhalt seines Glases hinein und setzte dann das leere Gefäß neben sich nieder.

»Es schmeckt genau wie damals, als ich später bewußtlos wurde«, erklärte er.

Gilder stand auf der anderen Seite der Tür. Er konnte kaum hören, was drinnen gesprochen wurde, denn das Holz war dick. Er hoffte aber, daß Brooks gleichzeitig von der Treppe aus das Gespräch belauschte. Die Unterhaltung war bei einem Thema angelangt, von dem er eigentlich kein Wort überhören durfte.

Plötzlich hörte er Schritte hinter sich. Lady Lebanon kam näher.

»Worüber sprechen sie?« fragte sie leise.

Gilder trat von der Tür zurück.

»Ich weiß es nicht, Mylady.«

»Glauben Sie, daß wir diese Leute bald loswerden?« meinte sie ärgerlich.

»Ich fürchte, das ist nicht so einfach. Im Park sind vierzig Polizeibeamte von Scotland Yard verteilt, die vorhin in Transportautos angekommen sind. Ich habe Brooks nichts davon gesagt, damit er nicht zu nervös wird. Er redet sowieso davon, daß er den Dienst verlassen will. Die Detektive von Scotland Yard haben ihn ganz verängstigt.«

Sie sah ihn lächelnd an.

»Haben Sie auch Furcht vor ihnen?«

»Nein, mich kann man überhaupt nicht erschrecken. Ich bin nun einmal in der Sache drin, und ich halte auch bis zum Ende durch.«

»Sagen Sie Brooks, daß ich ihm tausend Pfund Belohnung gebe, wenn wir durchkommen, ohne entdeckt zu werden.«

Gilder schüttelte zweifelnd den Kopf.

»Meinen Sie, daß uns das gelingen wird? Brooks hat kalte Füße bekommen, und ich muß offen sagen, daß ich seinetwegen beunruhigt bin. Schicken Sie ihn lieber nach Amerika zurück. Wenn der erst die Nerven verliert, haben wir mehr Mühe als Hilfe durch ihn.«

Vorsichtig schlich er sich zur Tür zurück und lauschte, aber er konnte kein Geräusch hören, nicht einmal leises Stimmengemurmel. Er sah sich nach Lady Lebanon um, aber sie war inzwischen fortgegangen. Nun drückte er die Klinke nieder und trat kühn in den Raum. Wie er vermutet hatte, fand er niemand hier, aber er hörte Stimmen von der anderen Seite des Korridors. Der junge Lord zeigte seinen Besuchern gerade ein Ahnenbild.

Gilder betrachtete die Gläser. Das eine war vollkommen leer, daher schöpfte er Verdacht. Er nahm es auf und drehte es um, bis ein Tropfen des Inhalts auf seinem Fingernagel lag. Es war Lebanons Glas. Er sah es an dem roten Strich, mit dem es markiert war, und den keiner der anderen entdeckt hatte. Dann schaute er sich um, entdeckte auch die Vase mit den Rosen und roch daran.

Gilder ging zur Treppe und zeigte Brooks, der gerade herunterkam, das Glas.

»Heute abend hat er wieder nicht getrunken.«

Brooks atmete schwer.

»Wahrscheinlich hast du den Schlaftrunk zu stark gemacht. Ich habe schon längst gesagt, daß er es merken wird.«

»Mit der Zeit hat er sich doch aber schon daran gewöhnt«, entgegnete Gilder düster. »Hat er viel dummes Zeug geredet?«

Brooks nickte. »Ja. Kelver muß über die Schlägerei neulich gesprochen haben. Tanner fragte danach. Übrigens weiß der Lord genau, daß wir ihn betäubt haben. Bist du dir auch darüber klar, was das bedeutet?«

»Natürlich«, entgegnete Gilder kühl.

»Hast du mit ihr gesprochen?« fragte Brooks ängstlich.

»Ja. Du brauchst dir nicht die geringsten Sorgen zu machen.«

Aber Brooks' Nerven waren schon zu überreizt.

»Du hast gut reden! Zum Teufel mit dieser ganzen Geschichte hier im Haus! All diese Polizisten sind im Park, und Tanner weiß, was hier gespielt wird. Wenn die Wahrheit herauskommt, sitzen wir in der Patsche – am Ende kriegen wir noch eine lange Zuchthausstrafe. Wo sind sie eigentlich geblieben?« fragte er dann und sah sich um.

»Sie gehen die Treppe hinauf, wahrscheinlich in das Zimmer von Lord Lebanon. Ich hörte, wie er von seinem Radioapparat sprach, und der steht doch in seinem Zimmer! Dort kommt jemand.«

Es war Totty. Er blieb einen Augenblick in der Tür stehen und betrachtete die beiden.

»Da sind ja wieder die zwei, genau wie Max und Moritz«, meinte er ironisch.

»Kann ich etwas für Sie tun?« fragte Gilder.

»Ja, sehr viel. Sie bleiben wahrscheinlich die ganze Nacht auf?«

Gilder lächelte. »Falls Sie das vorhaben, tun wir es auch.«

»Haben Sie sich auch schon einmal überlegt, daß es Ihnen an den Kragen gehen kann?«

Brooks schaute ängstlich zu seinem Kameraden hinüber, aber Gilder lächelte nur.

»Alle Menschen müssen das ihnen bestimmte Mißgeschick ertragen«, erwiderte er gelassen.

23

Totty konnte Gilder nicht recht verstehen; ständig entdeckte er neue Seiten an ihm. Allem Anschein nach machten die Polizeibeamten wenig Eindruck auf den Mann.

Totty interessierte sich nicht fürs Radio, aber er war auch nicht gern allein. Für diese Nacht waren die Regeln, die sonst in Marks Priory galten, teilweise aufgehoben, zum Beispiel blieb die Tür zwischen den Dienerräumen und dem Haupthaus unverschlossen. Wahrscheinlich wachte auch Mr. Kelver. Totty wollte einmal nachsehen. Aber als er an der Tür des Salons vorbeikam, rief Lady Lebanon seinen Namen.

»Wollen Sie nicht einen Augenblick näher treten, Sergeant? Ist Mr. Tanner schon zu Bett gegangen?«

»Nein, noch nicht, Mylady.«

Er fühlte sich geschmeichelt durch die Aufforderung.

»Haben Sie etwas dagegen, wenn ich rauche?«

Im allgemeinen konnte sie Zigarrenrauch durchaus nicht vertragen, und nicht einmal Willie durfte im Salon rauchen. Aber jetzt suchte sie selbst nach einem Aschenbecher und ließ Totty in dem bequemsten, weichsten Sessel Platz nehmen.

In ihrem Schoß lag ein kleiner Samtkasten.

»Das ist meine Kasse«, sagte sie lächelnd, als sie sah, daß er sie aufmerksam betrachtete. »Ich nehme sie jeden Abend in mein Zimmer mit.«

»Sehr vernünftig, Mylady. Man weiß niemals, ob nicht ein Dieb in der Nähe ist.«

»Sie sind doch Sergeant, Mr. Totty?«

»Ja, zur Zeit noch.«

»Und welchen Titel hat Mr. Tanner?«

»Der ist Chefinspektor, aber darin liegt eigentlich wenig Unterschied«, erklärte Totty von oben herab.

»Verzeihen Sie, wenn ich Sie frage, ob Sie ein großes Gehalt beziehen. Wahrscheinlich haben Sie sehr wichtige Aufträge?«

Totty war natürlich gern bereit, über die Wichtigkeit seiner Dienstaufgaben zu sprechen.

Nach einiger Zeit unterbrach sie ihn.

»Ich möchte zu gern wissen, was in Scotland Yard vorgeht, und was die Polizei über diesen Fall denkt. Meiner Meinung nach ändert sich die Lage von Stunde zu Stunde. Neue Tatsachen werden bekannt –«

»Ja, es geht unaufhaltsam weiter«, erwiderte Totty.

»Wenn Sie eine neue Entdeckung machen, teilen Sie die doch sofort Mr. Tanner mit. Was sagt er denn?«

»Gewöhnlich höre ich in diesem Fall, daß er das schon vor einer Woche gewußt hätte. Sie müssen nämlich wissen, Mylady, daß es in Scotland Yard leider viel Eifersucht und Mißgunst unter den einzelnen Beamten gibt.«

»Ich glaube aber, daß er großes Vertrauen zu Ihnen hat. Jemand hat mir erzählt, Sie wären seine rechte Hand.«

Totty grinste.

»Er war sehr neugierig«, fuhr Lady Lebanon langsam fort, während sie Totty genau beobachtete. »Er bestand darauf, das Innere eines Zimmers zu sehen, das ich ihm nicht zeigen wollte. Sie besinnen sich vielleicht auf den kleinen Zwischenfall.

Nehmen wir nun einmal an, Sie gingen zu Ihrem Vorgesetzten und sagten ihm: ›Ich habe dieses Zimmer gesehen – es ist wirklich nichts anderes drin als ein paar alte, wertlose Gemälde.‹«

Ihre Worte machten auf Totty großen Eindruck, aber er wurde plötzlich kühl und nüchtern.

»Meinen Sie nicht, daß er sich damit zufriedengäbe? Er tut doch sonst alles, was Sie ihm sagen.«

Totty antwortete nicht.

»Wenn Sie ihm erklären, daß nichts von Bedeutung in dem Raum ist, würden Sie mir damit viele Sorgen und Unannehmlichkeiten ersparen.«

»Das verstehe ich sehr gut«, stimmte Totty bei.

Sie öffnete den kleinen Kasten, und er hörte das Knistern neuer Banknoten. Vier Geldscheine nahm sie heraus, und er konnte sehen, daß es Fünfzigpfundnoten waren.

»Man fühlt sich so hilflos«, fuhr sie fort, »wenn man weiß, daß man gegen gutausgebildete, tüchtige Beamte von Scotland Yard ankämpfen muß. Die Leute sehen in den harmlosesten Handlungen verdächtige Verbrechen.«

Sie schloß den Kasten und erhob sich. Die vier Scheine ließ sie auf den Stuhl fallen, auf dem sie gesessen hatte.

»Gute Nacht, Sergeant Totty.«

»Gute Nacht, Mylady.«

Sie hatte die Tür noch nicht erreicht, als er ihr mit den Banknoten in der Hand nacheilte.

»Ach, entschuldigen Sie«, sagte er. »Sie haben Ihr Geld liegenlassen.«

»Ich kann mich nicht darauf besinnen«, erwiderte sie mit besonderer Betonung und schaute auch nicht auf die Scheine.

»Sie wissen nicht, ob Sie es nicht noch einmal dringend brauchen.«

Erst jetzt nahm sie die Banknoten ruhig aus seiner Hand. Sie zeigte sich nicht im mindesten verwirrt oder betreten.

»Ich hoffte, Sie könnten es brauchen«, meinte sie. »Sehr schade.«

Er folgte ihr nach draußen in den Gang und sah ihr triumphierend nach, bis sie außer Sicht kam. Gleich darauf eilte er in das Arbeitszimmer Tanners zurück, den er allein antraf.

»Wirklich sehr schade«, begann er.

Der Chefinspektor schaute auf.

»Was heißt das?«

»Daß ich nicht zweihundert Pfund gebrauchen konnte, die mir Mylady eben angeboten hat.«

Tanner runzelte die Stirn.

»Wie meinen Sie denn das?«

»Sie will nicht haben, daß das Zimmer geöffnet wird. Das steckt dahinter.«

»Was, sie hat Ihnen Geld angeboten?«

»Ja, sie ließ es auf dem Stuhl liegen. Das bedeutet doch ungefähr dasselbe.«

»Das Zimmer soll nicht geöffnet werden? Gut, dann werden wir es morgen tun.«

»Ich kann Ihnen auch schon sagen, was wir dort finden werden«, erklärte Totty vertraulich. »Eine Menge Alkohol, den die amerikanischen Diener dort aufgestapelt haben.«

Der Chefinspektor betrachtete ihn kopfschüttelnd.

»Sie sind der schlechteste Detektiv, der mir jemals begegnet ist. Ich werde Ihnen sagen, warum hier amerikanische Diener angestellt sind: weil sie weder eine Familie noch Freunde in England haben. Deshalb besteht wenig Gefahr, daß sie etwas ausplaudern.«

»Dieses Schloß ist die Zentrale einer Verbrecherbande –«

»Hören Sie jetzt mit dem Unsinn auf: Sie laufen viel zu oft in die Kinos, das ist Ihr Ruin. Wozu braucht man eine Verbrecherbande zu gründen, wenn es auch anders geht? Der junge Lord Lebanon hat über dreihunderttausend Pfund Erbschaftssteuer bezahlt – rechnen Sie sich aus, wie groß sein Vermögen sein muß!«

Totty räusperte sich und änderte das Thema.

»Wo ist denn Ferraby?«

»Ich weiß nicht. Er treibt sich irgendwo im Haus herum.«

»Sagen Sie mal, wie steht es denn eigentlich mit den vierzig Beamten, die Sie von Scotland Yard haben kommen lassen? Haben Sie auch schon Vorkehrungen getroffen, daß die Leute richtig verpflegt werden?«

Tanner trat nahe an ihn heran und sprach sehr leise.

»Es sind überhaupt keine vierzig Beamte im Park. Aber halten Sie den Mund. Über solche Dinge spricht man nicht.«

Der Sergeant nickte.

»Warum haben Sie dann dieses Gerücht verbreitet?« fragte er ebenfalls im Flüsterton.

»Wenn ein Mord geschieht, soll es hier im Hause sein.«

Totty lief es kalt den Rücken hinunter.

»Wieviel Leute werden wohl ermordet werden?«

»Meiner Meinung nach sind Sie der erste.«

Isla warf sich in ihrem Bett unruhig von einer Seite auf die andere, zog die Decke über die Schultern und streifte sie dann wieder ab. Schließlich begann sie zu träumen, aber nur von Wünschen und Gedanken, die sie in wachem Zustand zurückdrängte. Die Dinge, die sie vergessen wollte, kamen jetzt zum Vorschein. Wie töricht war es doch von Lady Lebanon, das indische Tuch in der Schublade liegenzulassen! Dieser Tanner konnte doch den Schreibtisch durchsuchen, dann mußte er es finden!

Das Tuch mußte verbrannt werden! Isla merkte nicht, daß sie

aufstand, und als sie ihre Tür aufschloß, fühlte sie den Schlüssel nicht in ihrer Hand. Das Tuch mußte verbrannt werden, das kleine, rote Seidentuch mit dem Metallstück in der Ecke.

Tanner hörte das Schnappen des Schlosses, als er Ferraby gerade Instruktionen erteilte, eilte an die Treppe und sah hinauf.

»Ruhe!« sagte er dann leise.

Sie rührten sich nicht, als die helle Gestalt langsam die Treppe herunterkam. Isla starrte geradeaus; die Hände hatte sie ausgestreckt, als ob sie sich an einer unsichtbaren Mauer entlangtastete.

»Es muß verbrannt werden«, sagte sie dauernd vor sich hin.

Totty wollte gerade etwas äußern, aber Tanner brachte ihn durch einen scharfen Blick zum Schweigen.

Endlich hatte sie die untersten Stufen der Treppe erreicht und ging mit unsicheren Schritten auf den Schreibtisch zu.

»Es muß verbrannt werden«, wiederholte sie in dem gleichmäßig monotonen Ton, den alle Schlafwandler haben. »Wir müssen das Tuch verbrennen.«

Sie faßte nach der Schublade. Das Fach war verschlossen, aber in ihrer Einbildung hatte sie es geöffnet.

»Das Tuch muß verbrannt werden – sie haben ihn damit umgebracht. Ich sah es in ihrer Hand, als sie ins Haus traten. Sie haben ihn damit ermordet, es muß verschwinden.«

Wieder ging sie zur Treppe. Ferraby machte einen Schritt auf sie zu, aber Tanner packte ihn bei der Hand und zog ihn zurück. Langsam stieg sie die Stufen hinauf. Der Chefinspektor folgte ihr und beobachtete, daß sie wieder in ihr Zimmer ging. Die Tür fiel leise zu, und das Schloß schnappte ein.

Tanner konnte sich denken, mit wem sie im Traum sprach.

24

Der Chefinspektor hörte, daß sich eine andere Tür öffnete. Lady Lebanon trat heraus, noch vollständig angekleidet.

»War das nicht eben Isla?«

Er nickte.

»Ist sie wieder im Schlaf umhergegangen? Das ist doch recht traurig. Wo haben Sie das junge Mädchen gesehen?«

»Sie kam in die Halle herunter.«

Lady Lebanon holte tief Atem.

»Sie ist ziemlich angegriffen. Ich schicke sie wohl am besten für einen Monat aufs Land.«

»Haben Sie die junge Dame schon einmal in diesem Zustand gesehen?«

»Schon zweimal. Das schlimmste ist, daß sie dann den größten Unsinn redet. Hat sie heute auch etwas gesagt?«

»Nichts, was ich hätte verstehen können.«

Sie schien beruhigt zu sein.

»Gute Nacht, Mr. Tanner. Ich werde später mit Isla sprechen. Es ist nicht gut, wenn man sie sofort aufweckt. Wenn man es aber unterläßt, besteht die Möglichkeit, daß sie aufs neue umherwandelt.«

Tanner kehrte nachdenklich in die Halle zurück. Auf die beiden Sergeanten hatte der Vorfall großen Eindruck gemacht.

»Fahren Sie zum Gasthaus«, wandte sich Tanner an Totty, »und sehen Sie nach, ob sich Mrs. Tilling so weit beruhigt hat, daß man mit ihr sprechen kann.«

Totty ging sofort.

»Was sagen Sie dazu, Ferraby? Allem Anschein nach weiß sie, wer den Mord begangen hat.«

»Ich fürchte, Sie haben recht. Es bleibt allerdings immer noch die Möglichkeit offen, das Miss Crane träumt. Auf jeden Fall weiß sie aber, daß das rote Seidentuch heute verbrannt worden ist, und vielleicht vermutet sie, daß es vorher in der Schublade lag. Man kann Leuten keinen Vorwurf aus dem machen, was sie im Schlaf sagen.«

»Ich will ja auch gar nichts gegen die junge Dame sagen. In dem Punkt können Sie ganz beruhigt sein.« Tanner nahm eine Zigarre aus dem Kasten, den Gilder auf dem Tisch hatte stehenlassen. »Wenn der böse Diener sie nicht vergiftet hat, müßte sie gut sein.«

»Was war denn in dem Whisky, den er Lord Lebanon brachte?«

»Er hatte ein Schlafmittel hineingemischt. Ich glaube sogar, daß ich es kenne.«

»Warum hat er das getan?«

»Lord Lebanon war davon überzeugt, daß sie für die Nacht etwas planen. Er hat mir zwar nicht gesagt, wer die ›sie‹ sein sollen, aber das können wir ja leicht ahnen. Allem Anschein nach geben sie ihm in solchen Fällen einen Schlaftrunk, damit sie nicht gestört werden. Ich wünschte nur, er hätte ihn genommen.«

Ferraby sah ihn groß an.

»Das verstehe ich nicht. Warum denn?«

»Wenn er heute abend aus dem Weg wäre, würde mir das viele Unannehmlichkeiten ersparen. Morgen früh schickt der Polizeipräsident von London drei Leute, die dieses Geheimnis viel besser aufklären können als ich. Ich habe ihn darum gebeten, und ich erwarte sie morgen früh um zehn.«

»Sind es Beamte von Scotland Yard?«

»Ich möchte es Ihnen heute abend nicht sagen – aber überlegen Sie mal, welche Leute ich wohl kommen lassen könnte, dann haben Sie für die Nacht etwas zu tun.«

Totty kam nach einer Weile zurück und meldete, daß Mrs. Tilling eingeschlafen wäre.

»Das ist ja ausgezeichnet«, erwiderte Tanner. »Haben Sie noch andere Nachrichten?«

»Ja. Man hat Tilling in Stirling festgenommen. Er stieg in Edinburgh aus dem Zug, aber die Polizei hat ihn doch gefaßt.«

»Der wäre also im Augenblick versorgt und aufgehoben. Wo sind denn eigentlich die beiden Amerikaner?«

»In ihrem Zimmer«, entgegnete Totty. »Ich habe gehört, wie sie miteinander sprachen.«

»Ich möchte nur wissen, was die jetzt noch zu reden haben«, meinte Tanner lächelnd. »Wenn sie wüßten ... Ich glaube, dies ist die letzte Nacht, die sie in Marks Priory zubringen.«

»Wollen Sie die beiden verhaften?«

»Ich weiß es noch nicht, das kommt darauf an«, sagte Tanner und suchte nach einem Spiel Karten, denn er legte gern Patience.

Gilder und sein Kollege hatten wirklich viel miteinander zu besprechen. Brooks redete am meisten. Gilder hatte sich in einen Stuhl gesetzt. Ein Glas Whisky stand vor ihm, und im Mund hatte er eine halbaufgerauchte Zigarre.

»Nun sei aber endlich ruhig«, brummte er schließlich. »Du machst mich krank und bringst mich auch noch ganz aus dem Häuschen. Heute abend ist sie wieder im Schlaf umhergewandelt und hat eine Menge Zeug geredet, das gerade nicht sehr vorteilhaft für uns ist. Ich gehe noch diese Nacht in ihr Zimmer und hole sie.«

Brooks starrte ihn entsetzt an.

»Das willst du tun, während alle diese Detektive hier im Haus sind?«

»Ja, und wenn alle Beamten von Scotland Yard hier wären! Ich will kein Risiko mehr auf mich nehmen – jedenfalls darf das nicht mehr passieren.«

Brooks schüttelte vor Staunen und Bewunderung den Kopf. »Hast du es Lady Lebanon gesagt?«

»Ach, laß mich doch mit der Frau zufrieden!« schimpfte Gilder. »Um die kümmere ich mich heute abend überhaupt nicht.«

Er stand auf und nahm aus einer Schublade der kleinen Kommode ein flaches Lederetui, das einen Satz von Instrumenten enthielt. Daraus wählte er eine lange Flachzange, versuchte sie an einem Stück Draht und war zufrieden. Dann ging er zur Tür, nahm den Schlüssel heraus und steckte ihn von außen hinein. Vorsichtig tastete er nun mit der Spitze der Zange in das Schlüsselloch, packte das Ende des Schlüssels und drehte die Zange herum. Die Tür war abgeschlossen. Als er das Werkzeug zurückdrehte, war sie wieder geöffnet.

Mr. Gilder überlegte alles genau. Es gab kein Schloß im ganzen Haus, das er nicht wenigstens einmal jede Woche ölte.

Er schob den Schlüssel wieder von innen in die Tür und steckte die Zange in die Tasche.

»Wohin willst du sie denn bringen?« fragte Brooks.

»In mein Zimmer«, erwiderte Gilder kurz.

»Wenn aber Tanner –«

»Ach, sei doch still. Du siehst auch immer gleich alles schwarz in schwarz. Es wäre vielleicht besser, wenn du nach Hause zurückfahren würdest.«

»Ich glaube, wir fühlten uns beide wohler, wenn wir wieder nach Amerika gingen«, entgegnete Brooks düster.

»Nun hör einmal zu, mein Junge.« Gilder legte seine große Hand auf das Knie seines Kameraden. »Du hast hier eine ziemlich leichte Stellung, und du wirst gut dafür bezahlt. Du hast doch geschwindelt, als du dem Inspektor sagtest, daß du kein Geld gespart hättest. Ich will ja nicht gerade behaupten, daß du genug hast, um von den Zinsen zu leben, aber du hast immerhin ein ganz schönes Kapital zusammenbringen können. Jetzt ist es aber Zeit, daß wir vorwärtsmachen. Ich gehe noch einmal vor und sehe nach, ob sie etwas brauchen. Vielleicht legen sie sich auch hin. Selbst ein Beamter von Scotland Yard muß manchmal schlafen.«

Er hatte einen kleinen Spalt ins Wandpaneel geschnitten, und von diesem Beobachtungsposten aus schaute er in das Zimmer, in dem sich die anderen aufhielten. Tanner legte eine Patience auf dem Tisch, und Totty war an der anderen Ecke ebenfalls mit einem Pack Karten beschäftigt. Ferraby befand sich nicht in dem Raum.

Gilder ging langsam den Gang zurück und stieg die Treppe hinauf. Als er sich im Korridor umwandte, sah er, daß Lady Lebanon gerade in Islas Zimmer trat, und zog sich zurück, so daß sie ihn nicht sehen konnte.

Es hatte lange gedauert, bis Isla schlaftrunken fragte, wer an der Tür wäre, und es dauerte noch länger, bis sie von innen aufschloß. Lady Lebanon ging hinein und sah, daß Isla auf dem Bett saß und den Kopf gesenkt hatte.

»Ist etwas geschehen?« fragte das junge Mädchen halblaut.

Lady Lebanon schüttelte sie leicht an der Schulter. Dann bemerkte sie das kleine Nachtlicht, das Isla immer brennen ließ.

»Wach auf, Isla. Schläfst du immer bei dieser Beleuchtung? Das ist aber nicht gut für dich. Eigentlich hast du es hier sehr schön«, meinte Lady Lebanon und schaute sich um. »Ich bin in den letzten fünf Jahren nur zweimal durch diese Tür gegangen.«

Isla schauderte.

»Ich hasse dieses Zimmer«, erwiderte sie heftig.

Ein kalter Blick traf sie.

»Das hast du früher nie gesagt. Und ein Zimmer ist so gut wie das andere. Vor Jahren gab es hier auch Geheimtüren, aber mein

Mann hat sie alle zuschrauben lassen. Der Lebanon, der diesen Raum einst bauen ließ, war ein Sonderling und wollte niemand um sich sehen. Sie mußten ihm das Essen durch eine Öffnung in der Wand hineinreichen.« Sie tastete an dem Paneel. »Und hier ist mitten in der Wand ein Geheimgang. – Der Mann hieß übrigens Courcy Lebanon und heiratete eine Hamshaw. Ihre Mutter war mit den Monmouth verwandt.« Sie seufzte. »Der Zweig der Familie ist schon ausgestorben«, sagte sie leise, aber dann nahm sie sich zusammen und kehrte zur Gegenwart zurück. »Ich würde aber wirklich nicht bei Licht schlafen, das ist nicht gut für die Nerven.«

Islas Kopf sank wieder tiefer.

»Es tut mir leid, aber du mußt jetzt aufwachen!« Lady Lebanon rüttelte wieder behutsam an Islas Schulter. »Hörst du nicht? Du mußt aufwachen!«

»Ach, ich bin so furchtbar müde, ich bin immer halb am Schlafen!«

Trotzdem hörte sie aber, daß Lady Lebanon zur Tür ging und den Schlüssel umdrehte.

»Warum tun Sie das?«

»Es sind viele Fremde im Haus und im Park.« Lady Lebanon setzte sich auf die Kante des Bettes. »Heute abend bist du wieder im Schlaf umhergewandert. Das war recht unangenehm für uns; man konnte dein Benehmen direkt als Anklage gegen mich deuten.«

Isla starrte sie an.

»Habe ich das getan? Das tut mir leid. Es ist aber auch nicht passiert vor –« Sie brach ab.

»Was wolltest du sagen?«

»Vor dieser schrecklichen Nacht.« Islas Stimme zitterte. »Damals wurden alle Möbel zertrümmert, und Dr. Amersham ... Ich dachte, er wäre umgebracht worden.« In Erinnerung an die grausige Szene bedeckte sie das Gesicht mit den Händen.

»Wenn du nicht nach unten gekommen wärst, hättest du auch nichts gesehen«, entgegnete Lady Lebanon hart.

Plötzlich beugte sie sich über das junge Mädchen.

»Isla, es könnte in dieser Nacht etwas geschehen«, sagte sie eindringlich und erregt. »Vielleicht müßte ich –« Sie beendete den Satz nicht. »Hoffentlich kann das Schlimmste verhütet werden, aber ich muß auf alles gefaßt sein. Ich will, daß du Willie heiratest – hörst du auch, was ich sage? Du sollst Willie heiraten.«

Sie sprach verzweifelt und faßte Islas Arm so hart, daß er schmerzte.

»Ich will, daß du dich morgen früh mit ihm trauen läßt.«

Isla sah sich müde nach ihr um.

»Das ist unmöglich. Ich kann mich nicht in so kurzer Zeit entschließen, ihn zu heiraten. Ich – ich habe es mir noch nicht ernstlich überlegt.«

»Doch, du kannst ihn morgen früh heiraten«, erwiderte Lady Lebanon hartnäckig. »Schon vor einer Woche habe ich eine Heiratslizenz ausstellen lassen ...«

»Aber er will doch nicht ...«

»Darauf kommt es nicht an, ob er will.« Lady Lebanons Stimme klang jetzt ungeduldig. »Er wird das tun, was ich ihm sage. Willie ist der Letzte der Lebanons – ist das auch vollkommen klar, was das bedeutet? Das letzte Glied in der Kette. Und es ist ein schwaches Glied.

Schon einmal ist das in der Geschichte der Familie vorgekommen, und Geoffrey Lebanon war noch schwächer als Willie. Er heiratete seine Kusine Jane Secamore. Du kannst ihr Bild drunten in der großen Halle hängen sehen. Aber sie verließ ihn sofort nach der Trauung.«

Isla hörte zu und war gespannt, was folgen würde.

»Und trotzdem hatte sie Kinder.«

»Das ist aber schrecklich – entsetzlich!«

»Unter den gegebenen Umständen kann ich das nicht finden. Und Jane war eine der bedeutendsten Frauen der Lebanons. Es ist dir doch klar, daß du selbst eine Lebanon bist? Dein Urgroßvater war der Bruder des achtzehnten Grafen von Lebanon. Und was auch immer passieren mag, deine Kinder bleiben in der Familie, wenn du verheiratet bist. Sie führen den Namen Lebanon.«

Nachdem die Frau das alles gesagt hatte, schien sie sich erleichtert zu fühlen, denn sie atmete freier, und ihre Stimme klang nicht mehr so schrill.

»Wenn dir ein Leben an Willies Seite unmöglich erscheint, werde ich dir das größte Verständnis dafür entgegenbringen.«

Sie stand auf.

»Morgen um elf Uhr steht das Auto bereit.«

Nur mit Mühe konnte sich Isla zusammennehmen.

»Nein, ich kann es nicht tun. Es ist einfach unmöglich. Ich liebe Willie nicht. Ich – ich liebe einen anderen.«

Lady Lebanon warf ihr einen schnellen Blick zu.

»Ach, ist es der junge Ferraby? Das ahnte ich schon. Aber ich habe dir ja gesagt, daß ich in der Beziehung alles verstehen und verzeihen werde. Begreifst du denn nicht, was du dadurch tust? Du führst dem alten, kranken Stamm der Lebanons frisches Blut zu . . .«

An der Tür gab es ein Geräusch, und Lady Lebanon drehte sich schnell um.

»Was war das?« flüsterte Isla furchtsam.

»Das ist Gilder. Ein weiterer Grund, warum du bald heiraten mußt. Ich habe diese Leute nicht mehr ganz in der Hand. Nach den Vorfällen von heute abend fragt es sich, ob ich noch genügend Autorität bei ihnen besitze.« Lady Lebanon trat dicht an Isla heran. »Gilder darf nicht erfahren, daß du heiratest«, sagte sie ganz leise. »Verstehst du, was ich sage? Er darf es unter keinen Umständen wissen.«

Es klopfte. Schnell ging sie zur Tür und schloß sie auf. Draußen stand Gilder; Isla hörte seine tiefe Stimme. Dann wurde die Tür wieder geschlossen.

Der Schlaf übermannte Isla aufs neue, aber plötzlich schreckte sie auf und sah, daß Lady Lebanon die Tür offengelassen hatte. Mit größter Mühe schleppte sie sich hin und schloß sie. Dann kehrte sie zum Bett zurück, sank erschöpft darauf nieder und zog die Decke über sich.

Sie schlief, dennoch aber war ihr Geist wach, und ihre Gedanken arbeiteten.

Etwa eine Viertelstunde später versuchte jemand, von draußen die Tür zu öffnen. Sie gab nach, und Gilder trat ins Zimmer.

»Die Tür war überhaupt nicht zugeschlossen«, sagte er.

Brooks zitterte vor Furcht.

»Wo ist Mylady?«

»Ach, darauf kommt es jetzt nicht an. Gib mir die Decke.«

Gilder schlich auf Zehenspitzen zum Bett, faßte Isla an der Schulter und schüttelte sie leicht.

»Kommen Sie, Miss, kommen Sie mit mir.«

Sie rührte sich nicht, nur ihre Augenlider hoben und senkten sich mehrmals hintereinander.

»Sie ist nicht ganz bei sich«, sagte Gilder. »Brooks, lausche draußen auf dem Gang, ob jemand kommt.«

»Ach, laß sie doch liegen«, drängte Brooks.

»Das kann ich nicht. Tu, was ich dir sage.«

Inzwischen hatte sich Isla aufgerichtet und saß nun auf der Kante des Bettes. Ihre Augen waren weit geöffnet, und sie sprach leise mit sich selbst.

»Gleich steht sie auf.« Gilder hielt den Atem an. »Gib mir schnell die Decke.«

Er nahm sie und legte sie behutsam um Islas Schultern.

»Nein, ich kann nicht«, sagte Isla. »Ich muß Zeit haben, ich will noch nicht heiraten.«

Gilder warf Brooks einen bedeutsamen Blick zu.

»Zum Teufel, hast du das eben gehört?«

»Ich kann morgen nicht heiraten – ich will es auch nicht.«

Sie war aufgestanden, und Gilder leitete sie langsam zur Tür. Er wußte mit solchen Zuständen Bescheid. Sie mußte selbst nach dem Handgriff tasten, ihn finden und die Tür ohne seine Hilfe öffnen. Er war sehr vorsichtig und hütete sich, sie aufzuwecken. Nur ihre Schultern konnte er in die Richtung drehen, in der sie gehen sollte, aber das genügte ja auch.

Hinter der zweiten Treppe wurde der Gang enger, und dicht dahinter lagen die beiden Zimmer, in denen die zwei Amerikaner schliefen. Gilder öffnete die Tür zu seinem Raum, schlug die Bettdecken zurück und drückte Isla vorsichtig auf das Lager nieder. Mit einem Seufzer drehte sie sich auf die Seite, und Gilder breitete eine Daunendecke über sie.

»Jetzt wird sie wahrscheinlich schlafen. Auf jeden Fall schließe ich aber die Tür ab. Geh in ihr Zimmer zurück und hole ihren Morgenrock und ihre Pantoffeln. Aber schnell!«

Brooks wollte gehen, blieb aber stehen und faßte nach der Hüfttasche.

»Ich habe meine Waffe verloren – hast du sie nicht gesehen?«

Gilder schaute ihn düster an.

»Wozu trägst du eine Pistole bei dir? Das ist doch der größte Unsinn! Wo hast du sie denn gelassen?«

»Noch vor einer Stunde hatte ich sie in der Tasche.«

»Das ist allerdings unangenehm. Geh in dein Zimmer und sieh nach, ob du sie finden kannst. Wozu brauchst ausgerechnet du eine Schußwaffe? Man sollte annehmen, daß du schon ganz kindisch geworden bist.«

Brooks kam bald zurück und berichtete, daß er sie nicht entdeckt hätte.

»Dann vergiß das Ding«, erwiderte Gilder ungeduldig. »Morgen bei Tageslicht wirst du schon darauf kommen, wo du es gelassen hast. Bring jetzt schnell den Morgenrock und die Pantoffeln.«

Die Tür zu dem Zimmer des alten Lords stand offen, obwohl Brooks darauf hätte schwören mögen, daß er sie kurz vorher geschlossen hatte. Er wußte auch genau, daß er das Licht hatte brennen lassen – und jetzt lag der Raum im Dunkeln. Lady Lebanon mußte inzwischen hiergewesen sein. Er ging hinein, schloß die Tür und hob gerade die Hand, um nach dem Lichtschalter zu tasten, als sich plötzlich etwas um seinen Hals legte – ein weiches, elastisches Tuch. Blitzschnell brachte er die Hand zwischen das Tuch und seine Kehle und versuchte, sich zu befreien. Aber ein Mann packte ihn mit festem Griff von hinten. Brooks zog die Hände vom Hals zurück und tastete hinter sich, konnte aber niemand fassen. Kurz darauf stürzte er zu Boden und verlor die Besinnung.

25

Nachdem Tanner in der Halle seine Patience zu Ende gelegt hatte, stand er auf und trat zu Totty.

»Ein Mann, der sich selbst bei der Patience bemogelt, ist zu allen Schandtaten fähig«, sagte er, nachdem er dem Sergeanten eine Weile zugesehen hatte.

»Aber ein Mann, der nicht sein eigenes Glück im Auge hat, ist ein Narr.«

Totty mischte die Karten, legte sie auf den Tisch und gähnte.

»Ferraby sagte vorhin, daß er nächstens anfinge, sich zu fürchten. Übrigens hat dieser Brooks eine Pistole bei sich. Als er sich bewegte, sah ich die Umrisse der Waffe in seiner Hüfttasche. Der Kerl wird uns noch zu schaffen machen.«

»Das wird ihm aber schlechter bekommen als uns«, meinte der Chefinspektor.

Im nächsten Augenblick hörten sie einen dumpfen Fall.

»Gehen Sie schnell und sehen Sie nach, was da los ist.«

Totty erhob sich langsam.

»Wo war das? Soll ich die Treppe hinaufgehen?«

»Ja! Fürchten Sie sich etwa?«

»Allerdings«, erwiderte Totty, ohne sich im mindesten zu schämen. »Sie hatten wohl nicht erwartet, daß ich das zugebe?«

Trotzdem eilte er die Treppe hinauf. Tanner blieb unten, er hörte kein Geräusch, bis sein Name gerufen wurde.

»Kommen Sie rasch her!« rief Totty aufgeregt. Tanner und Gilder, der eben in die Halle gekommen war, liefen zum Zimmer des alten Lords hinauf. Brooks lag auf dem Rücken, und Totty gab sich die größte Mühe, ein Seidentuch aufzuknoten, das um die Kehle des Mannes geschlungen war.

»Mit dem ist es wohl vorbei«, stöhnte der Sergeant.

»Lassen Sie mich das aufknoten«, sagte Gilder und kniete neben seinem Kameraden nieder. Ein paar Sekunden später hatte er das Tuch entfernt und Kragen und Hemd des Halberstickten aufgerissen. Er massierte den Hals, und vor Anstrengung und Aufregung trat Schweiß auf seine Stirn. Zum erstenmal sah Tanner, daß der Amerikaner seine Ruhe verloren hatte.

»Er ist nicht tot.« Gilder wandte sich um. »Holen Sie mir doch schnell einen Kognak.«

Totty eilte nach unten und brachte eine volle Flasche. Vorsichtig flößten sie Brooks etwas von dem Stärkungsmittel ein, und nach und nach gab er Lebenszeichen von sich. Die Augenlider hoben sich, und die Hände zuckten krampfhaft.

»Er kommt bald wieder zu sich«, sagte Gilder, immer noch atemlos. »Helfen Sie mir, wir wollen ihn in sein Zimmer tragen. Beinahe wäre es um ihn geschehen gewesen. Selbst seine Pistole hätte ihm nichts helfen können, wenn er sie bei sich gehabt hätte.«

Gilder war um das Leben seines Freundes sehr besorgt; im übrigen hatte er seine Ruhe zurückgewonnen.

Sie trugen Brooks in sein Schlafzimmer und legten ihn aufs Bett. Plötzlich fiel Tanner ein, daß der Raum, in dem sie den Mann halbtot aufgefunden hatten, doch eigentlich Islas Schlafzimmer war.

»Wo ist Miss Crane?« fragte er schnell.

Gilder sah auf, senkte den Blick aber sofort wieder.

»Ich weiß es nicht«, entgegnete er etwas gezwungen. »Sie muß irgendwo im Hause sein.« Es war ein letzter vergeblicher Versuch, die Situation zu retten.

»Und wo ist Ferraby?«

Totty traf seinen Kollegen halbwegs auf der Treppe und erklärte ihm, was geschehen war. Als Ferraby begriffen hatte, verlor er die Fassung.

»Nun hören Sie aber endlich mit den dummen Fragen auf, und reißen Sie sich zusammen«, fuhr ihn Tanner schließlich an. »Wir sind doch hier nicht in einer Kleinkinderbewahranstalt! Machen Sie sich sofort auf und durchsuchen Sie das ganze Haus, bis Sie Miss Crane finden – dann haben Sie wenigstens etwas zu tun. Totty, Sie brauchen auch nicht bei Brooks zu bleiben, der kommt schon von selbst wieder zu sich. Wo ist eigentlich Gilder?«

Der amerikanische Diener hatte sich unbemerkt davongeschlichen, als Ferraby auf der Bildfläche erschienen war.

»Soll ich ihn suchen?« fragte Totty und trat einen Schritt auf die Tür zu. Im selben Augenblick ging das Licht aus. Totty und

Tanner tasteten sich auf den Gang hinaus, wo es auch stockdunkel war.

»Jemand muß an dem Hauptschalter gedreht haben. Totty, Sie wissen doch, wo der ist?«

»Ja, das habe ich sofort nach meiner Ankunft hier festgestellt. Ich werde ihn auch wiederfinden.«

»Haben Sie eine Taschenlampe? Gut! Aber halten Sie Ihren Gummiknüppel bereit. Sie werden ihn wahrscheinlich brauchen. Ich gehe in die Halle zurück.«

Der Sergeant schlich sich vorsichtig den Gang entlang und tastete sich an der Wand die Treppe hinunter.

Der Hauptschalter lag in einem kleinen Kellerraum, zu dem man durch die Küche gelangte. Als Totty dort hinkam, fand er die Tür weit offen. Er leuchtete die Steinstufen hinunter und packte den Gummiknüppel fester. Vorsichtig und langsam stieg er dann abwärts und lauschte. Er glaubte, jemand schwer atmen zu hören, und suchte mit der Lampe, ob er nicht jemand entdecken könnte. Aber es war kein Mensch zu sehen. Allerdings bemerkte er verschiedene Nischen, in denen man sich gut verbergen konnte.

»Kommen Sie heraus aus Ihrem Versteck!« befahl er.

Niemand antwortete.

Zunächst war es seine Aufgabe, wieder Licht zu schaffen. Er konnte auch den Hauptschalter sehen, aber gerade, als er die Hand ausstreckte, um ihn zu drehen, erhielt er einen so heftigen Schlag auf den Kopf, daß er die Lampe fallen ließ. Im nächsten Augenblick fuhr er herum, um den Unbekannten zu packen, aber der Schlag hatte ihn stark mitgenommen. Er schlug mit der Faust aufs Geratewohl und traf ins Leere. Dann flog etwas an seinem Kopf vorbei und polterte gegen die Wand. Das Wurfgeschoß zerbrach und fiel in einzelnen Teilen zu Boden. Es mußte ein großes Stück Kohle gewesen sein.

Wieder stieß Totty zu, ohne zu treffen. Dann eilte jemand die Treppe hinauf, warf die Tür zu und riegelte sie von außen ab.

Mit philosophischer Ruhe ergab sich Totty in sein Schicksal. Zuerst tastete er sich bis zum Hauptschalter und drehte ihn wieder an. Sofort flammte eine Lampe in dem kleinen Raum auf, in dem er sich befand, und nun bemerkte er auf der einen Seite einen Kohlenhaufen. Bald darauf fand er auch seine Taschenlampe wieder, die glücklicherweise nicht beschädigt worden war. Dann zog er ein Stück starke Schnur aus der Tasche und befestigte damit den Griff des Hauptschalters, so daß dieser nicht so schnell wieder gedreht werden konnte. Erst dann sah er sich nach einer Möglichkeit um, die Tür zu öffnen.

Er brauchte jedoch keine Gewalt anzuwenden, denn er hörte Ferraby, der in die Küche gekommen war. Gleich darauf riegelte dieser die Tür auf, so daß Totty heraus konnte. Der Sergeant war noch etwas benommen von dem Schlag, den er erhalten hatte.

»Haben Sie Miss Crane gefunden?« fragte er schnell. Ferraby hatte sich inzwischen etwas gefaßt.

»Nein. Sie muß aber irgendwo im Haus stecken. Tanner ist auch nicht mehr so besorgt um sie.«

Er wartete nicht auf Tottys Antwort, sondern eilte wieder davon.

Bevor Totty wegging, schenkte er sich erst ein Glas kaltes Wasser ein und trank es langsam aus. Als er dann in die Halle zurückkehrte, stellte ihm Tanner viele Fragen.

»Nein, ich habe ihn nicht gesehen, aber ich habe seine Nähe zu spüren bekommen«, erwiderte der Sergeant grimmig. »Der Kerl war so schnell, daß ich ihn nicht packen konnte.«

»Mit einem Stück Kohle hat er Sie also bombardiert? Sie haben Glück gehabt, das muß ich sagen. Er hatte wohl vergessen, daß er ein Schießeisen in der Tasche hatte. Nachdem Sie gegangen waren, fiel es mir ein, und wenn ich offen sein soll – ich habe nicht erwartet, Sie noch einmal lebend wiederzusehen.«

Totty schluckte.

»Ich danke Ihnen für diese Sympathiekundgebung«, brummte er. »Woher hat der Kerl denn die Waffe?«

»Die hat er Brooks heute abend abgenommen. Das war das erste, was der Diener berichtete, als er wieder zu sich kam. Er hat alles eingestanden, aber ich wußte ja schon Bescheid.«

»Wissen Sie denn, wer es ist?«

Tanner nickte.

»Ja. Als mir Lord Lebanon erzählte, daß sie ihm ein Schlafmittel in den Whisky geschüttet hätten, lag der Fall für mich klar. Zufällig kannte ich auch das Schlafmittel, das sie benützten.«

Der Chefinspektor legte Totty die Hand auf die Schulter.

»Wenn wir heute ohne weiteren Zwischenfall durchkommen, bitte ich morgen den Polizeipräsidenten, Sie zu befördern. Es geht mir zwar gegen den Strich, daß Sie Inspektor werden sollen, aber schließlich muß es doch einmal geschehen.«

Totty lächelte bescheiden.

»Lady Lebanon ist in ihrem Zimmer«, fuhr Tanner fort, »und will nicht herunterkommen. Ich glaube, ihr Widerstand ist bald gebrochen. Früher oder später muß das ja eintreten – hallo, Ferraby, was machen Sie denn?«

Der junge Sergeant kam aufgeregt näher.

»Ich kann sie nirgends finden –«

»Geben Sie sich weiter keine Mühe. Miss Crane ist in Gilders Zimmer und schläft. Vor ein paar Minuten habe ich sie selbst dort gesehen. Hier ist der Schlüssel zu dem Raum.«

»Was, in Gilders Zimmer?« fragte Ferraby atemlos. »Und Sie haben den Schlüssel abgezogen?«

Tanner nickte.

»Sie ist nicht in unmittelbarer Gefahr, und ich hoffe, es wird ihr nichts geschehen.«

»Gott sei Dank!« erwiderte Ferraby. »Das waren die schlimmsten Augenblicke meines Lebens. Lord Lebanon wollte übrigens wissen, was das alles zu bedeuten hätte, aber ich habe es ihm nicht gesagt. Ich traf ihn vor der Tür zu dem Zimmer seiner Mutter. Nachher sagte er mir, daß sie ihn nicht hineingelassen hätte.«

»Lady Lebanon hat auch allen Grund, allein zu bleiben. Wo ist der Lord?«

Kaum hatte er diese Frage geäußert, als der junge Mann selbst mit wirren Haaren die Treppe heruntereilte. Allem Anschein nach war er aus dem Schlaf geweckt worden, denn er trug einen Morgenrock über dem Pyjama und erschien ohne Schuhe und Strümpfe.

»Sie werden sich erkälten«, meinte Tanner lächelnd. »Und das hat keinen Zweck.«

»Meine Mutter will nicht mit mir reden –«, begann Willie.

»Sie hat heute abend auch schon zuviel Aufregung gehabt«, versuchte Tanner ihn zu beruhigen. »Ich würde mir deshalb keine Sorgen machen. Totty, gehen Sie doch einmal hinauf und fragen Sie Lady Lebanon, ob sie nicht herunterkommen möchte. Sagen Sie ihr, daß ich es wünsche. Ferraby, beruhigen Sie die Dienerschaft und schicken Sie die Leute zu Bett.«

Der Chefinspektor blieb mit dem jungen Lord allein, wie er es beabsichtigt hatte.

»Wo ist denn Isla? Ich war in ihrem Zimmer, fand sie aber nicht. Um Himmels willen, die Sache wird immer schlimmer!«

»Ja, das ist wahrscheinlich der Höhepunkt.«

Tanner glaubte in Wirklichkeit aber, daß der Höhepunkt erst kommen würde, wenn sich Lady Lebanon zeigte. Welchen Ausweg würde sie suchen? Würde sie sich das Leben nehmen?

»Was hat das alles eigentlich zu bedeuten?« fragte der junge Lord ungewöhnlich entschieden. »Vergessen Sie bitte, daß ich ein ziemlich weicher, leicht zu beeinflussender Mensch war und allen Leuten erlaubte, mich zu leiten und mein Leben zu lenken. Ich habe mich jetzt endlich entschlossen, die Führung selbst in die Hand zu nehmen und von diesem abscheulichen Schloß wegzugehen. Marks Priory fällt mir tatsächlich auf die Nerven. Wissen Sie auch, wer in dem Zimmer ist, das sie nicht öffnen wollte? – Meinen Vater hält sie dort gefangen! Ich bin gar nicht Lord Lebanon.«

Tanner starrte ihn verblüfft an. Diese Enthüllung hatte er nicht erwartet. Aber dann unterdrückte er sein Erstaunen.

»Er war der Mann, der all diese Unruhe verursacht hat«, fuhr Willie Lebanon fort. »Jetzt ist er fort – ich wette, daß er viele Meilen entfernt ist. Er konnte ins Haus kommen und gehen, wann er wollte. Da staunen Sie, was?«

»Das muß ich zugeben«, entgegnete Tanner ruhig. Willie saß im Stuhl seiner Mutter und hatte die Hände gefaltet.

Tanner schob einen Sessel an die andere Seite des Tisches und setzte sich ihm gegenüber.

»Immer hat sie von der Familie geredet und von den Ahnen – ich mag kein Wort mehr davon hören!« Willie lehnte sich vor. »Meinen Sie nicht auch, daß es jetzt Zeit ist, ein Ende zu machen? Erst Studd – dann Amersham – und nun der arme Brooks!«

Tanner schüttelte den Kopf. »Sie urteilen ein wenig zu früh – Brooks ist nicht tot.«

»So? Es hat mir aber doch jemand gesagt, daß er tot wäre ... Nun, dann freue ich mich. Er ist wirklich kein schlechter Mensch. Aber denken Sie nicht auch wie ich? Diese ganze Familie sollte ausgerottet werden!«

»Ich verstehe nicht recht, wie Sie das meinen.«

Lebanon bewegte sich unruhig in seinem Sessel.

»Die Geschichte geht nun schon seit vielen Jahren. Die Lebanons waren immer so – wußten Sie das nicht?«

Er sprach leise und vertraulich weiter.

»Mein Vater war auch so ... fünfzehn Jahre hat er im Zimmer des alten Lords gelebt – er war vollständig verrückt und hatte den Verstand verloren!« Willie Lebanon lachte vor sich hin. »Und die beiden Amerikaner mußten nach ihm sehen – sie waren seine Wärter!«

»Das habe ich vermutet!«

Lord Lebanon stützte den Kopf in die Hand.

»Aber niemals hat er einen Menschen erwürgt!« Seine Stimme zitterte vor Erregung und Stolz. »Der alte Lord war immer eine Gefahr, aber heimlich hinter jemand herschleichen und ihm die Kehle zuschnüren – das konnte er nicht!«

Langsam wandte sich der Lord Tanner zu.

»Mein Vater ist tot – das wissen Sie. Er war wirklich vollkommen wahnsinnig. Habe ich Ihnen nicht vorhin erzählt, daß er oben in dem Zimmer wäre? Nun, da habe ich Sie angelogen. Ich kann nämlich sehr leicht lügen. Ich habe eine unglaubliche Erfindungsgabe und kann schnell handeln. Ich hörte doch, wie Sie sagten: ›Das war schnelle Arbeit!‹« Er lachte unheimlich auf. »In Puna habe ich das erstemal beobachtet, wie es gemacht wird. Ich sah, wie ein kleiner, schmutziger Kerl plötzlich hinter einem großen, kräftigen Mann herschlich und ihm ein Tuch um den

Hals warf. Gleich darauf war der andere tot. Es war einfach toll!«

Tanner sagte nichts.

»Ich habe es dann an einem jungen Mädchen versucht, einer Eingeborenen. Die war auch im Handumdrehen erledigt.« Er schnappte mit den Fingern, und seine Augen leuchteten auf.

Das war also das Geheimnis von Marks Priory. Tanner ahnte es seit einiger Zeit. Dieser junge Lord hatte die ganze Welt hinters Licht geführt, hatte den Polizeibeamten Sand in die Augen gestreut und alle Menschen getäuscht. Nur seine eigene Mutter wußte alles. Sie litt schwer darunter, setzte aber alles daran, ihn zu beschützen – den Letzten der Lebanons.

»Es ist merkwürdig, wie schnell Menschen sterben können.«

Willie steckte die Hand in die Tasche seines Morgenrocks, zog ein langes rotes Seidentuch heraus und lachte vor Vergnügen, als er es ansah.

»Schauen Sie einmal her. Ich habe eine ganze Menge von diesen Tüchern aus Indien mitgebracht. Amersham hat mir einmal einige fortgenommen, aber er wußte nicht, wo ich die anderen aufbewahrte. Sie sind erstaunt? Ich bin nicht gerade groß, aber ich habe unheimliche Kräfte. Fühlen Sie einmal meine Muskeln.«

Er bog den Arm, und Tanner umspannte den oberen Teil. Niemals hätte er geglaubt, daß Willie Lebanon so stark sein könnte.

»Mir hat es furchtbar viel Spaß gemacht«, fuhr Willie fort. »Die Leute sagten immer: ›Ach, seht doch mal den schwächlichen jungen Kerl!‹«

Aber dann wurde er wieder ernst und kehrte zu seiner Geschichte zurück.

»Sie machten damals viel Aufhebens von dem indischen Mädchen. Die Leute beim Regiment trauten es mir gar nicht zu; die wußten nicht, daß ich so viel Kraft besaß, und als es herauskam, war es eine Überraschung für sie.«

»Ist es dasselbe Mädchen, von dem Sie mir in Scotland Yard erzählten?«

Der junge Lord lachte.

»Ja. Amersham hätte nie den Mut gehabt, das zu tun. Ich

habe Sie damals nur aufgezogen, ich wollte Sie hinters Licht führen. Das hat mir von jeher das größte Vergnügen bereitet.«

»Die Sache wirbelte also damals viel Staub auf?« fragte Tanner.

Er sprach so ruhig, daß man hätte glauben können, die beiden unterhielten sich über ein alltägliches Thema. Auf diese Enthüllung hatte er schon den ganzen Abend gewartet und deshalb seine beiden Assistenten fortgeschickt. Er wußte, daß Lord Lebanon in ihrer Gegenwart nichts gesagt hätte. Nur unter vier Augen würde ihm der junge Mann die Wahrheit anvertrauen.

»Ja, es gab einen unheimlichen Krach. Meine Mutter schickte Amersham nach Indien, damit er mich nach Hause bringen sollte. Er war ein ganz gemeiner Kerl, ein Mensch, der eigentlich nichts mit unserer Familie zu tun hatte. Es kam ihm gar nicht darauf an, Dokumente zu fälschen und anderer Leute Namen zu mißbrauchen. Schrecklich war das! Lassen Sie sich mit dem Menschen nicht ein!« sagte er mit Nachdruck.

Für ihn schien Amersham im Augenblick noch zu leben.

»Nachdem er mich nach England zurückgebracht hatte, ließ meine Mutter die beiden Leute wiederkommen, die auch nach meinem Vater gesehen hatten . . . Gilder und Brooks. Sie sind in Wirklichkeit keine Diener, sie sollten sich nur um mich kümmern. Sie verstehen, was ich meine?«

»Ja, vollkommen.«

Plötzlich kam dem jungen Lord ein Gedanke, der ihn belustigte.

»Sie erinnern sich doch an den Raum, den meine Mutter Ihnen nicht zeigen wollte? Ich kann Ihnen sagen, was darin ist. Alle Wände sind ausgepolstert, und überall sehen Sie Gummikissen. Ich mußte immer hineingehen, wenn mir die Dinge klarwurden.«

»Sie meinen, wenn Sie den anderen unangenehm wurden?« erwiderte Tanner lächelnd.

»Nein, wenn mir die Dinge klarwurden«, entgegnete der Lord ärgerlich. »Ich weiß genau, was ich sage. Wenn ich alles deutlich sehe, wie es wirklich ist, dann ist es schrecklich, und nur wenn ich in große Erregung komme, kann ich klar denken.«

Tanner lehnte sich über den Tisch, und Lebanon wich schnell zurück.

»Rühren Sie mich nicht an!« Er legte die Hand auf die Brust.

»Ich brauche nur Feuer – seien Sie einmal der höfliche Gastgeber.«

Als Willie das hörte, wurde er wieder freundlich.

»Es tut mir leid – außerordentlich leid.«

Er steckte ein Streichholz an und hielt es Tanner mit ruhiger Hand hin, während der an seiner Zigarre zog. Dann blies er es aus und legte es sorgfältig auf den Aschenbecher.

»Sind Sie nun Freund oder Feind?« fragte er.

»Wie können Sie so etwas fragen? Ich bin doch Ihr Freund.«

»Sie haben aber nach Scotland Yard telefoniert, daß man drei Ärzte schicken soll, um mich für verrückt zu erklären. Ich habe es selbst gehört, daß Sie das am Apparat sagten.«

»Die besuchen mich doch nur«, protestierte Tanner.

»Das ist nicht wahr. Sie kommen meinetwegen.« Willies Züge verhärteten sich. »Aber ich kann ihnen schon etwas vorlügen, genau wie Ihnen und all den anderen. Meine Mutter war leider von diesem verdammten Amersham abhängig. Der hatte sie in seiner Gewalt. Ich werde Ihnen auch sagen, warum. Sie verwaltete das Vermögen meines Vaters, was eigentlich durch das Vormundschaftsgericht hätte geschehen müssen. Natürlich wäre sie in Teufels Küche gekommen, wenn man das erfahren hätte. Amersham drohte ihr immer, daß er zur Polizei gehen würde, deshalb hat sie ihm viel Schweigegeld gegeben.«

»Warum waren Sie aber so unfreundlich zu Ihrem Chauffeur?«

Der junge Lord wurde traurig.

»Das tut mir entsetzlich leid. Er war ein so guter Kerl, aber ich fürchtete mich nun einmal vor Indern. Die haben einmal versucht, mich umzubringen; sie waren damals so aufgebracht wegen des jungen Mädchens.

Ich wußte nicht, daß dieser Maskenball im Dorf abgehalten wurde, und als ich den Inder auf dem Weg durch den Park sah, bekam ich Angst vor ihm – und dann ist es eben geschehen ...«

Tanner sah, daß Willie Lebanon die Tat aufrichtig bereute.

Tränen standen in den Augen des Lords, denn er hatte Studd wirklich gern gehabt.

»Ich habe noch eine Woche hinterher geweint. Meine Mutter und die Dienstboten werden Ihnen das bestätigen. Zu seiner Beerdigung habe ich kostbare Blumen geschickt, und seine Schwester hat zweihundert Pfund von mir bekommen. Sie war seine einzige Verwandte. Das Geld habe ich aus der Kassette meiner Mutter gestohlen. In Wirklichkeit gehört mir doch alles, aber meine Mutter war damals, wie immer, sehr ärgerlich.«

Er sah nach der Treppe, dann nach der Tür.

»Soll ich Ihnen einmal etwas zeigen?« fragte er lächelnd. »Aber Sie müssen mir vorher versprechen, niemand etwas davon zu sagen.«

»Ich gebe Ihnen mein Wort.«

Lebanon zog eine Pistole aus der Tasche.

»Die habe ich Brooks abgenommen«, sagte er befriedigt. »Und ich habe es sehr geschickt gemacht. Ich wollte schon immer eine Schußwaffe haben.«

Er sah Tanner plötzlich wieder ernst an.

»Man kann sich selbst erwürgen, aber es ist sehr schwer, und die Leute sehen auch so häßlich aus.« Schaudernd schloß er die Augen. Als er sie wieder öffnete, war sein Gesicht verzerrt und eingefallen. »Manchmal ist mir schon der Gedanke gekommen, daß diese ganze Familie aufhören muß zu existieren, mit all ihren Wappen und Wahlsprüchen. Meine Mutter sagt zwar immer, die Linie müßte fortgepflanzt werden, aber das ist doch einfach lächerlich!«

»Mein armer, lieber Junge«, sagte Tanner nach einer Weile freundlich und weich.

Lebanon kniff die Augen zusammen.

»Sie meinen doch nicht etwa mich – warum sagen Sie das?«

»Ich hatte einen jungen Bruder – etwa in Ihrem Alter.«

Der Lord schaute ihn argwöhnisch von der Seite an.

»Sie können mich nicht leiden.«

»Doch, ich habe Sie gern, ich bin doch immer Ihr Freund gewesen. In Scotland Yard war ich doch sehr nett zu Ihnen.«

Willies Gesicht hellte sich wieder auf.

»Das stimmt. Sie müssen aber zugeben, daß es sehr schlau von mir war, Sie dort zu besuchen. Das war wohl das letzte, was Sie erwartet hätten. Bedenken Sie, daß ich Amersham in der Nacht umgebracht hatte. Als der Spektakel hier im Gange war, machte ich mich auf und davon. Meine Mutter hatte dann Gilder im Auto hinter mir hergeschickt. Der wußte, wohin ich gegangen war, denn ich hatte ihm am Morgen gesagt, ich würde nach Scotland Yard fahren, um mich einmal mit Ihnen zu unterhalten.«

Tanner streifte die Asche seiner Zigarre in eine Schale, während sich Lord Lebanon zurücklehnte und die Pistole mit beiden Händen umfaßte.

»Das war allerdings ein toller Streich«, meinte Tanner.

Dann saßen sie sich eine Minute lang schweigend gegenüber.

»Ich möchte nur wissen, wo er sie hingebracht hat?« fragte Lebanon plötzlich. »Ich meine Isla.«

»Wer soll sie denn fortgebracht haben? Etwa Gilder?«

Lebanon nickte.

»Heute abend sah sie doch dem indischen Mädchen verdammt ähnlich. Ich trat hinter sie und legte meine Arme um sie. Haben Sie nicht gehört, wie sie geschrien hat? Sie lief die Treppe hinunter, und dann war Totty da, sonst wäre ich hinter ihr hergekommen. Im nächsten Augenblick sah ich auch Gilder; der ist ja immer in der Nähe. Haben Sie das nicht auch bemerkt? Wo Sie hinschauen, sehen Sie den Kerl. Am häufigsten hält er sich in der Halle auf. Ich glaube, der würde mich umbringen, wenn ich Isla etwas täte. Sie halten Gilder für einen gemeinen Menschen, aber das ist er in Wirklichkeit nicht. Im Gegenteil, er ist sehr freundlich, besonders zu Isla. Kein Mensch paßt so gut auf sie auf wie er, besonders seit sie es weiß.

Deshalb fürchtete sie sich auch so sehr. Sie kam an dem Abend die Treppe herunter, als ich hier alles kurz und klein schlug.« Er sah sich interessiert um. »Ich kann mich zwar nicht darauf besinnen, daß ich es getan habe, aber wer soll es sonst gewesen sein? An jenem Abend hätte ich Amersham beinahe geschnappt. Die beiden Amerikaner packten mich von hinten, aber sie hatten große Mühe, mich zu überwältigen. Donnerwetter, hat sich

Amersham damals gefürchtet! Isla sah den Kampf von der Treppe aus, und seit der Zeit ängstigt sie sich sehr.

Merkwürdig, als ich gestern Amersham erwischte, hat sie mich wieder gesehen. Ich trat gerade mit dem roten Tuch in der Hand in die Tür. Meine Mutter nahm es mir weg und schickte mich zu Bett. Und ich bin doch furchtbar stark – Sie glauben es wohl nicht?«

»Doch, ich habe immer angenommen, daß Sie große Kraft besitzen.«

Tanner konnte die dauernde Spannung kaum noch ertragen. Er wandte den Blick nicht von der Waffe, über die der junge Lord beide Hände gelegt hatte. Diese Lösung hatte er nicht beabsichtigt. Er hoffte jedoch, daß der Anfall nach einiger Zeit vorübergehen würde, wenn er Willie in guter Laune hielt und ihn beruhigte.

Früher hatte er schon einmal mit einem Wahnsinnigen zu tun gehabt. Er kannte die Anzeichen, und was er hier sah, war nicht gerade ermutigend. Der Höhepunkt des Anfalls war noch nicht erreicht. Das schlimmste war, daß der junge Lord die geladene Pistole unter den Händen hatte. Die Mündung war auf Chefinspektor Tanner gerichtet.

»Heute abend haben sie sich mächtig gefürchtet, als ich den Schlaftrunk nicht nahm.« Lebanon lachte vor sich hin. »Sie wußten wohl, was in dem Glas war?«

»Ja, es war Bromkali. Die Wärter dachten, Sie wären etwas erregt, und wollten Sie beruhigen. Das haben sie wahrscheinlich schon öfter getan.«

»Sehr oft. Aber heute abend habe ich ihnen doch ein Schnippchen geschlagen.«

Tanner trank das Glas Whisky-Soda aus, das vor ihm auf dem Tisch stand, und erhob sich.

»Ich gehe jetzt zu Bett.«

Er schob den Sessel zurück, gähnte und streckte sich. Als er sich umschaute, stand Lebanon hinter ihm und sah ihn seltsam an.

»Sie gehen nicht zu Bett«, sagte der Lord leise. »Dazu fürchten Sie sich viel zu sehr!«

Tanner schüttelte lächelnd den Kopf.

»Doch, Sie fürchten sich. Vor mir fürchten sich alle.«

»Aber mir können Sie keine Angst einjagen«, erwiderte Tanner freundlich. »Seien Sie jetzt vernünftig und geben Sie mir die Pistole. Warum wollen Sie eine so gefährliche Waffe bei sich tragen?«

»Oh, damit läßt sich allerhand anfangen.«

Tanner hörte einen Schreckensruf von der Treppe her. Er wandte sich nicht um, aber er wußte, daß Lady Lebanon dort stand.

»Damit könnte ich zum Beispiel die Familie der Lebanons ein für allemal auslöschen.«

»Aber Willie!«

Plötzlich änderte sich das Benehmen des jungen Lords. Er wich zurück und verbarg die Waffe.

»Was machst du da, du dummer Junge? Gib sofort die Pistole her!«

»Nein«, entgegnete er mit weinerlicher Stimme, »ich habe schon immer so etwas haben wollen. Mehr als ein dutzendmal habe ich darum gebeten.«

»Lege die Waffe dort auf den Tisch!«

Einen Augenblick wandte Willie Tanner den Rücken zu, und in dieser Sekunde warf sich der Chefinspektor auf ihn. Totty stürzte in den Raum und half seinem Vorgesetzten, aber mit einer unglaublichen Kraftanstrengung gelang es dem Lord, sich frei zu machen und die Treppe hinaufzueilen. In diesem Moment erschien Gilder. Eine Sekunde zögerte Lebanon noch, dann drückte er ab. In dem engen Raum hallte der Schuß unheimlich wider. Die Pistole entglitt Willies Fingern, und er sank auf die Stufen nieder.

Im nächsten Augenblick waren die drei Männer an seiner Seite und beugten sich über ihn, aber ein Blick sagte Tanner, daß Hilfe vergeblich war.

Lady Lebanon stand mit erhobenem Kopf steif an ihrem Schreibtisch. Sie hatte das Gesicht abgewandt, aber den Kopf in den Nacken geworfen.

»Nun, wie steht es?« fragte sie mit rauher Stimme.

»Er ist tot«, entgegnete Tanner heiser.

Sie antwortete nicht, aber ihre Hände krampften sich zusammen. Langsam ging sie zur Treppe.

Als sie an dem Toten vorüberkam, würdigte sie ihn keines Blickes. Sie blieb nur einen Augenblick stehen und stützte sich an der Wand.

»Zehn Jahrhunderte hindurch hat die Familie Lebanon bestanden, und nun ist keiner mehr übrig, um die Linie fortzusetzen«, sagte sie klagend.

Die Anwesenden hörten schweigend zu.

Mühsam stieg Lady Lebanon die letzten Stufen hinauf.

26

Chefinspektor Tanner berichtete dem Polizeipräsidenten über die Ereignisse in Marks Priory.

»Zuerst hatte ich den Eindruck, daß es sich um einen gewöhnlichen Racheakt handelte, und ich hatte zwei, vielleicht auch drei Leute in Verdacht, zunächst natürlich Amersham. Er war in der Nähe des Tatortes, als Studd ermordet wurde, und ich hatte auch ein Motiv gefunden: Beide interessierten sich für dieselbe Frau, und Amersham war entsetzlich eifersüchtig. Er stand in schlechtem Ruf, und ich muß gestehen, daß ich mich täuschen ließ, als der junge Lord Lebanon nach Scotland Yard kam und mir erzählte, Amersham hätte eine junge Inderin erwürgt. Als ich dann nach Amershams Tod ein Telegramm aus Indien erhielt, ersah ich daraus alle Einzelheiten des Verbrechens.

Lebanon war allem Anschein nach der Täter gewesen, damals aber schon für geisteskrank erklärt worden. Die indische Regierung war froh, daß er das Land schnell verließ, denn er hatte sich schon vorher merkwürdig benommen und bei der Jagd auf seine eigenen Treiber geschossen. Man beobachtete ihn gerade auf seinen Geisteszustand, als der Mord an dem Mädchen begangen wurde.

Hätte ich Lord Lebanon im Verdacht gehabt, so wäre mir auch sofort klar gewesen, daß er nur einen anderen als Täter hinstellen wollte. Aber Dr. Amersham stand in so schlechtem Ruf, und seine Beziehungen zu Lady Lebanon waren so seltsam, daß ich ihn zuerst für den Schuldigen hielt und alle meine Nachforschungen darauf richtete, ihn zu entlarven. Das änderte sich natürlich, als sein Tod bekannt wurde.

Amersham war ein Dieb und Erpresser; es war sein Glück, daß Lady Lebanon ihn während der Krankheit ihres Mannes zum Hausarzt und Vertrauten wählte. Der Familienarzt, der stets das Geheimnis gewahrt hatte, war gestorben, und sie hatte große Schwierigkeiten, einen Nachfolger zu finden. Jeder verantwortungsvolle Arzt hätte den Fall sofort der Behörde gemeldet, und dann wäre vom Gericht aus eine Vormundschaftsverwaltung über das Vermögen eingesetzt worden.

Amersham erschien in jeder Beziehung geeignet. Er war sehr klug, besaß auch genügend Kenntnisse über Geisteskrankheiten, und so erhielt er die Stelle, nachdem er sich auf eine Anzeige in der Times hin gemeldet hatte.

Sein Gehalt war sehr groß, und er hatte von der Zeit an keine Sorgen mehr. Aber er war eben ein verbrecherischer Charakter und nützte die Gelegenheit aus. Nach und nach kam die Familie Lebanon immer mehr unter seinen Einfluß, bis er sie schließlich vollkommen in der Gewalt hatte.«

Der Polizeipräsident stellte eine Frage, aber Tanner schüttelte den Kopf.

»Nein, es haben sich früher keine Krankheitssymptome bei dem Lord gezeigt. In Indien steht allerdings in seiner Krankengeschichte, daß er einmal einen leichten Sonnenstich hatte. Das wird die erbliche Veranlagung unterstützt und die Krankheit eher zum Ausbruch gebracht haben. Die ersten Anzeichen von Wahnsinn meldeten sich, als er auf seine eigenen Treiber schoß. Seine Vorgesetzten wußten nicht, daß sein Vater auch schon geisteskrank war. Und sein Urgroßvater ist in einem Irrenhaus gestorben. Ich habe übrigens feststellen können, daß Geisteskrankheit in beiden Teilen dieser Familie erblich ist.

Als der alte Lord starb, war Lady Lebanon froh, daß sie Dr. Amersham loswerden konnte, der sich immer mehr Rechte anmaßte. Drei Monate blieb er dem Schloß fern, dann kamen die traurigen Nachrichten aus Indien, und die Frau brauchte seine Hilfe aufs neue.

Er willigte ein, die Behandlung Willies zu übernehmen und den Skandal in Indien zu vertuschen, aber er verlangte dafür von ihr, daß sie sich mit ihm in Petersfield trauen ließ. Zuerst war ich erstaunt, daß die Trauung in dieser kleinen Ortschaft stattfand, aber dann brachte ich in Erfahrung, daß Lady Lebanon viele Ländereien in der Gegend besitzt.

Es ist wohl nur eine Scheinehe gewesen. Liebe hat zwischen den beiden nicht bestanden, und sie haben niemals ein gemeinsames Leben geführt. Sie forderte nur von Amersham, daß er sich nicht zu sehr gehenlassen sollte, aber er kümmerte sich nicht darum. Gilder und Brooks wurden zurückgerufen, und es ereignete sich eigentlich nichts Besonderes bis zur Ermordung Studds, die bis zu einem gewissen Grad ja einem unglücklichen Zufall zuzuschreiben ist.

Der junge Lord hatte leider einen geheimen Ausgang aus der Tobsuchtszelle entdeckt, in die er zeitweise eingesperrt werden mußte. Er fand die Treppe, die nach unten in den Park führte. Früher hatte man diesen Weg benützt, um den alten Lord abends in der Dunkelheit in den Park zu bringen. Dies muß noch vor Gilders Zeit gewesen sein, denn weder er noch Brooks wußten etwas von dem geheimen Gang.

Willie war außerordentlich geschickt und gewandt. Innerhalb einer Viertelstunde plante er zum Beispiel einen Anschlag auf den Motorradfahrer, der als Kurier nach Scotland Yard zurückgeschickt wurde. Kurz darauf hatte er sich Zugang zu Tillings Haus verschafft, wo er alles kurz und klein schlug, und wenig später war er wieder im Schloß.

Als er mich in Scotland Yard besuchte, hatte ich noch keine Ahnung, daß ich es mit einem Geisteskranken zu tun hatte. Er schien allerdings ein Schwächling zu sein, ein Muttersöhnchen, wie man es in aristokratischen Kreisen öfters findet.

Warum er damals zu mir kam, ist vollkommen klar. Er hatte Amersham in der Nacht ermordet und wollte sich bei der Polizei melden, bevor die Nachforschungen einsetzten.

Lady Lebanon schickte ihm sofort einen der Wärter nach, als

er vermißt wurde. Gilder wußte, daß der Lord nach Scotland Yard gehen wollte, folgte ihm und ließ ihn nicht eher aus den Augen, bis er wieder sicher in Marks Priory landete. Sie kehrten in dem gleichen Auto zurück. Das hat mir Gilder später erzählt.

Lebanons Zerstörungswut nahm mit der Zeit zu. Kurz vorher hatte er erst einen schweren Anfall gehabt, wobei er das Wohnzimmer vollkommen zertrümmerte.

Die Ermordung Amershams hat er mit großer Schlauheit geplant und durchgeführt. Er wartete vor der Tür, und als er sah, daß Amersham abfahren würde, lauerte er ihm bei einer scharfen Kurve auf. Der Doktor mußte dort langsamer fahren, der Lord sprang auf den Wagen und erwürgte den Mann.

Damals ging er nicht sofort ins Haus zurück. Vielleicht verlor er in der Aufregung den Weg; jedenfalls befand er sich plötzlich in einer Baumallee, die parallel zur Straße läuft, und wurde von dem Parkwächter Tilling angehalten. Der Mann muß aber sofort erkannt haben, wer sein Gegner war, denn er hat nicht seine volle Kraft angewandt. Er war stark genug, um Lebanon zu bezwingen. Später sagte er ja selbst aus, daß er sich nur darauf beschränkt hatte, sich gegen den Lord zu verteidigen. Schließlich brachte er Willie zum Haus zurück.

Lady Lebanon befand sich in einer schwierigen Lage. Zum erstenmal war ihr Geheimnis Leuten bekanntgeworden, die nicht zu dem engen Kreis gehörten, auf den sie sich verlassen konnte. Sie wußte außerdem, daß Amersham etwas zugestoßen sein mußte, ja, sie suchte schon nach dem Toten, als Tilling mit Willie Lebanon auf der Bildfläche erschien.

Trotzdem konnte sie die Leiche nicht finden. Zunächst schickte Lady Lebanon nun Gilder mit Amershams Wagen fort; er ließ ihn ein paar Kilometer vom Dorf entfernt stehen.

Darauf mußte sie mit Tilling fertig werden. Sie wußte, daß die Polizei bald erscheinen und auch den Parkwächter einem Verhör unterwerfen würde. Das konnte gefährlich werden. Deshalb faßte sie den Entschluß, ihn zu ihrem Jagdhaus in der Nähe von Aberdeen zu schicken. Sie versorgte ihn reichlich mit Geld und schrieb ihm die Züge vor, mit denen er fahren sollte.

Der junge Lord hatte eine große Abneigung gegen Miss Isla

Crane, wie ich später feststellen konnte. Sie selbst hatte keine Ahnung davon, aber er machte drei Versuche, sie zu ermorden. Den letzten an dem Abend, an dem er sich selbst das Leben nahm.

Gilder erzählte er nichts von seinem Plan, da er sehr wohl wußte, daß er seine schützende Hand über Miss Crane hielt. Trotzdem vermutete es der Diener. Er hatte den jungen Lord zu lange betreut, daß er in gewisser Weise voraussagen konnte, was dieser tun würde. Und so war es ihm möglich, Isla zur rechten Zeit in Sicherheit zu bringen.

Damit wäre ich am Ende meines Berichtes über den Fall von Marks Priory. – Im Anschluß daran möchte ich übrigens Sergeant Totty zur Beförderung vorschlagen.«

Der Polizeipräsident sah ihn erstaunt an.

»Warum denn?«

Tanner fuhr sich nachdenklich über das Kinn.

»Er ist nun schon so lange Sergeant, daß es vielleicht angebracht wäre, ihn zum Inspektor zu machen.«

(11501) DM 9,80

(11502) DM 9,80

(11503) DM 9,80

(11504) DM 8,80

(11505) DM 12,80

(11239) DM 9,80

(6952) DM 9,80

(6953) DM 9,80

(6954) DM 7,80

Guter Rat vo

Schönheit &

Dr. Jochen Aumiller
Niemand soll der Nächste sein.
Das Buch zur persönlichen Krebsvorsorge. Nach der gleichnamigen Serie im Fernsehen.
10794 / DM 3,80

Lutz Bernau/Prof. Dr. med. Adolf Ernst Mayer
Schmerzfrei durch Fingerdruck.
Die aktuelle Methode der Akupressur. Mit zahlreichen Abb.
10792 / DM 6,80

Ilse Buck
Gesund und schlank durch Isometrik
10592 / DM 4,80

Siegfried Block
Sieg über das Altern
Frischzellentherapie heute.
10864 / DM 6,80

Renzo Corcos
Das große Rezeptbuch der Heilkräuter für Gesundheit und Schönheit
10766 / 9,80

Kamala Devi
Tantra-Sex. Die modernen Liebestechniken des Ostens.
10743 / DM 6,80

George Downing
Partner-Massage.
Fitness, Schönheit, Freude.
10742 / DM 5,80

Donna und Rodger Ewy
Die Lamaze-Methode.
Der Weg zu einem positiven Geburtserlebnis.
10814 / DM 5,80

Stephanie Faber
Kräuterkosmetik.
200 Kosmetikrezepte mit Heilkräutern - hausgemacht.
10809 / DM 8,80

Dr. med. Guido Fisch
Akupunktur.
Chinesische Heilkunst in der Medizin der Zukunft. Mit zahlreichen Abb.
10815 / DM 5,80

Robert G. Jackson
Nie mehr krank sein.
Das Geheimnis langen Lebens.
10744 / DM 7,80

Die Frau und ihr Körper.
Ein Handbuch.
Bau - Funktionen - Störungen.
10774 / DM 12,80

Das Kind und sein Körper.
10829 / DM 12,80

Der Mann und sein Körper.
10746 / DM 12,80

Michael Funcke/Horst Schmitz
Unsere Gesundheit.
Vorbeugen, Vorsorgen, Versichern.
10799 / DM 6,80

Hartwig Gäbler
Das Büchlein von den heilenden Kräutern. Mit 89 Abbildungen.
10644 / DM 5,80

Dr. med. Josef Hammerschmid-Gollwitzer
Der aufgeklärte Patient.
Medizinische Allgemeinbildung
10764 / DM 7,80
Wörterbuch der medizinischen Fachausdrücke. 2 Bände.
10706 / DM 19,80

Hugo Max Gross
Biorhythmik.
Einführung und Anleitung in die Lehre vom Auf und Ab unserer Lebenskraft.
10761 / DM 6,80

Ursula Klamroth
Wenn Sie ein Kind bekommen
Schwangerschaft, Geburt, Säuglingspflege.
10825 / DM 7,80

Goldmann Gesundheit

H.U. Peters / Kurt Pollak
Vom Kopfschmerz kann man sich befreien.
10737 / DM 6,80

Priv.-Doz. Dr. med. Jürgen Kramer
Bandscheibenschäden.
Mit 42 Abbildungen.
9035 / DM 4,00

Prof. Dr. med. Hans Kraus
Rückenschmerzen
Ursachen - Verhütung - Behandlung
10697 / DM 4,80

Hans Peter Legal
Herz und Kreislauf.
Anatomie - Funktion - Vorsorge - Krankheiten - Heilung.
10822 / DM 6,80

Barbara Lüdecke
Schönheitsfarm im eigenen Heim.
Rezepte, um schön zu werden und jung zu bleiben.
10797 / DM 6,80

Ralph J. Mac Fadyen
Weg mit der Brille!
Wie man durch tägliches Training die Sehkraft verbessert.
10848 / DM 6,80

Hans Mohl/Max Inzinger/ Martin Richter
Iß das Richtige.
Schlank für immer durch das Erfolgsprogramm der Fernsehserie 'Praxis'
10777 / DM 5,80

Tokujiro Namikoshi
Shiatsu Heilung durch Fingerspitzen.
10765 / DM 5,80

Dr. med. Herbert M. Raymun
Rheuma, Arthrosis, Rückenschmerzen
9027 / DM 6,00

Dr. med. Hans Redies
Kinderkrankheiten
Vorbeugen - Erkennen - Pflegen
10693 / DM 7,80

Bernt Rossiwall
Zähne fürs Leben
10819 / DM 4,80

Barbara Rütting
Mein Kochbuch.
Naturgesunde Köstlichkeiten aus aller Welt.
10838 / DM 7,80

Walther Schoenenberger
Gesund durch natürliche Säfte.
Möglichkeiten und Erfolge der Frischpflanzentherapie.
10839 / DM 5,80

Dr. med. Friedrich Sieber
Die Kneippkur
10849 / DM 7,80

Werner Thumshirn
Jeder kann für sich was tun.
Das Buch zur persönlichen Herz-Kreislauf-Vorsorge.
10847 / DM 5,80

Wolf Ulrich
Alte Heilweisen neu entdeckt.
10856 / DM 6,80

Rudi Wormser
Sensitiv-Spiele.
Mit Abbildungen.
10689 / DM 5,80

Nikolaus Weger
Erste Hilfe bei Vergiftungen.
10863 / DM 7,80

Goldmann
Neumarkter Straße 18, 8000 München 80

Freeling, Nicolas
Castangs Stadt.
(5221) DM 5,80
Die Formel.
(5213) DM 6,80
Inspektor Van der Valks Witwe.
(4897) DM 5,80
Der schwarze Rolls-Royce.
(5206) DM 5,80

Gores, Joe
Dashiell Hammetts letzter Fall.
(4801) DM 4,80
Der Killer in dir.
(4838) DM 4,80

Hare, Cyril
Erschlagen bei den Eiben.
(4774) DM 3,80
Er hätte später sterben sollen.
(4782) DM 3,80

Hill, Reginald
Noch ein Tod in Venedig.
(5219) DM 4,80
Das Rio-Papier u.a. Kriminalgeschichten.
(5216) DM 5,80
Der Calliope-Club.
(4836) DM 5,80

Hughes, Dorothy B.
Wo kein Zeuge lauscht.
(5210) DM 4,80

Maling, Arthur
Zuletzt gesehen...
(5201) DM 6,80

Neely, Richard
Der Attentäter.
(4556) DM 4,—
Lauter Lügen.
(4816) DM 4,80
Schwarzer Vogel über der Brandung.
(4748) DM 4,80
Flucht in die Hölle.
(4866) DM 4,80
Die Nacht der schwarzen Träume.
(4778) DM 4,80
Das letzte Sayonara.
(5208) DM 6,80

Ruhm, Herbert (Hrsg.)
Die besten Stories aus dem weltberühmten »Black Mask Magazine«
(4818) DM 6,80

Simon, Roger L.
Die Peking-Ente.
(5202) DM 4,80

Swarthout, Glendon
Das Wahrheitsspiel.
(5218) DM 6,80

Symons, Julian
Der Fall Adelaide Bartlett.
(5220) DM 6,80
Am Ende war alles umsonst.
(4773) DM 4,80
Roulett der Träume.
(4792) DM 4,80
Damals tödlich.
(4855) DM 5,80

Taibo II., Francisco J.
Die Zeit der Mörder.
(5222) DM 4,80

Tynan, Kathleen
Agatha.
(5204) DM 5,80

Weverka, Robert
Mord an der Themse.
(5211) DM 4,80

Action-Krimi

Charles, Robert
Sechs Stunden nach dem Mord.
(4760) DM 3,80

Copper, Basil
Mord ersten Grades.
(5408) DM 4,80
Geld spielt (k)eine Rolle.
(5410) DM 4,80

Crowe, John
Ein Weg von Mord zu Mord.
(4766) DM 4,80

Crumley, James
Der letzte echte Kuß.
(5414) DM 5,80

Downing, Warwick
...Zahn um Zahn.
(4747) DM 3,80

Faust, Ron
Der Skilift-Killer.
(4832) DM 3,80

Fish, Robert L.
Die Insel der Schlangen.
(5426) DM 4,80
Ein Kopf für den Minister.
(5415) DM 4,80

Gores, Joe
Überfällig.
(5419) DM 5,80
Zur Kasse, Mörder!
(5418) DM 4,80

Hallahan, William H.
Ein Fall für Diplomaten.
(4823) DM 5,80

Hamill, Pete
Ich klau' dir eine Bank.
(5413) DM 4,80
Jeder kann ein Mörder sein.
(5417) DM 4,80

Harrington, William
Scorpio 5.
(4739) DM 4,80

Hubert, Tord
Wenn der Damm bricht.
(4828) DM 4,80

Irvine, R.R.
Der Katzenmörder.
(4745) DM 3,80
Bomben auf Kanal 3.
(4850) DM 4,80

Israel, Peter
Der Trip nach Amsterdam.
(4876) DM 3,80

Jobson, Hamilton
Ein bißchen sterben.
(4888) DM 3,80
Kontrakt mit dem Killer.
(4755) DM 3,80
Richtet mich morgen.
(4808) DM 3,80

Jones, Elwyn
Chefinspektor Barlow in Australien.
(4862) DM 3,80

Kyle, Duncan
Todesfalle Camp 100.
(5402) DM 5,80

Lacy, Ed
Mord auf Kanal 12.
(5422) DM 4,80
Verdammter Bulle.
(5416) DM 4,80
Zahlbar in Mord.
(5406) DM 4,80
Geheimauftrag Harlem.
(5404) DM 5,80

Lecomber, Brian
Schmuggelfracht nach Puerto Rico.
(4861) DM 5,80

MacDonald, John D.
Die mexikanische Heirat.
(5420) DM 4,80

MacKenzie, Donald
Nicht nur Schnappschüsse.
(5425) DM 5,80

Martin, Ian Kennedy
Regan und das Geschäft des Jahrhunderts.
(4834) DM 3,80

Marshall, William
Bombengrüße aus Hongkong
(4738) DM 3,80
Dünne Luft.
(4722) DM 4,80
Das Skelett auf dem Floß.
(5403) DM 4,80

Pronzini, Bill / Malzberg, Barry
Jagt die Bestie!
(5423) DM 5,80

Rifkin, Shepard
Die Schneeschlange.
(4863) DM 3,80

Ross, Sam
Der gelbe Jaguar.
(5411) DM 4,80

Simon, Roger L.
Das Geschäft mit der Macht.
(4874) DM 3,80
Hecht unter Haien.
(4880) DM 3,80

Stein, Aaron Marc
Der Kälte-Faktor.
(4841) DM 3,80
Unterwegs in den Tod.
(4835) DM 4,80
Auftrag mit heißen Kurven.
(5412) DM 4,80

Straker, J.F.
Mord unter Brüdern.
(4870) DM 4,80

Topor, Tom
Verblichener Ruhm.
(5424) DM 5,80

Wainwright, John
Joey.
(4810) DM 3,80
Requiem für einen Verlierer.
(4733) DM 3,80
Gutschein für Mord.
(4848) DM 4,80
Nachts stirbt man schneller.
(5407) DM 4,80

Waugh, Hillary
Fünf Jahre später.
(4875) DM 3,80

Way, Peter
Der tödliche Irrtum.
(5421) DM 4,80

Weverka, Robert
Mord an der Themse.
(5409) DM 4,80

Wilcox, Collin
Der tödliche Biß.
(5401) DM 4,80
Das dritte Opfer.
(4689) DM 4,80
Der Profi-Killer.
(5405) DM 4,80

Wilcox, Collin / Pronzini, Bill
Montag mittag San Francisco.
(4884) DM 5,80

Wren, M.K.
Gewiß ist nur der Tod.
(4839) DM 4,80

Rote Krimi

Bagby, George
Ein Goldfisch unter Haien.
(4768) DM 3,80
Die schöne Geisel.
(4853) DM 3,80
Toter mit Empfehlungsschreiben.
(4864) DM 3,80

Beare, George
Die teuerste Rose.
(4843) DM 3,80

Blake, Nicholas
Das Biest.
(4889) DM 4,80

Brett, Simon
Generalprobe für Mord.
(4826) DM 3,80

Bunn, Thomas
Leiche im Keller.
(4846) DM 5,80

Carmichael, Harry
Liebe, Mord und falsche Zeugen.
(4847) DM 4,80
Der Tod zählt bis drei.
(4785) DM 3,80

Christie, Agatha
Alibi.
(12) DM 4,80
Dreizehn bei Tisch.
(66) DM 4,80
Das Geheimnis von Sittaford.
(73) DM 4,80
Das Haus an der Düne.
(98) DM 4,80
Mord auf dem Golfplatz.
(9) DM 4,80
Nikotin.
(64) DM 4,80
Der rote Kimono.
(62) DM 4,80
Ein Schritt ins Leere.
(70) DM 4,80
Tod in den Wolken.
(4) DM 4,80

Dolson, Hildegarde
Schönheitsschlaf mit Dauerwirkung.
(4825) DM 4,80

Durbridge, Francis
Der Andere.
(3142) DM 3,80
Die Brille.
(2287) DM 4,80
Charlie war mein Freund.
(3027) DM 4,—
Es ist soweit.
(3206) DM 4,80
Das Halstuch.
(3175) DM 4,—
Im Schatten von Soho.
(3218) DM 4,—
Keiner kennt Curzon.
(4225) DM 4,—
Das Kennwort.
(2266) DM 4,—
Kommt Zeit, kommt Mord.
(3140) DM 4,—
Ein Mann namens Harry Brent.
(4035) DM 3,80
Melissa.
(3073) DM 4,—
Mr. Rossiter empfiehlt sich.
(3182) DM 4,80
Paul Temple — Banküberfall in Harkdale.
(4052) DM 3,80
Paul Temple — Der Fall Kelby.
(4039) DM 3,—
Paul Temple jagt Rex.
(3198) DM 4,80
Paul Temple und die Schlagzeilenmänner.
(3190) DM 4,80
Der Schlüssel.
(3166) DM 4,80
Die Schuhe.
(2277) DM 4,80
Der Siegelring.
(3087) DM 4,—
Tim Frazer
(3064) DM 3,80
Tim Frazer und der Fall Salinger.
(3132) DM 4,80
Wie ein Blitz.
(4205) DM 3,—
Tim Frazer weiß Bescheid.
(4871) DM 4,80
Die Kette.
(4788) DM 4,80
Zu jung zum Sterben.
(4157) DM 3,—

Fleming, Joan
Das Haus am Ende der Straße.
(4814) DM 3,80

Fletcher, Lucille
Taxi nach Stamford.
(4723) DM 3,80

Francis, Dick
Der Trick, den keiner kannte.
(4804) DM 4,80
Die letzte Hürde.
(4780) DM 4,80

Gardner, Erle Stanley (A.A. Fair)
Alles oder nichts.
(4117) DM 4,80
Der dunkle Punkt.
(3039) DM 4,80
Goldaktien.
(4789) DM 4,80
Die goldgelbe Tür.
(3050) DM 4,—

Heiße Tage auf Hawaii.
(3106) DM 4,80
Im Mittelpunkt Yvonne.
(4749) DM 4,80
Kleine Fische zählen nicht.
(4802) DM 4,80
Lockvögel.
(3114) DM 4,80
Per Saldo Mord.
(3121) DM 4,—
Ein schwarzer Vogel.
(2267) DM 4,—
Der schweigende Mund.
(2259) DM 5,80
Ein pikanter Köder.
(3129) DM 3,80
Sein erster Fall.
(2291) DM 4,—
Treffpunkt Las Vegas.
(3023) DM 4,80
Wo Licht im Wege steht.
(3048) DM 4,—
Der zweite Buddha.
(3083) DM 4,80
Das volle Risiko.
(4852) DM 4,80
Die Pfotenspur.
(4309) DM 4,—

Gilbert, Michael
Geliebt, gefeiert und getötet.
(4911) DM 5,80
Das leere Haus.
(4868) DM 4,80

Goodis, David
Schüsse auf den Pianisten.
(4894) DM 4,80

Gordons, The
Letzter Brief an Cathy.
(4898) DM 5,80
Beeile dich zu leben.
(4765) DM 4,80
FBI-Aktien.
(2260) DM 4,80
FBI-Aktion »Schwarzer Kater«.
(4661) DM 3,—
FBI-Auftrag.
(3053) DM 3,—
Feuerprobe.
(4670) DM 4,—
Geheimauftrag für Kater D.C.
(3072) DM 3,—
Der letzte Zug.
(3074) DM 4,80

Gunn, Victor
Das achte Messer.
(201) DM 4,80
Auf eigene Faust.
(162) DM 4,—
Die Erpresser.
(148) DM 4,80
Das Geheimnis der
Borgia-Skulptur.
(205) DM 4,—
Die geheimnisvolle Blondine.
(1232) DM 4,-
Gelächter in der Nacht.
(175) DM 4,—
Gute Erholung, Inspektor
Cromwell.
(1137) DM 4,—
Im Nebel verschwunden.
(140) DM 4,80
In blinder Panik.
(1104) DM 4,—
Inspektor Cromwell
ärgert sich.
(2036) DM 4,—
Inspektor Cromwells
großer Tag.
(143) DM 4,—
Inspektor Cromwells Trick.
(294) DM 4,—
Die Lady mit der Peitsche.
(261) DM 4,80
Lord Bassingtons Geheimnis.
(3028) DM 3,—
Der Mann im Regenmantel.
(2093) DM 4,—
Der rächende Zufall.
(186) DM 4,—
Das rote Haar.
(1289) DM 4,—
Roter Fingerhut.
(267) DM 4,—
Schrei vor der Tür.
(2155) DM 4,—
Schritte des Todes.
(3049) DM 4,80
Die seltsame Idee der
Mrs. Scott.
(1122) DM 4,—
Spuren im Schnee.
(147) DM 4,—
Der Tod hat eine Chance.
(166) DM 4,—
Tod im Moor.
(1083) DM 3,80
Die Treppe zum Nichts.
(193) DM 4,—
Der vertauschte Koffer.
(216) DM 4,80
Der vornehme Mörder.
(3062) DM 4,—
Was wußte Molly Liskern?
(1205) DM 4 —
Das Wirtshaus von Dartmoor.
(4772) DM 4,80
Wo waren Sie heute nacht?
(1012) DM 4,—
Die Rosenblätter.
(284) DM 4,80
Zwischenfall auf dem
Trafalgar Square.
(254) DM 4,—

Healey, Ben
Letzte Fähre nach Venedig.
(4914) DM 4,80

Hensley, Joe L.
Giftiger Sommer.
(4869) DM 3,80

Hill, Peter
Mord im kleinen Kreis.
(4824) DM 3,80

Howard, Hartley
Der große Fischzug.
(4887) DM 4,80
Jenseits der Tür.
(4649) DM 4,80
Einmal fängt jeder an.
(4777) DM 3,80
One-Way Ticket.
(4813) DM 3,80
Der Abschiedsbrief.
(4890) DM 4,80
Der Teufel sorgt für die
Seinen.
(4759) DM 4,80
Keine kleine Nachtmusik.
(4783) DM 3,80
Fünf Stunden Todesangst.
(4867) DM 3,80
Fahrkarte ins Jenseits.
(4730) DM 4,80
Nackt, mit heiler Haut.
(4715) DM 4,80

Hughes, Dorothy B.
Der Tod tanzt auf den
Straßen.
(4900) DM 4,80

Knox, Bill
Frachtbetrug.
(4909) DM 4,80
Zwischenfall auf Island.
(4899) DM 4,80
Tödliche Fracht.
(4906) DM 4,80
Whisky macht das Kraut
nicht fett.
(4873) DM 4,80
Gestrandet vor der Bucht.
(4842) DM 3,80

Law, Janice
Zwillings-Trip.
(4817) DM 3,80

Lewis, Roy
Morgen wird abgerechnet.
(4856) DM 3,80
Nichts als Füchse.
(4761) DM 3,80

Lockridge, F.R.
Lautlos wie ein Pfeil.
(4051) DM 3,80
Schluß der Vorstellung.
(4750) DM 4,80
Sieben Leben hat die Katze.
(4820) DM 4,80

Lutz, John
Augen auf beim Kauf.
(4803) DM 3,80

MacKenzie, Donald
Der Fall Kerouac.
(4901) DM 4,80
Notizbuch der Angst.
(4883) DM 3,80
Die tödliche Lektion.
(4822) DM 3,80

Maling, Arthur
Eine Aktie auf den Tod.
(4807) DM 4,80
Manipulationen.
(4854) DM 4,80

Marsh, Ngaio
Der Tod im Frack.
(4908) DM 6,80
Mylord mordet nicht.
(4910) DM 6,80
Fällt er in den Graben, fällt er in den Sumpf.
(4912) DM 5,80
Ouvertüre zum Tod.
(4902) DM 5,80
Tod im Pub.
(4904) DM 5,80

Martin, Robert
Gute Nacht und süße Träume.
(4764) DM 4,80

Nielsen, Helen
Ein folgenschwerer Freispruch.
(4885) DM 4,80

Ormerod, Roger
Blick auf den Tod.
(4819) DM 3,80

Postgate, Raymond
Das Urteil der Zwölf.
(4896) DM 4,80

Roberts, Willo Davis
Tatmotiv: Angst.
(4776) DM 3,80

Roffman, Ian
Trauerkranz mit Liebesgruß.
(4881) DM 4,80

Sayers, Dorothy
Es geschah im Bellona-Klub.
(3067) DM 4,80
Geheimnisvolles Gift.
(3068) DM 4,80
Mord braucht Reklame.
(3066) DM 4,80

Siller, Hilda van
Der Bermuda-Mord.
(4734) DM 3,80
Das Ferngespräch.
(4758) DM 4,80
Ein fairer Prozeß.
(4635) DM 3,80
Ein Familienkonflikt.
(4767) DM 3,80
Der Hilfeschrei.
(4702) DM 3,80
Küß mich und stirb.
(4743) DM 3,80
Die Mörderin.
(4720) DM 3,80
Pauls Apartment.
(4725) DM 3,80
Die schöne Lügnerin.
(4621) DM 3,80
Niemand kennt Mallory.
(4751) DM 3,80

Smith, Charles Merrill
Reverend Randollph und der Racheengel.
(4860) DM 4,80
Die Gnade GmbH.
(4905) DM 5,80

Stout, Rex
Die Champagnerparty.
(4062) DM 4,–
Gambit.
(4038) DM 4,–
Gast im dritten Stock.
(2284) DM 4,–
Das Geheimnis der Bergkatze.
(3052) DM 4,–
Gift à la carte.
(4349) DM DM 4,–
Die goldenen Spinnen.
(3031) DM 4,–
Morde jetzt – zahle später.
(3124) DM 4,–
Orchideen für sechzehn Mädchen.
(3002) DM 4,–
P.H. antwortet nicht.
(3024) DM 4,–
Das Plagiat.
(3108) DM 4,80
Der rote Bulle.
(2269) DM 4,–
Der Schein trügt.
(3300) DM 4,–
Vor Mitternacht.
(4048) DM 4,–
Per Adresse Mörder X.
(4389) DM 4,80
Zu viele Klienten.
(3290) DM 4,–
Zu viele Köche.
(2262) DM 4,–
Das zweite Geständnis.
(4056) DM 4,–
Wenn Licht ins Dunkle fällt.
(4358) DM 4,–

Truman, Margaret
Mord im Weißen Haus.
(4907) DM 5,80

Upfield, Arthur W.
Bony stellt eine Falle.
(1168) DM 4,–
Bony übernimmt den Fall.
(2031) DM 4,80
Bony und der Bumerang.
(2215) DM 4,–
Bony und die Maus.
(1011) DM 4,80
Bony und die schwarze Jungfrau.
(1074) DM 4,–
Bony und die Todesotter.
(2088) DM 4,–
Bony und die weiße Wilde.
(1135) DM 4,–
Bony wird verhaftet.
(1281) DM 4,80
Fremde sind unerwünscht.
(1230) DM 4,–
Gefahr für Bony.
(2289) DM 4,–
Die Giftvilla.
(180) DM 4,80
Ein glücklicher Zufall.
(1044) DM 4,80
Die Junggesellen von Broken Hill.
(241) DM 4,80
Der Kopf im Netz.
(167) DM 4,80
Die Leute von nebenan.
(198) DM 4,80
Mr. Jellys Geheimnis.
(2141) DM 4,–
Der neue Schuh.
(219) DM 4,80
Der schwarze Brunnen.
(224) DM 4,–
Der streitbare Prophet.
(232) DM 4,80
Todeszauber.
(2111) DM 4,–
Viermal bei Neumond.
(4756) DM 4,80
Wer war der zweite Mann?
(1208) DM 4,–
Die Witwen von Broome.
(142) DM 4,80
Bony kauft eine Frau.
(4781) DM 3,80

Wainwright, John
Gehirnwäsche.
(4903) DM 4,80

Wallace, Penelope
Toter Erbe – guter Erbe.
● (4893) DM 3,80
Das Geheimnis des schlafwandelnden Affen.
● (4849) DM 3,80

Weinert-Wilton, Louis
Die chinesische Nelke.
(53) DM 5,80
Der Drudenfuß.
(233) DM 4,80
Die Königin der Nacht.
(281) DM 4,80
Der Panther.
(5) DM 4,80
Der schwarze Meilenstein.
(4741) DM 4,80
Der Teppich des Grauens.
(106) DM 4,80
Die weiße Spinne.
(2) DM 4,80

Woods, Sara
Kommt nun zum Spruch.
(4913) DM 4,80
Der Mörder tritt ab.
(4878) DM 4,80
Verrat mit Mord garniert.
(4882) DM 4,80
Ein Dieb oder zwei.
(4784) DM 4,80

Große Reihe

Das vollständige Programm / Preisänderungen vorbehalten

Romane
Unterhaltung
Tatsachenberichte

Aldridge, Alan (Hrsg.)
The Beatles Songbook.
Mit vielen farbigen Abbildungen und vollständigen Songtexten.
Im Großformat 21 x 28 cm.
(10197) DM 19,80

Aldridge, James
Der wunderbare Mongole.
Roman. (3941) DM 4,80

Barbier, Elisabeth
Verschlossenes Paradies.
Roman. (6308) DM 6,80

Die Mogador-Saga. Bd. I
Bezaubernde Julia.
Roman. (3655) DM 6,80
Die Mogador-Saga. Bd. II.
Leid und Liebe für Julia.
Roman. (3667) DM 5,80
Die Mogador-Saga. Bd. III.
Ludivine und Frédéric.
Roman. (3697) DM 6,80
Die Mogador-Saga. Band IV.
Schicksalsjahre für Ludivine.
Roman. (3708) DM 5,80
Die Mogador-Saga. Band V.
Junge Herrin Dominique.
Roman. (3724) DM 5,80
Die Mogador-Saga. Bd. VI.
Bittersüße Liebe für Dominique.
Roman. (3753) DM 5,80
Mein Vater, der Held.
Roman. (3945) DM 5,80
Weder Tag noch Stunde.
Roman. (3943) DM 6,80

Baumann, Bodo
Bitte recht amtlich.
Satiren aus Deutschland.
(3941) DM 4,80

Beaty, David
Flucht aus Kajandi.
Roman. (6302) DM 6,80
Zone des Schweigens.
Roman. (3852) DM 5,80
Gesetz der Serie.
Roman. (3448) DM 5.—
Um Haaresbreite.
Roman. (3460) DM 6,80
Testflug.
Roman. (3644) DM 5,80
Der letzte Flug.
Roman. (3764) DM 6,80
Sirenengesang.
Roman. (3712) DM 5,80

Bergfeld, Thorsten
Nachmittagssonne
Roman. (6352) DM 6,80

Bergius, C.C.
Söhne des Ikarus.
Die abenteuerlichsten Fliegergeschichten der Welt.
(3989) DM 6,80
Heißer Sand.
Roman. (3963) DM 5,80
Schakale Gottes.
Roman. (3863) DM 6,80
Der Tag des Zorns.
Roman. (3519) DM 5,80

Das weiße Krokodil.
Roman. (3502) DM 3,80
Entscheidung auf Mallorca.
Roman. (3672) DM 5,80
Dschingis Chan.
Roman. (3664) DM 7,80
Der Fälscher.
Roman. (3751) DM 6,80

Bergner, Elisabeth
Bewundert viel und viel gescholten.
Unordentliche Erinnerungen.
(3980) DM 8,80

Berthold, Will
Revolution im weißen Kittel.
Hoffnungen und Siege der modernen Medizin.
(3977) DM 7,80
Etappe Paris.
Roman. (3903) DM 5,80
Fünf vor zwölf — und kein Erbarmen.
Roman. (3702) DM 5,80
Brigade Dirlewanger.
Roman. (3518) DM 5,80
Feldpostnummer unbekannt.
Roman. (3539) DM 5,80
Prinz-Albrecht-Straße.
Roman. (3673) DM 6,80
Vom Himmel zur Hölle.
Roman nach Tatsachen.
(3842) DM 5,80
Auf dem Rücken des Tigers.
Roman. (3832) DM 5,80

Beth, Gunther
Meine Mutter tut das nicht.
Roman. (3915) DM 5,80

Bieler, Manfred
Der Kanal.
Roman. (3998) DM 9,80

Binding, Rudolf G.
Reitvorschrift für eine Geliebte.
Mit Federzeichnungen von Wilhelm M. Busch.
(3507) DM 3,80

Blaumeiser, Josef / Nittner, Tomas
Die Wüste bebt.
Absolut keine Legenden über Arabien.
(6951) DM 7,80

Blickensdörfer, Hans
Der Schacht.
Roman. (3650) DM 6,80

Blobel, Brigitte
Der Mandelbaum.
(6358) DM 5,80
Ehepaare.
Roman. (6359) DM 5,80
Das Osterbuch.
(3847) DM 5,80
Alsterblick.
Roman. (3917) DM 5,80
Jasminas Sohn.
Roman. (6357) DM 5,80

Brent, Madeleine
Cadi.
Roman. (3851) DM 6,80

Bromfield, Louis
Nacht in Bombay.
Roman. (3723) DM 7,80
Kenny.
Roman. (3392) DM 3,80
Früher Herbst.
Roman. (3661) DM 5,80

Buchheim, Lothar-Günther
Tage und Nächte steigen aus dem Strom. Eine Donaufahrt.
(6343) DM 6,80

Buck, Pearl S.
Frau im Zorn.
Roman. (3999) DM 6,80
Wer Wind sät...
Roman. (3960) DM 5,80
Die Liebenden. Erzählungen.
(3991) DM 6,80
Ruf des Lebens.
Roman. (3912) DM 5,80
Und fänden die Liebe nicht.
Roman. (3850) DM 5,80
Geheimnisse des Herzens.
Erzählungen. (3874) DM 6,80
Über allem die Liebe.
Roman. (773) DM 4,80
Die gute Erde.
Roman. (3654) DM 5,80
Das Mädchen Orchidee.
Roman. (3504) DM 6,80
Die Wandlung des jungen Ko-sen.
Roman. (3534) DM 4,80
Der Weg ins Licht.
Roman. (3944) DM 5,80

Burgess, Alan
Sieben Mann im Morgengrauen.
Das Attentat auf Heydrich.
(6329) DM 6,80

Busch, Fritz Otto
Das Geheimnis der »Bismarck«.
Kampf und Untergang des berühmten deutschen Schlachtschiffes.
(3523) DM 5,80

Buschow, Rosemarie
Der Prinz und ich.
Eine wahre Geschichte aus dem Lande der Ölscheichs.
Ein BUNTE-Buch.
(3957) DM 6,80 DE

Byhan, Inge
In 30 Sekunden Crash.
Die ungewöhnlichsten Flugzeugkatastrophen nach Berichten von Augenzeugen. Ein BUNTE-Buch.
(3952) DM 5,80

Caldwell, Erskine
In Gottes sicherer Hand.
Roman. (3910) DM 6,80

Caldwell, Taylor
Gesellschaft im Blizzard.
Roman. (3660) DM 3,80

Canning, Victor
Das brennende Auge.
Roman. (3859) DM 5,80

Colpet, Max
Es fing so harmlos an.
Roman. (3914) DM 5,80

Constantine, Eddie
Der Favorit.
Roman. (6321) DM 5,80
(6360) DM 7,80

Cordes, Alexandra
Dunkle Nacht, heller Tag.
Roman. (6307) DM 5,80
Sehnsucht ist mehr als ein Traum.
Roman. (6336) DM 5,80
Gefährliche Liebe.
Roman. (3969) DM 6,80
Das Lied von Liebe und Tod.
Roman. (3898) DM 5,80
Haus der Träume.
Roman. (3703) DM 5,80
Wilde Freunde.
Die Abenteuer des Rick Hardt.
(3524) DM 4,80
Die Buschärztin.
Roman. (3645) DM 5,80
Das Kind des anderen.
Roman. (3830) DM 5,80
Ich will mir dir allein sein.
Roman. (3908) DM 5,80
Saat der Sünde.
Roman. (3936) DM 5,80
Der Engel mit den schwarzen Flügeln.
Roman. (3868) DM 5,80

Courtney, Caroline
Olivia. Triumph der Liebe.
Roman. (6361) DM 4,80
Lucinda. Geheimnisvolle Liebe.
Roman. (3965) DM 4,80
Davinia. Königsweg der Liebe.
Roman. (3994) DM 4,80

Cussler, Clive
Eisberg.
Roman. (3513) DM 6,80
Der Todesflieger.
Roman. (3657) DM 5,80
Hebt die Titanic.
Roman. (3976) DM 7,80

Czuday, Axel
Allein in der Arktis.
(3896) DM 8,80

Deeping, Warwick
Hauptmann Sorrell und sein Sohn.
Roman. (3668) DM 7,80

Deighton, Len
Unternehmen Adler.
Tatsachenbericht.
(3979) DM 7.80

Große Reihe

Preisänderungen vorbehalten

Denk, Liselotte
Auf der Suche nach morgen.
6360 (DM 7,80)

Dietrich, Marlene
Nehmt nur mein Leben...
(6327) DM 7,80

Drewitz, Ingeborg
Gestern war Heute.
Roman. (3934) DM 9,80
Das Hochhaus.
Roman. (3825) DM 6,80

Dronsart, Claude / Nédélec, Hervé
Saint Tropez, ich liebe dich.
Reportagen und Bilder.
(6364) DM 6,80

Dumas d.Ä., Alexandre
Die drei Musketiere.
Roman. (404) DM 8,80
Der Graf von Monte Christo.
Roman. (815) DM 7,80
Das Halsband der Königin.
Roman. (3404) DM 7,80

Dumas d.J., Alexandre
Die Kameliendame.
Roman. (3389) DM 4,80

Endrikat, Fred
Das große Endrikat-Buch.
(3720) DM 5,80

Engelmann, Bernt
Eingang nur für Herrschaften.
Karrieren über die Hintertreppe.
(3699) DM 5,80

English, Harold
In letzter Minute.
Roman. (6311) DM 7,80

Erler, Rainer
Die letzten Ferien.
Roman. (6310) DM 5,80
Die Delegation.
Roman. (3701) DM 5,80
Fleisch.
Roman. (3727) DM 6,80
Das Blaue Palais.
Romane nach der gleichnamigen Fernsehserie:
Das Genie.
(3743) DM 4,80
Der Verräter.
(3757) DM 4.80
Das Medium.
(3767) DM 4,80
Unsterblichkeit.
(3858) DM 5,80
Der Gigant.
(3909) DM 5,80

Fabel, Renate
Wo die Liebe hinfällt.
Roman. (3916) DM 5,80

Fechner, Eberhard / Kempowski, Walter
Tadellöser & Wolff / Ein Kapitel für sich.
Materialien zu ZDF-Fernsehsendungen.
(3902) DM 6,80

Felinau, Josef Pelz von
Titanic.
Der berühmte Roman um die größte Schiffskatastrophe der Welt.
(3600) DM 6,80

Ferber, Edna
Saratoga.
Roman. (6328) DM 6,80
Giganten.
Roman. (3648) DM 7,80
Show Boat.
Roman. (3716) DM 6,80

Fernau, Joachim
Fernau siehe unten

Ferolli, Beatrice
Sommerinsel.
Roman. (3838) DM 6,80

Fischer, Marie Louise
Mutterliebe.
Roman. (4000) DM 5,80 (Mai 1981)
Ein ergreifender Roman der beliebten Autorin Marie Louise Fischer. Sie beschreibt das Urbild einer sich aufopfernden Frau und Mutter, der die Familie über alles geht.
Die Frauen vom Schloß.
Roman. (3970) DM 7,80
Aus Liebe schuldig.
Roman. (3990) DM 5,80
Tödliche Hände.
Roman. (3856) DM 5,80
Das Dragonerhaus.
Roman. (3869) DM 6,80
Der Schatten des anderen.
Roman. (3715) DM 5,80
Mit einer weißen Nelke.
Roman. (3508) DM 5,80
Süßes Leben, bitteres Leben.
Roman. (3642) DM 4,80
Des Herzens unstillbare Sehnsucht.
Roman. (3669) DM 4,80
Schwester Daniela.
Roman. (3829) DM 5,80
Diese heiß ersehnten Jahre.
Roman. (3826) DM 6,80
Die Rivalin.
Roman. (3706) DM 7,80

Joachim Fernau

Die Gretchenfrage.
Variationen über ein Thema von Goethe.
(6306) DM 5,80 (Juni 1981)
Joachim Fernau, eleganter Erzähler mit Esprit, der Philosoph unter den Sachbuchautoren, mit heiter-gelassenen Causerien über die Gretchenfrage: "Wie hältst du's mit der Religion?" Eine Variation in sieben Sätzen. Fernau - von Millionen gelesen, von Millionen geliebt.

Rosen für Apoll.
Die Geschichte der Griechen
(3679) DM 5,80
Disteln für Hagen
Eine Bestandsaufnahme der deutschen Seele
(3680) DM 5,80
Deutschland, Deutschland über alles ...
Von Anfang bis Ende
(3681) DM 6,80
Die Genies der Deutschen
(3828) DM 6,80
Caesar läßt grüßen
Die Geschichte der Römer
(3831) DM 6,80
Halleluja
Die Geschichte der USA
(3849) DM 6,80
Und sie schämeten sich nicht
Ein Zweitausendjahr-Bericht
(3867) DM 5,80

François
Wenn die Russen angreifen...
Mit einem Vorwort von Paul Carell.
(6324) DM 6,80

Freeman-Solomon, Ruth
Mit dem Herzen einer Wölfin.
Roman. (2946) DM 6,80
Der Falke und die Taube.
Roman. (3756) DM 7,80

Frick, Hans
Dannys Traum.
Roman. (3527) DM 6,80

Gast, Lise
Die Sache, die man Liebe nennt.
Menschen, Pferde und ein Roman.
(6345) DM 5,80
Die Schenke zur ewigen Liebe.
Roman. (3978) DM 4,80
Bittersüß wie Schlehenduft.
Roman. (3827) DM 5,80
Junge Mutter Randi.
Roman. (3710) DM 4,80
Das Familienkind.
Roman. (3458) DM 4,80
Geliebter Sohn.
Roman. (3393) DM 3,80
Das Haus der offenen Türen.
Roman. (3368) DM 4,80
Hochzeit machen, das ist wunderschön.
Roman. (3414) DM 3,80
In Liebe Deine Randi.
Roman. (3488) DM 3,80
Das Leben findet heute statt.
Roman. (3427) DM 4,80
Männer sind Gänseblümchen.
Roman. (3387) DM 3,80
Morgen oder übermorgen.
Roman. (3442) DM 4,80
Randi und das halbe Dutzend.
Roman. (3474) DM 4,80
Die Reise nach Ascona.
Roman. (3375) DM 4,80

Geller, Uri
Auf Biegen und Brechen.
(3995) DM 5,80

Golon, Anne
Angélique und die Verschwörung.
Roman. (3883) DM 6,80

Grumbach-Palme, Joseph M.
Erben gesucht.
Wem gehört das Geld?
(3968) DM 5,80

Habeler, Peter
Keine Angst vor Bergen!
(3959) DM 8,80
Der einsame Sieg.
Mount Everest '78
(3740) DM 8,80

Hackett, General Sir John
Der Dritte Weltkrieg.
Roman. (3865) DM 7,80

Hampel, Bruno
13 Rosen für die Erbin.
Roman. (3918) DM 5,80

Hardeck, Marianne
Die Ehe der Vera S.
Roman. (6350) DM 6,80

Hassencamp, Oliver
Klipp und klar.
Gute und böse Gedanken.
(3911) DM 4,80

Heesters, Johannes
Es kommt auf die Sekunde an.
Erinnerungen.
(3879) DM 7,80

Heinrich, Willi
Schmetterlinge weinen nicht.
Roman. (3647) DM 6,80
Steiner I.
Das geduldige Fleisch.
Roman. (3755) DM 6,80
Steiner II. Das Eiserne Kreuz.
Siehe Warden, Robert.

Heinz, W.C.
Der Chirurg.
Roman. (3526) DM 5,80

Hocken, Sheila
Emma und ich. Die erstaunlichen Erlebnisse einer jungen blinden Frau | mit ihrer klugen Hündin.
(3984) DM 6,80

Hoffenberg, Jack
Die Gunst des Schicksals.
Roman. (3985) DM 9,80

Horbach, Michael
Bevor die Nacht begann.
Roman. (6305) DM 6,80
Die schuldlos sühnen.
Roman. (6349) DM 6,80

Horster, Hans-Ulrich
Verschattete Heimkehr.
Roman. (6313) DM 7,80
Verlorene Träume.
Roman. (3967) DM 6,80
Herz ohne Gnade.
Roman. (3861) DM 6,80
Der rote Rausch.
Roman. (3872) DM 6,80
Ein Student ging vorbei.
Roman. (3735) DM 6,80
Wie ein Sturmwind.
Roman. (3881) DM 7,80
Suchkind 312.
Roman. (3737) DM 6,80
Eheinstitut Aurora.
Roman. (3738) DM 6,80
Die Toteninsel.
Roman. (3754) DM 6,80
Ein Augenblick der Ewigkeit.
Roman. (3821) DM 6,80
Karussell der Liebe.
Roman. (3761) DM 6,80

Houston, James
Wie Füchse aus den Wäldern.
Roman. (6331) DM 7,80

Hugo, Victor
Der Glöckner von Notre-Dame.
Roman. (3953) DM 7,80

Huna, Ludwig
Das Mädchen von Nettuno.
Roman. Die »Borgia«-Trilogie III.
(3505) DM 4,80

Jarman, Rosemary H.
Die heimliche Krone.
Katharina von Valois auf dem englischen Thron.
Roman. (6319) DM 7,80

Jersild, P.C.
Die Insel der Kinder.
Roman. (6309) DM 7,80

Johann, A.E.
Sohn der Sterne und Ströme.
Roman. (3515)
DM 6,80

Kempowski, Walter
Tadellöser & Wolff.
Roman. (3892) DM 9,80
Aus großer Zeit.
Roman. (3933) DM 9,80

Kempowski, Walter / Fechner, Eberhard
Tadellöser & Wolff/Ein Kapitel für sich.
Materialien zu ZDF-Fernsehsendungen.
(3902) DM 6,80

Kernmayr, Hans Gustl
Unternehmen Edelweiß.
Roman. (3725) DM 3,80
Erzherzog Johanns große Liebe.
Roman. (3521) DM 4,80

Kirst, Hans Hellmut
Glück läßt sich nicht kaufen.
Roman. (3711) DM 5,80
Die Nacht der Generale.
Roman. (3538) DM 5,80
08/15 heute.
Der Roman der Bundeswehr.
(1345) DM 5,80
08/15 in der Kaserne.
Roman. Teil 1 der »08/15«-Trilogie.
(3497) DM 5,80
08/15 im Krieg.
Roman. Teil 2 der »08/15«-Trilogie.
(3498) DM 6,80
08/15 bis zum Ende.
Roman. Teil 3 der »08/15«-Trilogie.
(3499) DM 5,80
Keiner kommt davon.
Roman. (3763) DM 6,80
Generalsaffären.
Roman. (3906) DM 6,80

Knebel, Fletcher
Dollarfiesta.
Roman.
(3731) DM 6,80

Knef, Hildegard
Tournee, Tournee.
Die Schauspielerin, der Filmstar, die Autorin, der Showstar.
(10200) DM 9,80
Das Urteil.
(3520) DM 8,80
Nichts als Neugier.
Interwiews zu Fragen der Parapsychologie.
(3690) DM 8,80

Kolnberger, Evelyn
Der Wunsch.
Roman. (6353) DM 6,80

Lawrence, Margery
Die Madonna der sieben Monde.
Roman. (6338) DM 7,80

Leigh, Wendy
Was macht einen Mann gut im Bett?
(3854) DM 5,80
Was macht eine Frau gut im Bett?
(3742) DM 5,80

Große Reihe

Preisänderungen vorbehalten

Lentz, Mischa
Isabel.
Die Geschichte eines Sommers.
(6351) DM 5,80

Es ist schon sieben und Grischa nicht hier...
Roman. (6337) DM 5,80

Leonhardt, Rudolf Walter
(Hrsg.)
Lieder aus dem Krieg.
(3683) DM 6,80

Llewellyn, Richard
Der Judastag.
Roman. (3870) DM 7,80

Lundholm, Anja
Zerreißprobe.
Roman. (3877) DM 5,80

MacLean, Alistair
Rendezvous mit dem Tod.
Roman. (2655) DM 6,80
Das Mörderschiff.
Roman. (2880) DM 5,80

Mally, Anita
Premiere.
Roman. (6354) DM 5,80

Markus
Geschichte, die das Leben schrieb.
Ein stern-Buch.
(6952) DM 7,80

Martin, Hansjörg
Herzschlag.
Roman. (3951) DM 6,80

Maupassant, Guy de
Bel Ami.
Roman. (3411) DM 6,80

McKenna, Richard
Das Kanonenboot vom Yangtse-Kiang.
Roman. (3532) DM 6,80

Meissner, Hans-Otto
Im Zauber des Nordlichts.
Reisen und Abenteuer am Polarkreis.
(6347) DM 8,80
Der Stern von Kalifornien.
Reisen und Abenteuer im Südwesten der USA.
(3974) DM 8,80
Alatna.
Roman. (3857) DM 6,80
Versprechen im Schnee.
Roman. (3719) DM 5,80
Im Eismeer verschollen.
Roman. (2923) DM 4.—
Wildes rauhes Land.
Reisen und Jagen im Norden Kanadas.
(3760) DM 7,80
Gemsen vor meiner Tür.
Jagdgeschichten.
(3956) DM 7,80

Merkel, Max
Geheuert — Gefeiert — Gefeuert.
Die bemerke(l)nswerten Erlebnisse eines Fußballtrainers.
(3948) DM 6,80

Metternich, Tatiana
Bericht eines ungewöhnlichen Lebens.
(3922) DM 8,80

Moore, Robin
Das chinesische Ultimatum.
Roman. (3535) DM 5,80
Big Money.
Roman. (3675) DM 5,80

Moore, Robin / Dempsey, Al
Die Rom-Verschwörung.
Agententhriller.
(3973) DM 5,80
Die roten Falken.
Roman. (3659) DM 5,80
Die London-Falle.
Agententhriller.
(3946) DM 5,80 DE

Moore, Robin / Fuca, Barbara
Ein Leben für die Hölle.
Roman. (3717) DM 4,80

Müller, André
Entblößungen.
Ausgefallene, interessante, literarische Interviews.
(3887) DM 7,80

Munshower, Suzanne
John Travolta.
Disco-Star.
(3835) DM 5,80

Nelken, Dinah
Von ganzem Herzen.
Roman. (6301) DM 6,80

Och, Armin
Zürich
Paradeplatz.
Roman.
(6312) DM 6,80

Otta, Stephan
Nur ein Seitensprung.
Roman. (3919) DM 5,80

Pahlen, Henry
Der Gefangene der Wüste.
Roman. (2545) DM 6,80
In den Klauen des Löwen.
Roman. (2581) DM 5,80
Liebe auf dem Pulverfaß.
Roman. (3402) DM 4,80
Schlüsselspiele für drei Paare.
Roman. (3367) DM 6.—
Schwarzer Nerz auf zarter Haut.
Roman. (2624) DM 5,80

Pahlen, Kurt (Hrsg.)
Mein Engel, mein Alles, mein Ich.
294 Liebesbriefe berühmter Musike
(6320) DM 7,80

Pepin F.
Magic 17.
Erotische Begegnungen.
(3855) DM 5,80

Konsalik

Das Haus der verlorenen Herzen.
Roman. (6315) DM 6,80
Eine glückliche Ehe.
Roman. (3935) DM 6,80
Das Geheimnis der sieben Palmen.
Roman. (3981) DM 6,80
Verliebte Abenteuer.
Heiterer Liebesroman.
(3925) DM 5,80
Auch das Paradies wirft Schatten.
Die Masken der Liebe.
Zwei Romane.
(3873) DM 5,80
Der Fluch der grünen Steine.
Roman.
(3721) DM 5,80
Schicksal aus zweiter Hand.
Roman. (3714) DM 6,80
Die tödliche Heirat.
Kriminalroman.
(3665) DM 5,80
Manöver im Herbst.
Roman. (3653) DM 6,80
Ich gestehe.
Roman.
(3536) DM 5,80
Morgen ist ein neuer Tag.
Roman.
(3517) DM 5,80
Das Schloß der blauen Vögel.
Roman. (3511) DM 6,80
Die schöne Ärztin.
Roman.
(3503) DM 6,80
Das Lied der schwarzen Berge.
Roman. (2889) DM 5,80
Ein Mensch wie du.
Roman. (2688) DM 5,80
Die schweigenden Kanäle.
Roman. (2579) DM 5,80
Stalingrad.
Bilder vom Untergang der 6. Armee.
(3698) DM 7,80

Percha, Igor von
Charlotta, Gräfin von Potsdam.
Roman. (3466) DM 6.—
Christina Maria und die Petersburger Nächte.
Roman. (3440) DM 4,80
Im Auftrag der Königin.
Roman. (3670) DM 4,80

Perrin, Elula
Nur Frauen können Frauen lieben.
Roman. (3926) DM 5,80

Marcel Pagnol
Der Dichter der Provence

Marius — Fanny — César.
Szenen aus Marseille.
(3972) DM 7,80
Marcel.
Eine Kindheit in der Provence.
(3750) DM 5,80
Marcel und Isabelle.
Die Zeit der Geheimnisse.
(3759) DM 5,80
Die Zeit der Liebe.
Kindheitserinnerungen.
(3878) DM 6,80
Die Wasser der Hügel.
Roman. (3766) DM 6,80
Die eiserne Maske.
Der Sonnenkönig und das Geheim nis des großen Unbek.
(3862) DM 6,80

Piechota, Ulrike
Traumkonzert
Roman. (6355) DM 5,80

Plievier, Theodor
Stalingrad.
Roman. (3643) DM 6,80

Poe, Edgar Allan
Der Doppelmord in der Rue Morgue (523) DM 4,80
Der Untergang des Hauses Usher.
Erzählungen. (3410) DM 4,80

Poyer, Joe
Der Milliarden-Terror.
Polit-Thriller.
(3992) DM 6,80

Preute, Michael und Gabriele
Deutschlands Kriminalfall Nr. 1
Vera Brühne — ein Justizirrtum?
(3891) DM 5,80

Preute, Michael / Guldner, Renate
Elvis Presley. The King.
Mit 28 Illustrationen sowie vollst Disco- und Filmographie.
(3597) DM 4,80

Raab, Fritz
Das Denkmal.
Roman. (6317) DM 7,80

Rampa, Lobsang
Das dritte Auge.
Ein tibetanischer Lama erzählt sein Leben.
(3744) DM 6,80

Rand, Ayn
Der ewige Quell.
Roman. (3700) DM 9,80

Rattay, Arno / Chiczewski, Andrzej
Narben.
Wege zur Versöhnung zwischen Deutschen und Polen.
(6365) DM 7,80

Rezzori, Gregor von
Die Toten auf ihre Plätze!
Ein Filmtagebuch.
(3541) DM 5,80

Rosendorfer, Herbert
Stephanie und das vorige Leben.
Roman. (3823) DM 5,80

Rothenberger, Anneliese
Melodie meines Lebens.
Ein Weltstar erzählt.
(2990) DM 4,80

Ruark, Robert
Die schwarze Haut.
Roman. (6304) DM 8,80
Nie mehr arm. Roman.
1. Teil: (6333) DM 6,80
2. Teil: (6334) DM 6,80

Schaake, Ursula
Zwölf Tage im August.
Roman. (3666) DM 4,80

Schönthan, Gaby von
So nah der Liebe.
Roman. (3890) DM 5,80

Schrobsdorff, Angelika
Die kurze Stunde zwischen Tag und Nacht.
Roman. (3964) DM 9,80
Der Geliebte.
Roman. (3525) DM 6,80
Die Herren.
Roman. (3471) DM 7,80

Schulberg, Budd
Der Entzauberte.
Roman. (3986) DM 7,80
Die Faust im Nacken.
Roman. (3762) DM 6,80

Sebastian, Peter
Schwester Carola.
Roman. (6322) DM 5,80

Stop, Dr. von Menasse!
Arztroman. (6346) DM 5,80
Als die letzte Maske fiel.
Arztroman.
(3993) DM 5,80
Der Chefarzt.
Roman. (3662) DM 4,80
Kaserne Krankenhaus.
Roman. (3822) DM 4,80

Segal, Erich
Oliver's Story.
Roman. (3709) DM 4,80

Seymour, Gerald
Der Ruf des Eisvogels.
Roman. (3930) DM 6,80

Sheldon, Sydney
Ein Fremder im Spiegel.
Roman. (6314) DM 6,80
Jenseits von Mitternacht.
Roman. (6325) DM 7,80
Blutspur.
Roman. (6342) DM 6,80

Sing mit Fischer.
Die schönsten Lieder der Fischer-Chöre.
(3942) DM 6,80

Sinn, Dieter
Rom zu meinen Füßen.
Cesare Borgia. Ein Roman der Macht.
(6340) DM 7,80

Slaughter, Frank G.
Intensivstation.
Roman. (3506) DM 6,80

Sommer, Siegfried
Meine 99 Bräute.
Roman. (3871) DM 5,80

Steffens, Günter
Die Annäherung an das Glück.
Roman. (3988) DM 9,80

Steinbeck, John
Die wunderlichen Schelme von Tortilla Flat.
Roman. (3923) DM 5,80
Wonniger Donnerstag.
Roman. (3931) DM 6,80

Stevens, Robert Tyler
Sommer in Livadia.
Roman. (6339)

Stromberger, Robert (Hrsg.)
Tod eines Schülers.
Wer ist schuld am Selbstmord von Claus Wagner?
(3950) DM 7,80

Tessin, Brigitte von
Der Bastard.
Roman. (3932) DM 9,80

Stone, Irving
Die Träume leben.
Die Karriere des Heizers D.
Roman. (6326) DM 6,80

Tetsche
Neues aus Kalau.
Ein stern-Buch.
(6953) DM 9,80

Tolstoi, Leo N.
Krieg und Frieden.
Roman. (430) DM 9,80

Troll, Thaddäus
Herrliche Aussichten.
Satirische Feststellungen.
(3734) DM 3,80

Troy, Una
Der Brückenheilige.
Roman. (3676) DM 5,80
Sommer der Versuchung.
Roman. (3380) DM 5,80

Trudeau, Margaret
Ich pfeif' auf die Vernunft.
Erinnerungen.
(3864) DM 7,80

Große Reihe

Preisänderungen vorbehalten

Vialar, Paul
Madame de Viborne.
Roman. (3704) DM 9,80

Wagner, F.J.
Das Ding.
Roman. (3921) DM 6,80

Walker, Margaret
Die Sklavin.
Roman. (3568) DM 6,80

Wallace, Lewis
Ben Hur.
Roman. (645) DM 5,80

Warden, Robert
Steiner II. Das Eiserne Kreuz.
Roman nach Motiven von
Willi Heinrich.
(3884) DM 6,80

Wiseman, Thomas
Der Tag vor Sonnenaufgang.
Roman. (6330) DM 7,80

Woodiwiss, Kathleen E.
Wohin der Sturm uns trägt.
Roman. (6341) DM 7,80
Shana.
Roman. (3939) DM 8,80

Zola, Emile
Nana.
Roman. (3996) DM 8,80

Zwerenz, Gerhard
Der chinesische Hund.
Roman. (6323) DM 5,80
Salut für einen alten Poeten.
(3937) DM 5,80
Die 25. Stunde der Liebe.
Roman. (3971) DM 5,80
Schöne Geschichten.
Erotische Streifzüge.
(3987) DM 5,80
Die Quadriga des Mischa Wolf.
Roman. (3652) DM 6,80
Die schrecklichen Folgen der Legende, ein Liebhaber gewesen zu sein.
Erotische Geschichten.
(3674) DM 4,80
Die Ehe der Maria Braun.
Roman nach dem gleichnamigen Film von Rainer Werner Fassbinder.
(3841) DM 5,80
Wozu das ganze Theater?
Roman. (3824) DM 6,80
Eine Liebe in Schweden.
Roman. (3907) DM 5,80
Ungezogene Geschichten.
(3928) DM 5,80

Heitere Romane und Humor

Böttcher, Maximilian
Krach im Hinterhaus.
Roman. (6348) DM 6,80

Gallico, Paul
Kleine Mouche — Pepino — Die Schneeganz. Erzählungen.
(902) DM 3,80

Geißler, Horst Wolfram
Die Glasharmonika.
Roman. (2717) DM 4,80
Der unheilige Florian.
Roman. (1712) DM 4,80
Das Lied vom Wind.
Roman. (3641) DM 5,80

Gilbreth, Frank B. / Gilbreth Carey, Ernestine
Im Dutzend billiger.
Roman. (3929) DM 4,80

Heimeran, Ernst (Hrsg.)
Unfreiwilliger Humor.
(3381) DM 4,80

Holm, Sven (Hrsg.)
Bettfreuden.
Dänische Liebesgeschichten.
Erste Folge. (3531) DM 4,80
Zweite Folge. (3649) DM 4,80
Dritte Folge. (3975) DM 4,80

Lembke, Robert
Die besten, die größten, die schlimmsten.
Rekorde reihenweise.
(3836) DM 5,80
Robert Lembkes Witzauslese.
(3355) DM 3,80
Zynisches Wörterbuch.
Mit 20 Zeichnungen von Franziska Bilek.
(3437) DM 3,80

Lohmeier, Georg
Geschichten für den Komödienstadel.
(3456) DM 4.–
Neue Geschichten für den Komödienstadel.
(3470) DM 4.–

Nicklisch, Hans
Familienalbum.
(6335) DM 5,80

Rösler, Jo Hanns
An meine Mutter...
(3467) DM 3,80
Kitty und Johannes.
Erzählungen.
(3537) DM 4,80
Lachen Sie mit Jo Hanns Rösler.
(3484) DM 3,80
Wohin sind all die Jahre...
(3398) DM 4,80
Wohin sind all die Tage...
(3407) DM 4,80
Wohin sind all die Stunden...
(3421) DM 4,80

Scott, Mary
Übernachtung – Frühstück ausgeschlossen.
Roman. (6316) DM 4,80
Fremde Gäste.
Roman. (3866) DM 4,80 DE
Das Jahr auf dem Lande.
Roman. (3882) DM 4,80 DE
Ja, Liebling.
Roman. (2740) DM 4,80
Geliebtes Landleben.
Roman. (3705) DM 4,80
Das waren schöne Zeiten.
Mary Scott erzählt aus ihrem Leben.
Es ist ja so einfach.
Roman. (1904) DM 4,80
Es tut sich was im Paradies.
Roman. (730) DM 5,80
Flitterwochen.
Roman. (3482) DM 5,80
Fröhliche Ferien am Meer.
Roman. (3361) DM 4,80
Frühstück um Sechs.
Roman. (1310) DM 5,80
Hilfe, ich bin berühmt!
Roman. (3455) DM 4,80
Kopf hoch, Freddie!
Roman. (3390) DM 4,80
Macht nichts, Darling.
Roman. (2589) DM 4,80
Mittagessen Nebensache.
Roman. (1636) DM 4,80
Onkel ist der Beste.
Roman. (3373) DM 4,80
Tee und Toast.
Roman. (1718) DM 4,80
Truthahn um Zwölf.
Roman. (2452) DM 4,80
Und abends etwas Liebe.
Roman. (2377) DM 4,80
Verlieb dich nie in einen Tierarzt.
Roman. (3516) DM 4,80
Wann heiraten wir, Freddie?
Roman. (2421) DM 5,80
Zum Weißen Elefanten.
Roman. (2381) DM 5,80
Oh, diese Verwandtschaft.
Roman. (3663) DM 4,80
Zärtliche Wildnis.
Roman. (3677) DM 4,80
Das Teehaus im Grünen.
Roman. (3758) DM 5,80
Na endlich, Liebling.
Roman. (3913) DM 5,80

Scott, Mary / West, Joyce
Das Geheimnis der Mangroven-Bucht.
Roman. (3354) DM 4,80
Lauter reizende Menschen.
Roman. (1465) DM 4,80
Das Rätsel der Hibiskus-Brosche.
Roman. (3492) DM 4,80
Tod auf der Koppel.
Roman. (3419) DM 4,80
Der Tote im Kofferraum.
Roman. (3369) DM 4,80

Seeliger, Ewald Gerhard
Peter Voß, der Millionendieb.
Roman. (1826) DM 4,80

Smith, Richard
Schlank durch Sex.
Mit Kalorienangaben.
(3741) DM 4,80 DE

Spoerl, Alexander
Matthäi am letzten.
Roman. (2968) DM 3,80
Unter der Schulbank geschrieben.
(2957) DM 3,80

Spoerl, Heinrich
Die Hochzeitsreise.
Roman. (2754) DM 3,80

Tibber, Robert
Auch sonntags Sprechstunde.
Roman. (3328) DM 3,80
Heirate keinen Arzt.
Roman. (1912) DM 3,80
Ob das wohl gut geht...
Roman. (2908) DM 3,80
Kleiner Kummer, großer Kummer.
Roman. (1950) DM 3,80
Die lieben Patienten.
Roman. (1996) DM 3,80

Troy, Una
Die Pforte zum Himmelreich.
Roman. (2643) DM 4,80
Maggie und ihr Doktor.
Roman. (2354) DM 4,80
Meine drei Ehemänner.
Roman. (2390) DM 5,80

Wodehouse, P.G.
Fünf vor zwölf, Jeeves!
Roman. (3962) DM 5,80
Stets zu Diensten.
Roman. (3860) DM 4,80
Das Mädchen in Blau.
Roman. (3718) DM 4,80
Die Feuerprobe und andere Geschichten.
(2339) DM 4,80
Herr auf Schloß Blandings.
Geschichten. (3418) DM 3,80
Keine Ferien für Jeeves.
Roman. (3658) DM 3,80
Ohne Butler geht es nicht.
Roman. (3500) DM 3,80
Terry lebt verschwenderisch.
Roman. (3349) DM 4.–
Was tun, Jeeves?
Roman. (3947) DM 4,80
Der Junggesellen-Club.
Roman. (3924) DM 4,80

Wolfe, Winifried
Gefrühstückt wird zu Hause.
Roman. (1594) DM 4,80

Märchen und Sagen

Andersen, Hans Christian
Gesammelte Märchen.
(510) DM 5.–

Grimm, Brüder
Märchen der Brüder Grimm.
Nach der Ausgabe von 1857.
(412) DM 9,80

Mark, Herbert
Die schönsten Heldensagen der Welt.
(3748) DM 9,80

Schwab, Gustav
Die schönsten Sagen des klassischen Altertums.
(500) DM 5,80